AŞKIMIZ ESKİ BİR ROMAN

Ahmet Ümit 1960'ta Gaziantep'te doğdu. Marmara Üniversitesi Kamu Yönetimi Bölümü'nü bitirdi. 1985-1986 yıllarında, Moskova'da Sosyal Bilimler Akademisi'nde siyaset eğitimi gördü. İlk kitabı 1989'da yayımlanan *Sokağın Zulası* adlı şiir kitabıdır. 1992'de ilk öykü kitabı *Çıplak Ayaklıydı Gece* yayımlandı. Bunu 1994'te *Bir Ses Böler Geceyi*, 1999'da *Agatha'nın Anahtarı*, 2002'de *Şeytan Ayrıntıda Gizlidir* adlı polisiye öykü kitapları izledi. 1995'te hem çocuklara hem de büyüklere yönelik *Masal Masal İçinde* ve 2008'de yayımlanan *Olmayan Ülke* ile farklı bir tarz denedi. 1996'da yazdığı ilk roman *Sis ve Gece*, polisiye edebiyatta bir başyapıt olarak değerlendirildi. Bu romanın ardından 1998'de *Kar Kokusu*, 2000'de *Patasana*, 2002'de *Kukla* yayımlandı. Bu kitapları, *Ninatta'nın Bileziği*, *İnsan Ruhunun Haritası*, *Aşk Köpekliktir*, *Beyoğlu Rapsodisi*, *Kavim*, *Bab-ı Esrar*, *İstanbul Hatırası*, *Sultanı Öldürmek*, *Beyoğlu'nun En Güzel Abisi*, *Elveda Güzel Vatanım* ve *Kırlangıç Çığlığı* adlı kitapları izledi. Ahmet Ümit'in İsmail Gülgeç'le *Başkomser Nevzat Çiçekçinin Ölümü* ve *Başkomser Nevzat Tapınak Fahişeleri*, Aptülika (Abdülkadir Elçioğlu) ile *Başkomser Nevzat Davulcu Davut'u Kim Öldürdü* ve Bartu Bölükbaşı'yla hazırladıkları *Elveda Güzel Vatanım* adlı çizgi romanları yayımlanmıştır. Eserleri 27 farklı dilde yayımlanan yazar uluslararası bir okur kitlesine ulaşmıştır.

Ahmet Ümit sosyal medya hesapları:
www.twitter.com/baskomsernevzat
www.instagram.com/baskomsernevzat
www.facebook.com/yazarahmetumit
www.youtube.com/ahmetumityazar

Ahmet Ümit'in
YKY'deki kitapları:

Aşkımız Eski Bir Roman (2019)

AHMET ÜMİT

Aşkımız Eski Bir Roman

Öykü

YAPI KREDİ YAYINLARI

Yapı Kredi Yayınları - 5440
Edebiyat - 1550

Aşkımız Eski Bir Roman / Ahmet Ümit

Kitap editörü: **Kerem Oğuz Evrandır**
Düzelti: **Filiz Özkan**

Kapak tasarımı: **Davut Yücel**
Grafik uygulama: **İlknur Efe**

Baskı: A4 Ofset Matbaacılık San. ve Tic. A.Ş
Otosanayi Sitesi Yeşilce Mah. Donanma Sok.
No: 16 Seyrantepe - Kağıthane / İstanbul
Telefon: (0 212) 281 64 48
Sertifika No: 44739

1. baskı: İstanbul, Eylül 2019 (300.000)
ISBN 978-975-08-4555-0

Yapı Kredi Kültür Sanat Yayıncılık Ticaret ve Sanayi A.Ş.
İstiklal Caddesi No: 161 Beyoğlu 34433 İstanbul
Telefon: (0 212) 252 47 00 Faks: (0 212) 293 07 23
http://www.ykykultur.com.tr
e-posta: **ykykultur@ykykultur.com.tr**
facebook.com/YapiKrediKulturSanatYayincilik
twitter.com/YKYHaber
instagram.com/yapikrediyayinlari

Yapı Kredi Kültür Sanat Yayıncılık
PEN International Publishers Circle üyesidir.

İÇİNDEKİLER

Sevgili arkadaşım küçük İskender'in anısına...

Aşkımız Eski Bir Roman

Bazı vakalarda katilin kim olduğunun hiçbir önemi yoktur, cinayet silahı kimin elinde olursa olsun, kurbanı öldüren, aslında kendi tutkusudur. Tutkularının esiri olanların zihinleri sadece bir hedefe kilitlenmiştir; arzularını hayata geçirmek. O andaki tek amaçları budur, geriye kalanlar teferruattan başka bir şey değildir. Elbette bunun için kimse suçlayamaz onları ama tutkularını gerçekleştirirken başkalarını da işin içine katınca yaşanacaklar bir trajedi halini alabilir. En eğlenceli oyunlar büyük sıkıntılara, en zevkli anlar kanlı gerçeklere dönüşebilir. Geçenlerde Pera Palas'ta işlenen cinayet tam da böyle bir vakaydı işte.

Oda gülkurusu rengi bir ışıkla aydınlanıyordu. Adam yatağa sırtüstü düşmüştü, loş ışıkta iyice koyulaşan gözleri, sanki hapsedildiği çerçeveden fırlayıp kalbine bıçağı saplayan oymuş gibi alıngan bir ifadeyle Agatha Christie'ye bakıyordu. Oysa fotoğraftaki yazar, en küçük bir heyecan belirtisi bile göstermeden tatlı tatlı gülümsemeyi sürdürüyordu.

"Hemen ölmüş" dedi maktulü incelemekte olan Zeynep: "Atardamar kesilmiş olmalı." Sağ elinin işaretparmağı, pıhtılaşmış bir kan tabakasıyla kaplanmış bıçağın etrafındaki boşlukta bir yarım ay çizdi. "Rastlantı mı yoksa katil bıçağı nereye saplayacağını iyi mi biliyormuş?" Sanki soruyu ben sormuşum gibi başını kaldırdı. "Evet, kestirmek zor Başkomserim."

"Ama cinayet silahı bildiğiniz yemek bıçağı..." Ali'ydi görüş beyan eden. "Biftek kesmek için kullandığı bıçakla öldürmüş adamı."

Haklıydı, sehpanın üzerinde duran tepsideki tabakta üçte ikisi yenmiş, kanlı bir biftek parçası duruyordu, yanında patates püresi, iki ince dilim havuç. Odadaki ayrıntıları daha iyi görmek için ışığı açtım. Olanca çıplaklığıyla ortaya çıktı yatağın üstündeki erkek cesedi. Altmış yaşlarındaydı, kalın kaşları, ince uzun bir burnu, dolgun dudakları vardı. Saçları bolca sürülen briyantinle lambanın altında ışıl ışıl parlıyordu. Üzerinde siyah beyaz çizgili paçalı bir dondan başka giysi yoktu, bir de ayaklarını saran jartiyerli ipek çorapları.

"Bu nasıl çorap be?" diye homurdandı Ali.

Cevap Zeynep'ten geldi.

"Jartiyerli çorap... Niye öyle tuhaf tuhaf bakıyorsun Alicim. Evet, sadece kadınlar değil, erkekler de kullanır jartiyerli çorabı." Kurbanın ayaklarına şöyle bir göz attı. "Tamam, pek çekici değil ama işe yarıyor. Bak şu baldıra sarılan kayış çorabın düşmesini önlüyor..."

Onlar böyle tartışırken benim bakışlarım kurbanın sol bileğindeki kadranı krem rengi, camı kırık saate kaydı.

"Adam katiline direnmiş" dedim alçak sesle. Yatağın üzerine saçılmış cam parçaları sözlerimi kanıtlar nitelikteydi. "On ikide durmuş. Tam gece yarısı." Odaya sinmiş tütsü kokusu genzimi yakıyordu ama olay yeri inceleme gelmeden pencereyi açmak doğru olmazdı. Sanki işe yarayacakmış gibi sağ elimi sallayarak havadaki kokuyu dağıtmaya çalışırken sözlerimi sürdürdüm. "Anlaşılan parti kötü bitmiş." Küçük masanın üzerinde duran buz kovasının içindeki şampanya şişesini, kırmızı küçük kaplarda hâlâ titreyen mumları gösterdim. "İki kişilik bir parti olmalı..."

Zeynep gözlerini bir an cesetten alarak iki kristal kadehi gösterdi.

"Haklısınız Başkomserim, şampanyalarını bile bitirememişler."

"Adamın çıplak olması açıklıyor her şeyi." Muzip çıkmıştı Ali'nin sesi. "Artık nasıl bir partiyse..." Kendini tutamayıp güldü. "Ve kiminle ne yapıyorduysa..."

Zeynep'in yanaklarına tatlı bir pembelik yayıldı ama mahcubiyetini çabuk yendi, yüzüne ciddi bir ifade yerleştirerek maktulün tırnaklarını gösterdi.

"Sanırım o kişinin DNA'sı. Şüphelileri saptayabilirsek kolayca buluruz onu..."

Umutla söylendi Ali.

"Yani katili..."

Bundan emin olmak zordu. Meslek hayatım boyunca o kadar tuhaf vakalarla karşılaşmıştım ki, bütün ipuçlarının üzerinde toplandığı kişi bile, sonradan ortaya çıkan bir kanıtla masumiyetini ispat edebilirdi. Ama bu hakikati öğrenmek için kurbanın kavga ettiği kişiyi bulmak zorundaydık. Aklımdan bunlar geçerken bir müzik duyuldu, Mozart'ın *Türk Marşı*'ndan alınmıştı, hani akıncıların atlarının koştuğu bölümden. Ama ardı ardına aynı notalar tekrar ediyordu. Bu bir cep telefonu sesiydi. Üçümüz de sesin geldiği yeri kestirmeye çalıştık. Evet, sonunda buldu Ali. Ses yastığın altından geliyordu, eldiven geçirilmiş sağ eliyle aldı telefonu. Zil çalmaya devam ediyordu, ekranda Feride yazısını gördüm. Telefonu Ali'den aldım, açtım.

"Alo buyurun?"

Karşıdaki şaşırmış olmalıydı ki, bir an sessizlik oldu.

"Edip... Edip..."

"Ben Başkomser Nevzat, siz kimsiniz?"

"Ben Feride, Edip'in eski karısıyım..." Ses artık endişeli çıkıyordu. "Neden telefona bakmıyor? Neden telefonu sizde? Yoksa kötü bir şey mi oldu?"

"Feride Hanım, başınız sağ olsun, ne yazık ki eski eşiniz öldü..."

"Ne? Siz ne diyorsunuz? Ne zaman?"

"Bu gece yarısı, birkaç saat önce..."

"Ciddi misiniz? Gerçekten de Edip..." Daha fazla konuşamadı, ağlamaya başladı. Bıraktım, telefon elimde öylece bekleyerek sakinleşmesini umdum. Bir dakika sonra, "Nasıl olmuş?" dedi iç çekerek.

"Onu konuşuruz. Siz neden aramıştınız Edip Bey'i?"

"Hasta olduğunu söylemişti. Akşam yemeğine davet etmiştim, gelemem başım çok ağrıyor demişti. Yüksek tansiyonu vardı, korktum bir yoklayayım dedim."

Sesi hâlâ boğuk çıkıyordu.

"Gecenin bu saatinde mi?"

Hiç tereddüt etmeden yanıtladı.

"Edip'in uyku sorunu vardı, geç saatlere kadar ayakta kalırdı. Daha önce de defalarca aramıştım onu."

"Anlıyorum Feride Hanım ama tansiyondan ölmediği kesin, Edip Bey bir cinayete kurban gitmiş."

"Ne, ne diyorsunuz" dedi paniklemiş bir sesle. "Bir yanlışlık olmasın, kim öldürmek ister Edip'i?"

"Yanlışlık yok hanımefendi. Onun telefonuyla konuşuyorum, otel müdürü de kendisini yakından tanıyor zaten. Evet, ne yazık ki öldürülen kişi Edip Bey'den başkası değil."

"Allahım, Allahım, peki, nasıl olmuş, kim yapmış?"

"Şimdi anlatamam Feride Hanım. Adresinizi söylerseniz, yarın ilk iş sizi ziyaret edeceğim, olanı biteni o zaman konuşuruz. Tekrar başınız sağ olsun."

Kadının söylediği adresi yazmıştım ki, odanın önünde bir erkek sesi duyuldu. Telefonu kapatıp kapıya yöneldim. Dışarıdaki adamın ne dediği anlaşılmıyordu ama odanın kapısı aralanınca ses belirginleşti.

"Agatha Christie'ydi!" diyordu adam. "Evet, onun hayaletiydi. Gözlerimle gördüm Erol Bey. Hayır, içki filan içmedim. Vazife başında neden içki içeyim?"

Aralanan kapıdan otelin müdürü Erol'la göz göze geldik. Yardımcılarımı odada bırakıp dışarı çıktım. Kat görevlisi gençlerden biriydi, telaş içinde anlatmayı sürdürüyordu.

"Valla diyorum Erol Bey. Agatha Christie'ydi, neden inanmıyorsunuz?"

Ela gözleri nemlendi, nerdeyse iki damla süzülecekti yanaklarından. Delikanlının duygulandığının farkında olmayan Erol ise, biraz da bana yaranmak için sıkıştırmayı sürdürüyordu.

"Ne Agatha Christie'si Nedim, kendine gel." Delikanlıya yaklaşarak kokladı. "İçmişsin işte, anason kokuyorsun. Görev başında içmek yok demedim mi sana!"

Haksızlığa uğramış birinin sitemi belirdi Nedim'in yüzünde.

"Sarhoş müşteri rakı döktü üzerime."

Müdür daha fazla dinlemeye gerek duymadı.

"Bir de yalan söylüyorsun. Çekmişsin kafayı, her gördüğün kadını Agatha Christie sanıyorsun."

Nedim çaresizce yineledi.

"Valla içmedim Erol Bey, Nail'e sorun isterseniz. Olayı gördü, adam restoranda rakıyı üzerime döktü. Sarhoş filan değilim, gerçekten gördüm Agatha Christie'yi..."

"Emin misin Agatha Christie olduğundan?" diye kestim Nedim'in sözünü. Kat görevlisi duraksadı, acaba kimdi soruyu soran? Ama çok uzatmadı.

"Yazarın kendisi değildi efendim, hayaletiydi."

Erol Bey vaziyeti kurtarmaya çalıştı:

"Yok, Başkomserim, olur mu öyle şey! Karanlıkta müşterilerimizden birini hayalete benzetmiş işte. Baksanıza kafa da kıyak..."

"Lütfen" dedim kararlı bir sesle. "Lütfen, bırakın da konuşsun. Evet, Nedim, anlat bakalım, nasıl gördün Agatha Christie'nin hayaletini?"

Sesimdeki güven veren tını işe yaramıştı.

"Oradan çıktı Başkomserim..." Titreyen eliyle, 411 numaralı odanın kapısını gösteriyordu. "Sanki yürümüyor da halının üzerinde uçuyor gibiydi. Evet, çok hızlıydı, yumuşacık basıyordu yere. Dediğim gibi belki basmıyor da uçuyordu. Etekleri uzun olduğundan göremiyordum. Önce asansörün önünde durdu, sonra merdivenlere yöneldi, göz açıp kapayıncaya kadar da kayboldu."

"Nasıl kayboldu?" diye homurdandı Erol. "Nereye gittiğini görmedin mi?"

Ardı ardına yutkundu Nedim.

"Korktum Erol Bey, kadının yüzü dehşet içindeydi. Bir an göz göze geldik..." Derinden bir iç geçirdi. "O yetti bana, hemen bakışlarımı kaçırdım. Tekrar baktığımda hayalet yok olmuştu..."

Nedim'in sözleri gayet inandırıcıydı, üstelik müdürün iddia ettiği gibi öyle sarhoş filan da değildi. Bakışlarım koridorun tavanını taramaya başladı. Ne düşündüğümü anlayan Erol, köşedeki yuvarlak cam cihazı gösterdi:

"Güvenlik kamerası orada Başkomserim." Suratını buruşturdu. "Bence anlamsız ama isterseniz kayıtları da izleyebiliriz."

"İyi olur, hemen göz atalım."

Kamera kayıtlarını izleyeceğimiz alt kattaki odaya giderken, anlatmayı sürdürdü Erol:

"Sürekli müşterilerimizdendi rahmetli Edip Bey. Edip Kelami. Aileden zengin. Soyadına uygun olarak en büyük tutkusu da edebiyattı. Babası Cenap Kelami Bey sadece yüklü bir servet değil aynı zamanda edebiyat sevgisini de miras bırakmış tek evladına. Saatlerce edebiyat üzerine konuşurdu, sadece yerli yazarlar değil, yabancı yazarlar konusunda da bilgi sahibiydi. Muhteşem bir kütüphanesi varmış Arnavutköy'deki villasında. Evet, İstanbul'da oturuyor Edip Bey ama bazı özel günlerde otelimizde kalırdı. Edip Bey de Pera Palas âşığı. Bizde kaldığı geceler Hemingway'in ya da Christie'nin odalarını tercih ederdi. O gecelerde yazarların kitaplarının ilk baskılarını da yanında getirir, sabaha kadar onları okurdu."

Otelin geniş merdivenlerinden inerken ben de bu binayı sevdiğimi hissettim. İstanbul'un simgelerinden biriydi bu otel. Yüz küsur senedir hizmet veriyordu insanlara. Bir otelden çok daha fazlasıydı. Kültürel bir kurum. İşletmeye açıldığından beri birçok enteresan olaya sahne olmuştu. Hiç cinayet işlenmiş midir bilmiyordum ama bu geceki vakayla birlikte o gizemli atmosferine yepyeni bir muamma daha katılmış oluyordu.

Kamera kayıtlarının bulunduğu odaya girdiğimizde kimse yoktu. Ama becerikli Erol Bey hemen buldu kayıtları. Az sonra da bilgisayar ekranından akmaya başladı görüntüler. Evet, işte Agatha Christie'nin odasının bulunduğu dördüncü kat... Evet, saat 00:03... Nedim elinde tepsiyle koridorda yürüyor. 402 numaralı odaya bir tepsi içinde yiyecek götürüyor. Kapıyı çalıyor, içeriden bir adam tepsiyi alıyor, Nedim'e bahşiş veriyor. Kat görevlisi yüzünde mutlu bir ifadeyle asansöre yönelirken, bir başka odanın kapısı açılıyor. Bu, Agatha Christie'nin İstanbul'a geldiğinde kaldığı 411 numaralı odadan başkası değil. Bir kadının dışarı çıktığını görüyoruz, üzerinde 1930'larda giyilen, siyah, dantelli bir elbise var, ellerinde siyah ipek eldivenler, boynunda iri inciler, başında yine o günlerden kalma tüylü, siyah bir şapka.

"Görüntüyü büyütebilir misiniz?" diye sordum Erol'a.

Derhal isteğimi yerine getirdi müdür. Ben de ekrana yaklaştım ve gördüğüm şey karşısında şaşkınlıktan ağzım açık kaldı. Evet, karşımda Agatha Christie duruyordu. Romanlarının büyük hayranı olmama rağmen elbette ünlü yazarla hiç karşılaşmamıştım ama hiç kuşkum yoktu, az önce cinayet mahallinde gördüğüm fotoğraftaki kadından başkası değildi kapıdan çıkan. Nasıl yani, fotoğraftan fırlayan cinayet romanları yazarı, Edip Bey'i öldürdükten sonra otelden kaçmaya mı çalışıyordu?

İlk şaşkınlığımı atlattıktan sonra "Tamam" dedim müdüre. "Devam edebilirsiniz."

Görüntü yeniden akmaya başladı. Hayır, elbette Nedim'in söylediği gibi bir hayalet değildi karşımdaki ama gerçekten de sanki yürümüyor da uçuyor gibiydi. Önce asansörün önüne geldi, bekleyecek hali yok gibiydi, sonra panik içinde merdivene yöneldi. Basamaklardan aşağıya doğru kaydı gitti.

"Nedim haklıymış" dedi Erol ürkmüş, kısık sesle: "Gerçekten de Agatha Christie öldürmüş Edip Bey'i..."

Elbette inanmadım bu teoriye.

"Edip Bey kendi adına mı tutmuştu odayı?" diye sordum.

Hiç duraksamadı.

"Evet, hep öyle yapardı. Misafirleri olacaksa da bize bildirmezdi. Müşterilerimizin mahremiyetine saygı gösteririz."

Agatha Christie'nin otele giriş ve ayrılış videolarını da bulduk. Taksiyle geliyor, yine taksiyle ayrılıyordu. Taksilerin plakalarını saptayıp şoförlerle konuşma kararı alarak ayrıldık Pera Palas'tan...

Saat gecenin dördü olmasına rağmen gözlerimde uykunun kırıntısı yoktu evimin merdivenlerini çıkarken. Kütüphanemin başına geçmiş Agatha Christie'nin kitaplarına bakmaya başlamıştım. Seksene yakın kitabının tümü yoktu bende ama en sevdiğim üç romanı, *On Küçük Zenci*, *Roger Ackroyd Cinayeti* ve İstanbul'da başlayan *Doğu Ekspresi'nde Cinayet* hadi al, bizi oku dercesine öylece bakıyorlardı raflardan. *Roger Ackroyd Cinayeti*'ni aldım. Çevirdim, yazarın küçük fotoğrafıyla göz göze geldim. Eee Başkomser Nevzat, hadi bakalım çöz şu muammayı da görelim dercesine muzip bir ifadeyle bana bakıyordu. Otelin kamerasında gördüğüm Agatha'dan çok daha yaşlıydı, yine de katil zanlısına epeyce benziyordu. Sanki bir işime yarayacakmış gibi kitabın sayfalarını karıştırdım, elbette çok iyi bildiğim hikâyenin bölümlerinden başka bir ipucu bulamamıştım. Soyunup yatağa girmiştim, yine uyku tutmamıştı. Sabaha kadar yatakta bir sağa bir sola dönüp durmuştum. İtiraf etmek gerekirse tuhaf bir vakayla karşı karşıyaydık. Hayaletlere falan inandığımdan değil ama cinayetin arkasındaki hikâyeyi bir türlü kafamda oturtamıyordum. Güneş doğarken sızmışım. Uyanır uyanmaz bir duş aldım, tıraş oldum, kahvaltıyı boş verip tuttum merkezin yolunu.

Ertesi gün merkeze gittiğimde Zeynep ile Ali çoktan işin başındaydı. Oysa sabaha karşı dönmüştük evlerimize. Üstelik elimizde otelin kamerasındaki hayalet görüntülerinden başka hiçbir kanıt olmadan.

Odama girip paltomu artık iyice aşınmış ahşap askıya asmıştım ki, elinde bir tepsiyle yardımcım göründü kapıda. Tepside dumanı üstünde üç bardak tavşankanı çay vardı.

"Günaydın Başkomserim, erkencisiniz."

"Günaydın Alicim, sen de öyle..." Sözümü bitirmeden Zeynep de çıktı arkasından, elinde üç tane simit tutuyordu. "Ooo Zeynep kahvaltıyı burada yapıyorsunuz demek."

Elindeki simitleri gösterdi güzel kriminoloğumuz.

"Size de aldık Başkomserim, sıcacık..."

Asla hayır diyemezdim bu teklife.

"İyi yapmışsınız çocuklar, gelin gelin şöyle masanın başına oturalım."

Ali tepsiyi sümenimin önüne yerleştirirken, Zeynep üç dosya kâğıdını önümüze sererek simitleri üzerine koydu.

"Peynir de var odamda, kapıp geleyim bir koşu..."

Kolundan usulca tuttum.

"Benim içinse zahmet etme. Peynir yemiyorum, kolesterol yüksek çıktı."

Hafifçe kıkırdadı Ali.

"Check up mı yaptırdınız Başkomserim?"

Zeynep ters ters baktı nişanlısına.

"Ne var bunda Ali, senin de yaptırman lazım... Kalp krizi gençleri de vuruyor..." Birden yaptığı gafı anladı. "Yani Başkomserim siz yaşlı değilsiniz de... Şey demek istedim."

Kalender bir gülümseme takınarak önümdeki simide uzandım.

"Aldırma kızım, ben, yaşımdan da kalbimden de memnunum." Yardımcıma döndüm. "Aslına bakarsan, önceleri ben de senin gibi düşünüyordum Ali. Biz erkekler bu konuda acayip cahiliz. Bize bir şey olmaz diyoruz. Zeynep haklı, bir hafta önce Sıtkı Komiser patlattı kalbi. Senin yaşındaydı çocuk. Ondan ne farkın var? Hatta daha büyük risk altındasın çünkü gerginsin, öfkelisin, üfürükten nem kapıyorsun. Haa, sana böyle söylüyorum, ben daha mı bilinçliyim hayır, Evgenia zorlamasa doktora filan gideceğim yoktu. Fakat iyi ki gitmişim, gerçi önemli bir sorunum yokmuş, karaciğer yağlanmış biraz, bir de kolesterol fazla çıktı, yediğimize içtiğimize dikkat edeceğiz yani... Bizim iş dünyanın en gergin mesleği, bir de namuslu kalacaksan, gıllıgışlı işlere bulaşmayacaksan... E her gün yaşıyoruz işte... Siyasisi karışır, amiri müdahale eder, parası olan kendini kanunların üzerinde görür. Bütün bu pislik deryasının içinde mesleğini doğru yapmak için sadece cesaret yetmez, aynı zamanda kocaman bir yürek gerekir. Ama o yürek çelikten yapılmıyor. Bir süre sonra el bombası gibi gümlüyor işte. O yüreği zamansız gümletmeyelim Ali. Zalimleri sevindirmenin âlemi yok."

Çok da iplemedi yardımcım bu sabah söylevini ama saygısızlık olmasın diye karşı da çıkmadı, sessizce simidini gevelemeye başladı. Çayından bir yudum aldıktan sonra konuyu değiştirdi Zeynep.

"Edip Bey, dün geceki kurbandan bahsediyorum Başkomserim, iki yıl önce evlenmiş. Daha doğrusu eski karısını boşamış yeniden evlenmiş..."

Dişlerimin arasına dolan susam tanelerini dilimle temizlemeye ara vererek sordum.

"Çocuğu var mı kurbanın?"

"Yok," dedi Zeynep simidinden bir ısırık almadan önce. "Ne eski karısı Feride Hanım'dan ne de Bihter'den çocuğu olmuş."

"Bihter yeni karısı mı?"

"Yeni karısı Başkomserim. Sevişerek evlenmişler. Bihter de edebiyatçı. Hikâyeler yazıyormuş. Genç güzel, albenili bir kadın."

"Eski karısı pek bozulmamış galiba bu işe?" dedim. "Gece yarısı Edip Bey'i merak edip aradığına göre."

Şaşkın bir ifade geçti kestane rengi gözlerinden.

"Evet, aralarında bir sorun yokmuş... Feride Hanım'la anlaşarak boşanmışlar. Ne kavga, ne husumet. Muhtemelen kadın da sıkılmış kocasından."

Çay bardağını dudağına götürmeden önce Ali de karıştı konuşmaya.

"Aldığı nafakayı da es geçmeyelim Zeynep. Adam bir servet ödemiş kadına."

Servet meselesi önemliydi, insanlar çoğunlukla ya aşk, ya para, ya da intikam için öldürürdü yahut öldürtürdü. Edip Bey'le, Feride Hanım her ne kadar anlaşmalı boşanmışlar gibi görünse de eski eş intikam almak istemiş olabilirdi. Tazminat yüksek diyordu Ali ama para da göreceli bir olguydu ve unutmamak gerekir ki, insan evladının en temel özelliklerinden biri açgözlülüğüydü. Adamın çok büyük bir serveti varsa, Feride Hanım aldığı tazminatı yeterli bulmamış, kendisine haksızlık yapıldığını düşünmüş olabilirdi. Bir de tabii yeni eş Bihter var. Aşk elbette mümkündü ama Edip Bey genç değildi, pek yakışıklı da sayılmazdı, edebiyat, evet belki de onları sevda değil, sanat bir araya getirmişti. Olabilirdi olmasına da evleneli henüz iki yıl olmuşken hangi kadın kocasını makul bir neden yokken geceleri yalnız bırakırdı. Tabii bütün bunların üstüne bir de Agatha Christie'nin hayaleti eklenince vaziyet iyice karmaşık bir hal alıyordu. Kimseden ses çıkmayınca Ali yeniden söz aldı.

"Taksicileri buldum Başkomserim, Agatha Christie kılıklı kadını Pera Palas'a getiren ve götüren taksicilerden bahsediyorum. İki ayrı kişi, ikisi de yadırgamışlar kadını. Çok ağır bir parfüm sürmüş, saatlerce gitmemiş arabanın içinden kokusu. Zengin bir kadındı diyorlar, aynı zamanda çok da kibar. Pek konuşmamış zaten. Sadece gideceği yeri söylemiş."

Asıl önemli meseleyi atlamıştı yardımcım, merakla sordum.

"Nereden almışlar kadını, nereye bırakmışlar?"

"Akmerkez'in oradan almış ilk taksici, ikinci taksici ise Ulus'ta bırakmış. Ana caddenin üzerinde."

Umutla atıldım.

"Belki caddedeki kameralar bize adresi söyler..."

Zeynep başka bir ihtimali hatırlattı.

"Tabii katil kendini gizlemek istemediyse. Bu iş planlı cinayet gibi görünüyor Başkomserim."

Mümkündü, Agatha makyajı bir fantezi değil katilin kendini gizlemek için seçtiği akıllıca bir yöntem de olabilirdi. Çay bardağının dibindeki son yudumu da aldıktan sonra toparlandım.

"Şöyle yapalım arkadaşlar. Ben Feride Hanım'ı ziyaret edeyim, Ali sen de Bihter'in kapısını çal, bakalım ne anlatacak Edip'in kadınları? Zeynepcim sen şu kamera görüntülerine ulaş, bakalım Agatha Christie'ye benzeyen kadının nereden geldiğine sonra nereye gittiğine dair bir ipucu bulabilecek misin? Ayrıca maktulün telefonla görüştüğü son kişiler kimlermiş, öğrenebilirsek çok iyi olur. Hadi, iş başına."

Teşvikiye'deki o geniş apartmanlardan birinin ilk katındaydı kadının dairesi. Binanın adı da ilginçti; Kafiye Apartmanı. Kapıyı genç bir kız açtı. Hizmetçiymiş, kimliğimi öğrenince yadırgamadı. Çoktan ona da ulaşmıştı acı haber. Paltomu aldı, salona buyur etti. Dün gece kurbanı bulduğumuz odadan daha karanlıktı içerisi, daha sıcak. Ağır bir koku vardı salonda, uykusuzluğun verdiği rehavet artmaya başladı. Modası çoktan geçmiş mobilyaların olduğu genişçe salonun zemini kocaman bir İran halısıyla kaplıydı, duvarlarda Hoca Ali Rıza, İbrahim Çallı, Şeker Ahmet Paşa, Osman Hamdi Bey'in olduğunu tahmin ettiğim tablolar asılıydı. El yapımı uzun ahşap sehpaların arasından geçerek Hoca Ali Rıza'nın bir manzara resminin altındaki koltuğa yerleştim. Zengin bir evin gösterişli salonundan çok mütevazı bir müzeyi andırıyordu. Her zaman böyle karanlık mıydı, yoksa yas nedeniyle mi kalın kadife perdeler sıkı sıkıya örtülmüştü anlamak zordu. Tam karşımdaki cam altına boyanmış Şahmeran resmine bakarken girdi içeri Feride Hanım. Kadını ilk kez görüyordum ama nedense tanıdık geliyordu. Kenarları oyalı beyaz bir tülbent vardı başında, kırçıllaşmış gür saçları, geniş alnı, biçimli kaşları, iri gözleri... Onu görünce gülümsedim ve kendimi ayakta buldum. Yüzü solgundu, gözlerindeki anlam kederle ağırlaşmıştı ama metin görünüyordu.

"Merhaba" diyerek elini uzattı. "Gece sizinle konuştum sanırım, Başkomser Nevzat'tı değil mi? Kusura bakmayın şoka uğramıştım, saçmaladım biraz."

"Estağfurullah, kim olsa şaşırırdı."

"Evet, hiç beklenmedik bir felaket. Ne büyük talihsizlik. Kim öldürmek ister ki Edip'i? Karıncayı bile incitmekten çekinen bir adamdı." Gözleri nemlenir gibi oldu, usulca başını sallayarak derinden bir iç geçirdi. "Çılgınlık, hakikaten çılgınlık. Dünya hiç de iyi bir yere gitmiyor." Bir an öylece kaldı, sonra ayakta olduğumu fark etti. "Lütfen, lütfen oturun..."

Gösterdiği koltuğa oturdum.

"Ne yazık ki öyle hanımefendi, Edip Bey de korkunç bir cinayete kurban gitmiş görünüyor."

"Cinayet! Allahım, Edip gibi hoşgörülü, sevecen, hayat dolu bir insanla en son anılacak kelimedir cinayet." Çaprazdaki, Osman Hamdi Bey'in tablosunun altındaki koltuğa yerleşti. "Bir yanlışlık olmalı. Yanlışlıkla öldürmüşlerdir Edip'i. Birine benzettiler herhalde."

Hayretler içindeydi, Edip Bey için üzülüyordu. Hayır, numara yapmıyordu. Onca yıllık meslek hayatım, yalan konusunda uzman yapmıştı beni.

"Hiç düşmanı yok muydu Edip Bey'in?" diye sordum. "Husumetli olduğu birileri?"

İri gözleri yüzümde durdu, bir süre düşündü, ardından başını usulca salladı.

"Hayır, hiç kimseyle husumete düştüğünü görmedim. Anlaşmazlıklar çıktığında kendinden feragat eder, uzlaşma yolu arardı. İnsanlara destek olmayı severdi. Hem maddi, hem manevi olarak..."

"Varlıklı biriymiş Edip Bey, ne işle uğraşıyordu?"

Tuhaf bir soru sormuşum gibi şaşırdı.

"İş mi? İşi yoktu, babası Cenap Bey koleksiyoncuydu. Çok iyi parçalar satın almıştı." Eliyle duvarlardaki tabloları gösterdi. "Bakın bir kısmı burada zaten. Oradan çok para kazanmışlardı, çok da mülkü vardı, onların kira gelirleriyle geçinirdi. Mecidiyeköy'de Manzum Han var, babadan kalma. Onun en üst katında çalışırdı. Çalışma dediysem, muhasebecisiyle, borsacısıyla, avukatıyla konuşurdu, bir de arkadaşlarını ağırlardı. İlk tanıştığımızda beni de oraya davet etmişti. Hatta evlilik teklifini bile orada yapmıştı."

Mutlulukla bakıyordu, ancak, "Kaç yıl evli kaldınız?" diye sorunca benden mi kuşkulanıyorsunuz dercesine alıngan bir ifade belirdi yüzünde. Ama sorumu yanıtlamaktan geri durmadı.

"Beş yıl, altı ay da nişanlılığımız var..." Sesi hülyalanmış, gözleri nemlenmişti, neyse ki uzun sürmedi, kendini toparladı. "Evet, beş yıl boyunca ne Edip'in kimseye düşman olduğunu gördüm ne de kimsenin ona kin beslediğine tanık oldum..."

Oturduğum koltukta usulca kıpırdandım.

"Kusura bakmayın ama sormak zorundayım, neden ayrıldınız Edip Bey'le?"

Feride Hanım hiç etkilenmemişti.

"Farklılaşmıştık, iki âşıktan çok iki arkadaş gibi olmuştuk, sıkı iki dost. Birbirimizi kırmamak için ayrılma kararı aldık." İnanmadığımı sanmış olacak ki açıklamayı sürdürdü. "Bizim ilişkimiz farklıydı Nevzat Bey, bakın beş yıl olmuş. İki yıl da boşandıktan sonrası var, inanın, bir gün bile birbirimize kötü söz söylemedik. Belki küstük, darıldık, belki alındık, birbirimize öfkelendik ama ne Edip'in ne de benim ağzımdan tek bir incitici söz çıkmadı."

Kadın içtendi, hiçbir konuyu gizlemeye gerek duymadan rahatlıkla konuşuyordu, bu durumun verdiği cesaretle derinleştirdim konuşmayı.

"Sizden ayrıldıktan sonra Bihter Hanım'la evlenmiş. İlişkileri sizden..."

Küçük bir kahkaha attı.

"Bilmiyorum, belki de biz evliyken başlamıştı ilişkileri. Ama ne önemi var. Evliliğimizin yürümediğinin farkındaydım, önemli olan buydu."

Bu kadar olgunluk fazlaydı.

"Nasıl yani, bundan dolayı nefret etmediniz mi Edip Bey'den?"

Bu kez gülmedi ama dudaklarında sanki güzel bir anıyı hatırlamış gibi buruk bir gülümseme belirdi.

"O bir çocuktu Nevzat Bey. Çok tatlı, çok hoş, naif bir çocuk. Edip'e kızmak mümkün değildi."

Dün gece yatakta gördüğüm çıplak adam geldi gözlerimin önüne, hiç de naif bir çocuğa benzemiyordu.

"Naif derken ne kastediyorsunuz? Edebiyatla ilgilenmesi mi?"

Gülümsemesi büyüdü tüm yüzüne yayıldı, ellilerinde olmasına rağmen hâlâ güzel bir kadındı.

"Hayalciydi Nevzat Bey, bu dünyayla ilişkisi yok gibiydi. Edebiyata da bu yüzden merak sarmıştı aslında. Dediğim gibi babası Cenap Bey, koleksiyoncuydu. Sadece resim değil, kıymetli olan her eseri satın alırdı, edebi eserlerin ilk baskılarını da toplardı. Dahası bir şairdi ama Edip pek hoşlanmazdı ondan. Annesi Hale Hanım'ın intiharından babasını sorumlu tutardı. Sarhoş olduğu bir gece gözyaşları içinde anlatmıştı bana. Yanlış anlamayın öyle sulu göz biri değildi, ilk kez o gece ağlamıştı. Ve ilk kez o gece anlatmıştı annesinin ölümünü bana. Dokuz yaşındaymış, cesedi o bulmuş, banyoda. Düşünün kadın bileklerini kesmiş, küvet kan içinde."

"Korkunç. Niye yapmış ki bunu? Kocası yüzünden mi?"

Kararlılıkla başını salladı.

"Evet, Cenap Bey yüzünden. Onu suçluyordu Edip. 'Şiir yazardı ama öküzün tekiydi' derdi babası için. 'Duyarsız bir adamdı, asıl şair annem olmalıymış. Dalgalı saçları, kederli ama insanı derinden yakalayan gözleriyle, tıpkı Truvalı Helen gibiydi.' Zaten Çanakkaleliymiş Hale Hanım." Bir an sustu. "Özür dilerim, Truvalı Helen'in kim olduğunu biliyorsunuz değil mi?"

"İlk güzellik yarışmasında üç tanrıça arasında kalan zavallı Paris'e, Afrodit'in, kendisini seçmesi karşılığında sunduğu dünyanın en çekici kadını olan Truvalı Helen'den mi bahsediyorsunuz?"

Yüzü kıpkırmızı oldu Feride'nin.

"Lütfen yanlış anlamayın..."

"Anlamam hanımefendi rahat olun, ülkenin büyük bölümü gibi, okuyan polislerin sayısı da son derece azdır."

"Ne yazık ki insanlar edebiyatla pek ilgilenmiyor. Aslına bakarsanız Edip'le tanışıncaya kadar ben de ilgilenmezdim. Finans okumuştum, bankacılık yapıyordum. Eski eşim sayesinde edebiyatı yeniden keşfettim. Çünkü edebiyat olmasaydı

Edip yaşayamazdı. Söylediğim gibi annesini Truvalı Helen'e benzetirdi. Buna gerçekten inanırdı. Babasını da Kral Menelaus'a. Gençlik fotoğraflarını görmüştüm Hale Hanım'ın sahiden güzel kadındı..."

"Size benzer miydi?"

Lafı nereye getireceğimi kestirmişti.

"Hayır, hayır, Edip'in öyle bir takıntısı yoktu. Annesini çok küçükken yitiren erkeklerin o imkânsız arayışında değildi. Zaten ben de hiç benzemem Hale Hanım'a. Edebiyatla ilişkisi daha başkaydı. Sanki onu hayatın çirkinliklerinden, günlük olayların ağırlığından kurtarıyor, küçükken yaşadığı acı hakikatten uzaklaştırıyordu romanlar." Duraksadı, belli belirsiz bir endişe kapladı makyajsız yüzünü. "Ama kendini biraz fazla kaptırmıştı."

"Nasıl yani?" diye soracaktım ki salonun kapısında tombulca bir adam belirdi. Feride Hanım da yeni konuğu görmüştü ama adam ondan önce davrandı.

"Ah Gülbeşeker, ah be güzel kardeşim, haberi duydum, korkunç, korkunç! Nasıl olabilir böyle bir şey!"

Gülbeşeker lafını duyunca jeton düştü. Edip'in eski karısı *Çalıkuşu*'ndaki Feride'yi çağrıştırmıştı bende. Muhtemelen Edip'e de aynı çağrışımı yapmış, belki de o nedenle evlenmişti Feride Hanım'la. Hakikaten de enteresan bir ilişkisi olmalıydı kurbanın edebiyatla. Aklımdan bunlar geçerken Feride ayağa kalkmış konuğunu karşılamıştı.

"Ne yazık ki oldu Rıfkı Abi, ne yazık ki Edip'i kaybettik."

İki kardeş dostça sarılmışlardı.

"İnanamıyorum Gülbeşeker, Edip'e bunu nasıl yaparlar..."

Rıfkı lakırdıyı uzatacaktı ki, başıyla beni gösterdi Feride.

"Biz de bu konuyu konuşuyorduk Rıfkı Abi. Tanıştırayım Başkomser Nevzat. Senden rica etsem, yan odada bekler misin? Çok sürmez herhalde."

Onaylamak bana düştü.

"Yok, yok birkaç sorum kaldı, hepsi o kadar."

Rıfkı salondan çıkarken yeniden koltuğuna yerleşen Feride Hanım'a döndüm.

"Gerçek abiniz mi?"

"Evet, iki kardeşiz, babam biz çocukken öldü. Rıfkı hem abilik, hem babalık yaptı bana. Canım abim, duyar duymaz yetişti işte."

"İnsanın yalnız olmaması güzel, hele böyle zor zamanlarda... Neyse, biz konumuza dönelim, Edip Bey'in Bihter Hanım'la ilişkisi nasıldı? Mutluluğu yeniden bulmuş muydu?"

Derinden bir iç geçirdi.

"Başlarda evet ama sonra bizim ilişkimizden daha kötü oldu."

"Neden?"

"Zavallı Bihter, Edip'i hiç anlamadı. Anlamadığı için de hayatı hem kendine hem de Edip'e zindan etti."

Boş boş baktığımı görünce açıklama gereği hissetti.

"Bihter güzel öyküler yazıyordu, yetenekliydi. Edebiyat tarihini de iyi biliyordu. Edip'le de "Kadın Roman Kahramanlarının Hayatımızdaki Yeri" adlı bir seminerde karşılaşmışlar zaten. Evet, Edip onu *Aşk-ı Memnu*'nun Bihter'ine benzetmişti ama daha önemlisi kadının edebiyat bilgisinden etkilenmişti. Hatta onu gördüğü günün gecesi bana bile bahsetmişti. Tıpkı Halit Ziya Uşaklıgil'in kahramanı gibi diyerek dakikalarca onu anlatmıştı..."

Sessizce güldüm. Alınmadı ama ilgiyle baktı.

"Haklısınız, *Çalıkuşu*'nun Feride'si olarak eşimi *Aşk-ı Memnu*'nun Bihter'ine kaptırdım. Her ne kadar Edip, Bihter'le karşılaştığında bizim evliliğimiz artık tökezlemeye başlamış olsa da sonuç buydu."

Konu dağılıyordu, müdahale ettim.

"Bihter, Edip'i anlamadı dediniz."

Daha fazla üstelememe fırsat vermedi.

"Evet, Edip'i tanımıyordu çünkü. Onu aklı başında, olgun, ciddi bir adam sanıyordu. Oysa Edip bir çocuktu, annesini o banyoda kanlar içinde bulduktan sonra, büyümeyi reddeden çaresiz bir oğlan... O ağır travmadan kurtulmak için kurtuluşu romanlara kaçmakta bulan bir çocuk."

Şimdi taşlar yerine oturmaya başlamıştı.

"O yüzden seçtiği kadınları da romanlardaki kahramanlara benzetiyordu."

Gözlerini kırparak onayladı.

"Ya da onlara benzeyen kadınları seçiyordu."

O kadar sakindi ki dayanamadım.

"Ama bu normal değil ki, bir tür akıl hastalığı sayılır. Adam, gerçeklik duygusunu yitirmiş."

Üzüntüyle ellerini yana açtı.

"Öyleydi zaten. Son üç yıldır psikiyatriste gidiyordu."

Not defterimi, kalemimi çıkardım.

"Kim bu psikiyatr?"

"Zihni Hoşgör, muayenehanesi Lamartin Caddesi'nde. Alanında bir numaradır. Aslına bakarsanız, Edip'e de iyi gelmişti. Ama tedavi ederek değil, kendini daha fazla hayallere kaptırmasına yardım ederek."

Anlamadığımı görünce hevesle izah etmeye başladı.

"Açık konuşacağım, zaten ben söylemesem de öğreneceksiniz. Edip'in cinsel sorunları vardı. Heyecanını yitirince yatakta sertleşemiyordu. Çünkü hayatla baş edemiyordu, kendiyle yüzleşemiyordu. Psikiyatr Zihni Bey, onun bu sorunu çözeceğine, hayallerini yaşamasını önerdi. Yani bir anlamda, onun gerçeklikten tümüyle kopmasına neden oldu."

Bir hekimin buna yol açması kabul edilemeyecek bir durumdu.

"Bu Zihni Bey'in gerçek bir psikiyatr olduğundan emin misiniz?"

Muzip bir ifade geçti gözlerinden.

"Eminim ama güvenilir bir psikiyatr mı derseniz, işte ondan hiç emin değilim. Bence Zihni Bey de sorunlu bir adamdı. Cinsel anlamda diyorum. Onun da cinsel sorunları vardı. Edip anlatmıştı. Kadınlarla kalıcı ilişki kuramıyormuş, günübirlik ilişkilere ihtiyacı varmış. Bu yüzden Edip'in doktoru olmak yerine onun arkadaşı olmayı seçti. Daha doğrusu onun zamparalık partneri olmayı seçti."

"Zamparalık mı?" dedim alçak bir sesle.

Nazikçe geri adım attı.

"Çapkınlık diyelim. Evet, Edip'in edebiyata bağlılığını bildiğinden yatakta başarılı olabilmesi için bir yol önerdi."

Sözünü tamamladım.

"Roman kahramanlarına benzeyen kadınlarla birlikte olmak."

Memnuniyetle gülümsedi.

"Tam olarak öyle. Ve bu önerisi işe yaradı. Edip, roman kahramanlarına benzeyen kadınlarla ilişkilerinde başarılı oldu."

Kafam iyice karışmıştı.

"İyi de Feride Hanım, nereden buluyordu roman kahramanlarına benzeyen kadınları?"

Hâlâ anlamadınız mı dercesine baktı yüzüme.

"Erkekler için her türlü hizmeti veren yerlerden. Onların biraz daha elit olanlarından, nasıl diyeyim sofistikelerinden, elindeki kızları kolayca roman kahramanlarına benzeterek sunanlardan. Onlar için hiç de zor değil. Uygun kızı bulur, romandaki dönemin makyajıyla ve giysilerle o kişi yaparsınız. Karşılığında da binlerce doları cebinize atarsınız. Edip'e bu hizmeti veren kişi ya da şirket kimdir derseniz inanın bilmiyorum. Sorsam söylerdi ama evliyken bunu kadınlık gururuma yediremedim. Boşandıktan sonra da pek umursamadım. Bir kadın için, sadece kadın için değil bir insan için beden kutsaldır. Ruh da var diyeceksiniz, ben, bedenden ayrı ruha inanmam. Para için kendi bedenini herkesin kullanımına açan bir insanın ruhen soylu olma ihtimali pek yoktur." Gerilmişti, duraksadı, sakinleşince sürdürdü sözlerini. "Tutucu biri olduğumu sanmayın. Başkalarını yargıladığımı da düşünmeyin, bunlar kendime dair düşüncelerim. Neyse, beni boş verelim de Edip'e bu yolu öneren psikiyatra gelelim. Evet, Zihni Bey, böylece bir taşla iki kuş vurmuş oldu. Hastasını iyileştiremese bile onu mutlu etmeyi başardı. Elbette bu mutluluk geçiciydi. Roman kahramanlarıyla buluştuğu o birkaç saatle sınırlıydı. O saatler bitince Edip eski haline geri dönüyordu. Bir tür uyuşturucu bağımlısı gibiydi, yoksunluk duygusu giderilince geçici bir süre rahatlıyor, ardından daha da büyük bir huzursuzluğa kapılıyordu. O yüzden en az haftada bir kez o hayali kadınlarla buluşmak istiyordu. O kadınların dokunuşunu, öpücüklerini, gülümsemelerini yani hissettiği mutluluğu parasıyla satın almış olmak, tutkusunu hiç azaltmıyordu. Evet, bir tür eskort kız bağımlısı olmuştu." Kalender bir bakış attı. "Sizi tenzih ederim Nevzat Bey ama erkekler gerçekten basit yaratıklar."

Onu dinlerken aslında Feride'nin eski eşinden öldüresiye nefret ettiğini anladım. "Edip bir çocuktu, naif bir insandı, hayalciydi" gibi cümleler kocaman birer yalandı. Adam, bu kadının kalbini çok kötü kırmıştı, onarılmaz bir şekilde paramparça etmişti, Edip'ten o kadar çok nefret ediyordu ki, uzaklaşmasına bile izin vermemiş, anbean mahvolmasını görmek istemişti. O kadar sinsiydi ki, Edip'e kendini dost olarak göstermeyi başarmış, her bozgununda adamın sığınılacak bir liman olarak kendisine dönmesini sağlamıştı. Düşünsenize hangi eski eş, gecenin bir yarısı sabık kocasını aramak cesaretini gösterebilirdi? Adamın sanki annesiymiş gibi her türlü hakkı elde etmişti.

"Kızmadınız değil mi bana?" diyen sözleriyle sıyrıldım dalgınlığımdan. Suskunluğumun uzun sürmesinden kuşkulanan Feride çekingen gözlerle bana bakıyordu.

"Hayır, hayır hanımefendi niye kızayım, ilgiyle dinliyorum. Ama Edip Bey'in psikiyatrıyla ilişkisini biraz daha açık anlatırsanız sevinirim. Birlikte çapkınlık yapıyorlardı dediniz. Yani Zihni Hoşgör Bey de roman kahramanı kılığındaki kadınlarla mı birlikte oluyordu?"

Şuh bir kahkaha attı Feride.

"Öyle değil Nevzat Bey, bence psikiyatr zaten o yolun yolcusu bir adammış ama Edip'le birlikte kendine şahane bir eğlence arkadaşı buldu. Düşünün masrafların hepsini karşılayan bir arkadaşınız var, üstelik bir dediğinizi iki etmeyen biri. Zaten bu durumdan memnun olduğunu hiçbir zaman saklamadı Zihni Bey. Hatta bir akşam yemeğinde şöyle demişti; 'Psikanalizden önce edebiyat vardı. Allah senden razı olsun Edip, hayatıma büyük renk kattın.' O zaman anlamamıştım bu rengin ne olduğunu. Eski eşimin hayal dünyasından bahsediyor zannettim. Yahut roman kahramanlarının psikolojik analizlerinden... Bilimin kuruluğundan, belki sanatın derinliğinden... Hakikat çok sonra dank etti kafama. Ama iş işten geçmişti. Az önce de söylediğim gibi ilişkimizin niteliği değişmişti zaten. Edip'e duyduğum aşk, bir dosta duyduğum sevgiye dönüşmüştü."

Evet, adım gibi emindim yalan söylüyordu Feride ama bu konuya girmek istemedim. Yeniden *Aşk-ı Memnu*'nun kahramanına getirdim lakırdıyı.

"Yani Bihter Hanım'la tanıştığında bu kadınlarla buluşmayı sürdürüyor muydu?"

Belli belirsiz bir sevinç parıltısı geçti gözlerinden ama hemen gizledi o ışıltıyı.

"Elbette sürdürüyordu. Ama Edip'in hakkını yemeyelim, Bihter'le tanışınca bir süre ara verdi haftalık buluşmalarına. Hatta o sırada psikiyatrıyla kavga ettiğini öğrendim. Belki de Bihter'e âşık olduğunu sanıyordu. Evlendiklerinde bir süre ilişkileri iyi gitti, ama sonra berbat bir hal aldı. Boşanmanın arifesindeydiler."

Bu kadar kesin konuşmasına şaşırdım.

"Edip Bey mi söyledi?"

Az önceki sevinç yeniden parladı gözlerinde, şimdi eskisinden daha belirgindi.

"Evet, Edip bana her şeyi anlatır. Hayattaki en yakın dostu benim. Ama Bihter'den de duydum. Zavallıcık, belki bir çare bulur umuduyla benimle konuşmak istedi. Ama karı koca yataklarını ayırmışsa artık o evlilik bitmiş demektir."

Anlamaya çalıştığımı fark edince hiç beklemediğim bir cüretle fısıldadı.

"Cinsellik tümüyle bitmişti aralarında."

Güya üzüntülüymüş gibi konuşuyordu ama öyle bir mutluluk duyuyordu ki bundan gözlerindeki ışıltıyı artık saklayamıyordu.

"Ya sizin?" demek gereğini hissettim. "Sizde de bitmiş miydi? Edip Bey'le birlikteyken diyorum."

Anında kaçtı bütün sevinci.

"Böyle konuları konuşmayı uygun bulmuyorum Nevzat Bey."

Üstelemedim, yanıtı zaten almıştım.

"Sözlerim maksadını aştıysa özür dilerim" diyerek toparlandım. "Şimdilik bu kadar, ihtiyaç duyarsam sizi arayabilir miyim? Sakıncası var mı?"

Tadı kaçmıştı ama nezaketi elden bırakmadı.

"Elbette arayabilirsiniz. Her zaman beklerim. Baksanıza bir kahve bile ikram edemedim size." Yüzüne üzgün kadın maskesini yerleştirdi. "Kolay değil, Edip benim için bulunmaz bir dosttu."

Yalandan gözyaşı dökmesini izlememek için seri bir hareketle elimi uzattım.

"Başınız sağ olsun. Aklınıza bir şey gelirse, lütfen haber verin."

Hiç yadırgamadı sözlerimi.

"Elbette Nevzat Bey. Edip'in katilini bulmanıza yardımım dokunabilirse çok memnun olurum."

Caddeye çıkınca sert bir rüzgâr çarptı yüzüme ama ne yalan söyleyeyim hoşuma gitti. O zengin evinin kasvetli, ağır havasından sonra soğuk hava ilaç gibi gelmişti. Başımdaki ağrı hafifler gibi oldu, midemde bir boşluk hissettim. Sabahki simit pek tutmamıştı anlaşılan. Şöyle sıcak bir çorba içecek, biraz kayıntı yapabilecek bir lokanta aradı gözlerim. Ama nerede; İngilizce, Fransızca isimlerle cafcaflanmış kafeler, restoranlardan başka bir mekân göremedim. Emektarı bıraktığım otoparka doğru ilerlerken bir Arap turist grubunun ortasına düştüm. Kafası sargılı altı adam... Şapkalarının altından kanlanmış gazlı bezler görünüyordu. Hayır, savaşta yaralanmış, Türkiye'de tedavi gören askerler değil saç ektirmeye gelen gençlerdi bunlar. O anda çaldı telefonum, Evgenia arıyordu, açlığımı da başımdaki ağırlığı da unuttum.

"Merhaba Evgenia" diyerek açtım. "Ne yapıyorsun?"

Küçük ama şen bir kahkaha yükseldi telefonun öteki ucundan.

"Gece rüyamda seni gördüm desem inanır mısın?"

"İnanmam mı, tabii inanırım. Nasıl gördün?"

Yeniden o tatlı gülüş sesi duyuldu.

"Şaka Nevzatcım, şaka, bizim başgarson İhsan Teşvikiye'de görmüş seni. Hâlâ buralardaysan uğra diyecektim. Ne zamandır görmüyorum. Burnumda tütüyorsun valla."

Ne zamandır görmüyorum dediği üç gündü. Evet, daha üç gece önce onda kalmıştım ama zamanımın büyük bölümünü Azez'le oynayarak geçirmiştim. Elbette sitem etmemişti Evgenia, hatta Lego'larla devasa bir bebek yapışımızı büyük bir mutlulukla izlemişti. Ancak küçük kız uyuduktan sonra baş başa kalabilmiştik. İkimiz de yorgunduk doğru dürüst sohbet bile edememiştik. Yani haklıydı Evgenia, yine de takılmadan edemedim.

"Gelirim ama yemek varsa..."

"Sen gel, ne yemek istersen yaparım..."

Arsızlığı iyice ele aldım.

"Çorba istiyorum, şöyle sıcacık, azıcık acılı bir çorba."

"Hımmm, tarhanamız var çok güzel, bizim ustabaşı Antep'ten getirdi. Onu pişiririm, sen gelene kadar hazır olur."

Otoparka bıraktığım arabamın içi buz gibiydi. Kontak anahtarını çevirdim ama Tatavla'ya gidene kadar ısınmayacaktı, o yüzden paltomun içine iyice gömüldüm. Gaza basacaktım ki yine çaldı telefonum, arayan yardımcımdı.

"Evet, Alicim, konuştun mu Bihter Hanım'la?"

"Henüz konuşamadım Başkomserim, Bihter'i hastaneye kaldırmışlar. Edip'in haberini alınca fenalaşmış. Ben de hastaneye geldim ama iş uzun sürecek, serum bağlamışlar, sakinleştirici veriyorlarmış."

Yani en az birkaç saat daha Bihter'le konuşmamız mümkün değildi.

"Lamartin Caddesi'ni biliyor musun Ali? Sana adresi mesaj atıyorum. Git karnını doyur iki saat sonra orada buluşalım."

"Emredersiniz Başkomserim..."

Hava çok soğuk olduğundan mıdır nedir, yollar sakindi. Sadece Kurtuluş Caddesi'nde takıldım biraz. Dörtlülerini yakıp sağa çeken insan görünümlü öküzler her zamanki gibi trafiği tıkıyorlardı. Yine de on dakika sonra Tatavla'nın kapısından içeri girmeyi başarmıştım.

Elbette kimsecikler yoktu içeride ama enfes yemek kokuları çoktan tutmuştu koca salonun içini. Birkaç adım atmıştım ki Evgenia çıktı mutfağın kapısından, elinde kocaman bir salata tabağıyla. Beni görünce gülümseyiverdi hemen. Elindeki kayık tabağı tatlı bir incelikle en yakın masanın üzerine bırakıp sarıldı boynuma. Ben de sımsıkı bastırdım onu göğsüme. Sonra aniden çekti kendini.

"Soğan kokuyorum değil mi?"

Kolundan tutup çektim kendime.

"Hayat kokuyorsun Evgeniacım, hayat."

Uysalca kayboldu kollarımın arasında. Başgarson İhsan'ın görünmesiyle koptuk birbirimizden. Bir çırpıda sofrayı kurdu Evgenia, tarhana çorbasını mideye indirdikten sonra kendime gelebildim. Elbette sadece bir çorbayla yetinmeyecekti güzel sevgilim. Tabakları toplayıp çoban salatasının yanına şehriyeli pirinç pilavıyla pirzolaları da sıraladı. Bizim öğlen yemeği masanın üzerinde hazırdı artık. Yemeğimi yerken Evgenia'ya sordum.

"Bir kadın, kocasıyla arasında uyumlu bir cinsellik yoksa adamı terk eder mi?"

Şaşırdı sevgilim.

"Bu da nereden çıktı Nevzat?" Yeşil gözleri sorularla doluydu.

Uzanıp elini tuttum, dudaklarıma götürüp sevgiyle öptüm.

"Bizden bahsetmiyorum Evgeniacım. Ben senden çok memnunum hem de her konuda. Bir cinayet vakası var, adam cinsel açıdan yetersizmiş. Kadınlarla ilgili sıkıntılar yaşıyormuş, acaba karısı bunu nasıl karşılaşmıştır, onu merak ediyorum."

Elini usulca avcumdan çekti, bir an düşündü.

"Kadınlar bu konuda erkeklerden farklı düşünür. Erkek sevgi doluysa, kadına şefkatle yaklaşıyorsa cinselliğin yeterli olmaması sorun yaratmayabilir. Bu iyi bir şey mi, kötü bir şey mi emin değilim ama kadın başka duygularla, bu ihtiyacını bastırabilir. Yani genel konuşuyorum Nevzatcım, belki de bazı kadınlar için bu konu çok önemlidir. Sırf bu nedenle kocasını aldatabilir ya da boşanabilir. Öyle olaylar da duydum, sen de duymuşsundur. Senin vakada ne olmuş? Yoksa kocasını mı öldürmüş kadın?"

Su bardağına uzanmadan önce yanıtladım.

"Belli değil, anlamaya çalışıyoruz. Aklını kadın roman kahramanlarıyla bozmuş bir adam var. Eşlerini onlara benzeyen kadınlardan seçiyor. Bu meseleyi takıntı haline getirmiş, kadınların isimlerine kadar seçici davranıyor. Ama onlarla da mutlu olamıyor. Anladığım kadarıyla cinsel sorunları var." Gözlerinin içine bakarak sıkıntıyla mırıldandım. "İlk kez böyle bir kurbanla karşılaşıyorum."

İrkilir gibi oldu.

"Adam öldürüldü yani."

"Evet, hem de Agatha Christie kılığındaki bir kadın tarafından..."

Şaşkınlıktan öylece kaldı.

"Agatha Christie'yi nereden bulmuş?"

"Bilmiyorum ki, belki kız arkadaşıydı öyle giyin, öyle makyaj yap dedi. Kadın da eğlenceli olur diye düşündü."

Evgenia gözlerini gözlerime dikmişti ama beni görmüyor gibiydi.

"Sanmıyorum Nevzat" dedi sonunda. "Para için yapmıştır kadın. Kendine saygısı olan hiçbir kadın, erkeğinin ilgisini çekmek için ünlü biri de olsa, hatta ölü biri de olsa başka bir kadının kılığına girmez. Yani bence girmez. Bu kendine hakarettir, kendini aşağılamaktır. Adama, ben aslında bir hiçim, senin zevkin için başka birine de dönüşürüm demektir. Zaten hiçbir erkek de saygı duymaz böyle bir kadına. Şehvet için, birkaç saatlik zevk için vakit geçirir ama asla saygı duymaz. Öyle değil mi?"

İnsan karmaşık bir mahlûktu, erkekler de en az kadınlar kadar tuhaf olabilirdi. Ama sonuçta Evgenia ile aynı fikirdeydim.

"Yani polisiye yazarının kılığına giren kadın eskort mu diyorsun?"

Çatalını eline almıştı.

"Muhtemelen öyledir diyorum. Aksi çıkarsa şaşarım." Yemediğimi fark etti. "Eee hadi ama pirzolalar soğudu."

Yeniden yemeğime döndüm, pirzolalardan birini mideye indirmiştim ki Evgenia dayanamayıp sordu:

"Adam, kurban diyorum, o da başka birinin kılığına girmiş miydi?"

Anlaşılan ilgisini çekmişti bu konu.

"Mesela kimin?"

Kararsız gülümsedi.

"Mesela Alfred Hitchcock... İkisi de kendi kimliklerinden kurtulup fantezi yapmak istemişlerse diyorum. O zaman durum değişir. Kadın da kabul edebilir bunu, aksi takdirde olmaz... Yok, Nevzat bence kendine saygısı olan hiçbir kadın bunu yapmaz."

Eğer Evgenia'nın tahminleri doğruysa işimiz kolaylaşabilirdi. Ahlak masasının yardımıyla ulaşabilirdik eskortluk yapan kadına. Aklımdan bunlar geçerken çalmaya başladı telefonum. Bu kez arayan kriminoloğumuzdu.

"Evet, Zeynepcim, seni dinliyorum."

Evgenia el işaretiyle selam söyle derken anlatmaya başladı Zeynep.

"Akmerkez'deki güvenlik kameralarına baktım Başkomserim. Katil gerçekten de profesyonel biri olmalı. Evet, Akmerkez'den çıkıyor ama oraya nereden girdiğini bulamadım. Şimdi Ulus'taki caddenin kameralarına bakacağım. Ama dediğim gibi kadın bir tetikçi olabilir..."

Evgenia'nın eskort kadın tahmininden sonra Zeynep'in kiralık katil ihtimalinden bahsetmesi beni hiç şaşırtmadı. Her ikisinin tahmini de doğru olabilirdi belki de aklımıza hiç gelmeyen başka bir ihtimal vardı.

"Anladım Zeynep, tamam sen merkeze dön. Şu bizim ressama, Agatha Christie makyajının arkasındaki kadının yüzünü çizdirmeye çalış. Biz de Ali'yle geliriz birkaç saate kadar." Kapatmadan önce sevgilimin dileğini de yerine getirmeyi unutmadım. "Ha bu arada Evgenia'nın sana çok selamı var."

Anında sesine sıcak bir ton yayıldı kriminoloğumuzun.

"Siz de çok selam söyleyin Başkomserim, ne zamandır bir araya gelmedik özledim valla. Azez de burnumda tütüyor."

"Olur, söylerim, hadi merkezde görüşmek üzere..."

"O da sana selam söylüyor" dedim sevgilime telefonu cebime koyarken. "Bir ara çağıralım çocukları, Azez'i sorup duruyorlar." Bakışlarım etrafı aradı. "Sahi nerede o?"

Sitemkâr bir bakış belirdi Evgenia'nın gözlerinde.

"Nerede olacak Nevzat, anaokulunda... Dün akşam seni soruyordu, Nevzat Baba ne zaman gelecek diye?"

İşte konu yine çaresiz kaldığım o noktaya gelip takılmıştı. Azez'in haklı talebini dile getirerek, neden birlikte yaşamıyoruz diyordu Evgenia.

"Yarın akşam gelir, sende kalırım. Ben de özledim kızımı."

Şöyle bir baktı Evgenia ama üstelemedi. Birlikte yaşamak için hazır olmadığımı o da hissediyordu, yeteri kadar sabırlıydı da yine de zaman zaman dayanamayıp söyleniyordu işte. O kadar da olacaktı.

Kentsel dönüşümde yenilenmiş apartmanlardan birinin çatı katındaydı Zihni Hoşgör'ün muayenehanesi. Birkaç yıllık binanın önüne geldiğimde, sert rüzgârdan korunmak için kapının içine sığınmış, soğuktan ayaklarını yere vurarak beni bekleyen Ali'yi gördüm.

"Geleli çok oldu mu evladım?"

Kalender bir ifade geçti soğuktan morarmaya başlamış yüzünden.

"Yok, Başkomserim, birkaç dakika oldu."

Gerçeği saklıyordu, en az on dakikadır buradaydı.

"Ne durumdaydı Bihter?"

"Hâlâ serum veriyorlardı Başkomserim. Belki akşamüzeri konuşabiliriz..."

Dostça vurdum omzuna.

"İyi o zaman, hadi girelim içeri."

Ancak üç kişinin sığabileceği dar bir asansörle çıktık yukarı. Bütün çatı katını kendine ayırmıştı Zihni Bey. Kapıyı çaldık, kendiliğinden açıldı. İçeri girdik, arkasındaki duvarda kocaman bir okyanus resmi olan, kısa siyah saçlı, iri, ela gözlü sekreter kız oturduğu masadan zoraki gülümsedi.

"Buyurun, kaçtaydı randevunuz?"

"Polis" diye tersledi yardımcım. "Zihni Bey'le görüşmemiz lazım."

Kim olduğumuzu öğrenen sekreterin iri gözleri endişeyle koyulaştı, daha fazla soru sormadan telaşla telefonu kaldırdı.

"İki polis geldi Zihni Bey, sizinle konuşmak istiyorlarmış. Tabii, hemen efendim."

Kız ayağa kalktı, eliyle sağ taraftaki küçük koridoru gösterdi.

"Buyurun, doktor beyin odası bu tarafta."

Önümüze düşen sekreteri izleyerek loş koridorun sonundaki bal rengi kapıya kadar yürüdük. Kız ardı ardına iki kez vurdu, sonra tokmağı çevirerek kapıyı açtı, yana çekildi.

"Buyurun" dedi bir kez daha aynı gergin sesle. "Doktor Bey sizi bekliyor."

İçeri girince doktor beyin bizi beklemediğini, muayenehanenin sağ duvarına monte edilmiş akvaryumundaki Japon balıklarını beslediğini gördük. Göz göze gelince, beni mazur görün dercesine bir bakış attı.

"Şu yaramazların karınlarını doyurayım hemen geliyorum." Kabalık yaptığını düşünmüş olacak ki, usulca eliyle işaret ederek. "Lütfen, lütfen oturun, rahatınıza bakın."

Ali'nin kaşları çatıldı, ben aldırmadan masanın önündeki koltuklardan birine yerleştim. Dışarıdaki soğuk havayla kıyaslandığında içerisi sıcaktı ama yeterince değil. Öyle ki paltomu çıkarmayı bile göze alamadım.

"Ne içersiniz?"

Doktor değildi soran, hâlâ açık kapının önünde dikilen sekreter kızdı. Üşüyen ellerimi ovuşturdum.

"Çay, kahve sıcak her şey olur."

"Kış çayı Cerencim" diyerek akvaryumun başından ayrıldı Zihni, akvaryumdaki rengârenk balıkları beslemeyi sonlandırmıştı. Durduk yere bir kahkaha attı. "Ee ben de istiyorum tabii..."

Yaklaşınca Zihni'nin sandığımdan daha iri yarı bir adam olduğunu fark ettim; ölgün ışığın altında bile parıldayan elips şeklindeki kafasında tek tel saç yoktu ama kemerli burnunun üzerine yerleştirdiği lacivert çerçeveli gözlüklerinin ardındaki yeşil gözlerinden kendine duyduğu güven okunuyordu. Cüretkâr gülümsemesini koruyarak elini uzattı.

"Merhaba, sanırım beni tanıyorsunuz. Adım Zihni, Doç. Dr. Psikiyatr Zihni Hoşgör."

Uzattığı eli sıktım, parmakları ateş gibiydi.

"Merhaba Zihni Bey, cinayet masasından Nevzat, Başkomser Nevzat."

Gülümsemesinin yerini belli belirsiz bir tedirginlik aldı.

"Cinayet masası..." dedi alçak bir sesle ama elini Ali'ye uzatmaktan geri durmadı. Benim delibozuğun aksiliği üzerindeydi adamın hareketini görmezden geldi.

"Niye bu kadar soğuk tutuyorsunuz burayı?" diye adeta azarladı.

Hiç alınmadı Zihni.

"Aslında soğuk değil." Hatırlamaya çalıştı. "İsminiz ne demiştiniz?"

"Bir şey demedim ama adım Ali, Komiser Ali." Etrafa baktı. "Nasıl soğuk değil, buzdolabı gibi ya. İyi hasta olmuyorsunuz burada."

O küçük kahkahasından bir tane daha koyuverdi Zihni.

"Hayır, Ali Bey, siz öyle alıştığınız için soğuk geliyor. İçerisi 19 derece. Elbette, normal yaşam için en ideal sıcaklık 21 derecedir ben iki derece daha düşüğünü seviyorum. Daha sağlıklı." Sağ gözünü kırptı. "Siz, beni dinleyin, biz erkekler için sıcak iyi değildir."

Müdahale etmesem bu manasız tartışma uzayıp gidecekti.

"Edip Bey hastanızmış öyle mi?"

Soru dolu bir ifade belirdi yüzünde, sonra kaygıyla sordu.

"Evet, ne olmuş Edip'e?"

"Niye öyle endişelendiniz?" diye yeniden araya girdi yardımcım. "Niye kötü şeyler düşündünüz?"

Zihni gayet mantıklı bir şekilde ağzının payını verdi bizimkinin.

"Polisler gelip Edip'i soruyorsa, nasıl iyi bir şey düşünebilirim Ali Bey?" Endişeyle ağırlaşan bakışlarını bana çevirdi. "Lütfen söyler misiniz Edip'e bir şey mi oldu?"

"Yakın mıydınız?"

Ellerini sıkıntıyla masasının üzerinde birleştirdi.

"Dostumdu, aslında hastam olarak gelmişti ama sonra arkadaş olduk." İsyan edercesine sesini yükseltti. "Artık söyler misiniz ne oldu Edip'e?"

"Ölmüş." Elbette bizim patavatsız Ali'ydi böyle damdan düşer gibi açıklayan. "Dün gece Pera Palas'ta parti yaptığı arkadaşı tarafından bıçaklanarak öldürülmüş."

Zihni'nin yüzündeki bütün kan çekildi, alt çenesi aşağıya düştü.

"Ne? Edip... Edip öldü mü?"

Adamın hassasiyetini hiç takmadı bizimki.

"Öldü. Evet, dün gece yarısından beri Edip Bey ölü..."

"Öldü, demek Edip öldü ha..." Yeşil gözleri nemlendi. "İnanamıyorum ya. Kim, kim yapmış olabilir ki bu alçaklığı?" Gözlüğünü çıkardı, yanağından süzülen yaşları sildi. Burnunu çekti, derin derin nefes aldı. "Dünyanın en zararsız insanıydı Edip. Kim, böyle bir insana kıyar ki?"

Tıpkı Feride gibi tepki gösteriyordu ama samimi görünüyordu. Ellerimi masaya koydum.

"Biz de onu bulmaya çalışıyoruz Zihni Bey, sizce kim öldürmüş olabilir Edip'i?"

Üzüntüsünden sıyrılır gibi oldu, düşüncelerini toplamaya çalıştı.

"Bilmiyorum, düşmanı yoktu ki. İnsanlara hep iyilik ederdi, bütün hayatı edebiyattı..." Gülümser gibi oldu, başaramadı yine gözleri doldu. "Çocuk gibiydi Edip ya, bu dünyanın insanı değildi..." Daha fazla konuşamadı, ağlamamak için kendini güç tutuyordu. Biraz rahatlayınca, "Özür dilerim" dedi burnunu çekerek. "Severdim Edip'i, gerçekten severdim. Öz kardeşimi kaybetmiş gibiyim." Burnunun ucuna düşen gözlüklerini sağ elinin işaret parmağıyla geriye itti. "Bilmiyorum Nevzat Bey, bilemiyorum kim öldürmek ister Edip'i?"

Sakinleşsin diye biraz zaman tanıdıktan sonra, "Agatha Christie gibi makyaj yapmış birisi" diyerek bazı bilgi kırıntıları attım önüne. "Kadının üzerinde 1940'ların giysisi vardı. Aslında Edip Bey de biraz öyle giyinmişti. Bunların bir anlamı var mı?"

Pürdikkat beni dinliyordu Zihni, çirkin suratında tuhaf bir ifade belirdi.

"Öyle mi?" Olanı biteni anlamış gibi birden sakinleşmişti. "Demek Agatha Christie ha. Demek son zamanlarda polisiye romanlara merak sarmış. Ama tuhaf, bir polisiye roman kahramanı değil de bir polisiye yazarıyla..."

"Ne demek istiyorsunuz?" diye sertçe sordu Ali. "Polisiye yazarıyla derken neyi kastediyorsunuz?"

Çok umursamadı yardımcımın hot zotçu halini, bana dönerek anlatmaya başladı.

"Uzun hikâye, Edip'in cinsel sorunları vardı." Sustu, kaşları çatıldı. "Aslında cinsel sorunlardan daha önemli sıkıntıları vardı. Az önce Edip bu dünyanın insanı değildi dedim ya, gerçekten de değildi. Küçükken annesinin cesedini bulmuş banyoda. Kadın bileklerini kesmiş, işte o görüntüyle karşılaşmış. Böylece gerçek hayattan kaçarak kurgusal hayata yani edebiyata sığınmış..."

"Biliyorum, Feride Hanım anlattı" diye susturdum, asıl söylemek istediğimi de araya sıkıştırdım. "Hatta sizin de önerinizle eşlerini roman kahramanlarına benzeyen kişilerden seçiyormuş..."

Kirpiksiz gözlerini açtı kapadı.

"Sadece eşlerini değil, birlikte olduğu bütün kadınlar roman kahramanlarına benzemek zorundaydı..."

Feride Hanım'ın sözlerini tasdik ediyordu.

"Evet, Edip'in cinsel ilişkiye girebilmesi için kadının mutlaka sevdiği bir roman kahramanına benzemesi gerekiyordu. Aksi takdirde ereksiyon gerçekleşmiyordu. Hatta başlarda aynı kahramanla işler iyi gitse bile bir süre sonra kaçınılmaz olarak Edip sorun yaşıyordu. İki eşiyle de arası bu yüzden bozuldu. Ona sıra dışı bu tedaviyi önerdim."

Tam yerine gelmişti, taşı gediğine koydum.

"İyi de siz, Edip'i tedavi etmemişsiniz, aksine hastanızın hakikatle bağının daha çok kopmasına neden olmuşsunuz. Bu davranışınız doğru mu?"

Şabalak suratı kıpkırmızı oldu.

"Bakın Nevzat Bey, insan ruhu oldukça karmaşıktır. Biz psikiyatrlar işte bu son derece nazik, anı anını tutmayan, sürekli değişkenlik gösteren malzemeyle uğraşıyoruz..."

Yadırgamıştı Ali.

"Malzeme mi? İnsan ruhu malzeme mi oldu şimdi?"

Yine tınmadı Zihni, bana bakarak anlatmayı sürdürdü.

"Derin bir depresyona girmişti Edip, uçurumun eşiğine gelmişti. Hayatın tatsızlığından söz ediyordu. Mutsuzdu, etrafındaki herkesi de kendisi gibi mutsuz ediyordu. Annesi gibi intihar etmesinden korkuyordum. Öncelikle onu hayata yeniden bağlamak gerekiyordu. Nitekim tedavi sonuç verdi. Edip yatakta başarılı olmaya başladı. Elbette bu tedavinin ilk aşamasıydı, amacım ikinci aşamaya geçerek..."

"Bir dakika, bir dakika" diyerek yine araya girdi Ali. "Şu tedavinin ilk aşamasını biraz daha anlatsana?" Bu kez duymazlıktan gelemedi psikiyatr.

"Feride Hanım da anlatmıştır ama hadi ben de anlatayım. Edip, gerçekte değil, edebiyatın dünyasında yaşadığı için, yatağa gireceği kadının da mutlaka okuduğu bir romanın kahramanına benzemesini istiyordu. Birlikte olacağı kadın makyajından, giysilerine konuşmasından davranışına kadar o kahramana benzemeliydi."

Bu kez samimi olarak şaşırmıştı yardımcım.

"Nereden bulacaktı ki öyle bir kadını?"

Çok safsınız der gibi baktı Zihni.

"Siz paradan haber verin Ali Bey. Günümüzde satın alamayacağınız hizmet yoktur. Edip'in de parası bol olduğu için, onun bu hayalini mükemmel bir şekilde gerçekleştirecek bir ajans buldu. Artık tedavinin ikinci aşamasına geçmeliyiz diye ne kadar uyardıysam da beni dinlemedi."

Sözleri Feride'nin anlattıklarıyla çelişmeye başlamıştı ama şimdilik bu konuya girmeye niyetim yoktu. Daha somut bir ipucu sunmuştu Zihni.

"Ajans mı?" diye eşeledim. "Nasıl bir ajans?"

Kibarlık yapmanın bir manası olmadığını anlamıştı Zihni.

"Muhabbet tellallığı yapan ajanslar Nevzat Bey. Affedersiniz bildiğiniz pezevenklik ofisi. Adına böyle diyorlar işte eskort ajansı..."

İster istemez gülümsedim.

"Aynen böyle Nevzat Bey. Rahmetli Edip..." Yine sustu, yine gözleri nemlendi. "Baksanıza rahmetli diyorum ya, zavallı Edip... Kusura bakmayın lütfen ama insan hemen alışamıyor..." Toparlanıncaya kadar yine sustu. "Evet, Edip böyle bir ajans buldu işte. Zaten cömert adamdı. Kesenin ağzını biraz daha açınca adamlar ona istediği kadın roman kahramanının bire bir benzerini yaratmaya başladılar. Evet, hiç şaşırmayın, Anna Karenina mı dersiniz, Madam Bovary mi, *Notre Dome'ın Kamburu*'ndaki Esmeralda mı dersiniz, *Don Kişot*'un Dulcinea'sı mı, *Kürk Mantolu Madonna*'nın Maria Puder'i mi yahu adamlar Kral Oidipus'un hem annesi hem sevgilisi olan Lokaste'yi bile canlandırdılar. O kadar diyorum yani..." Çaresizce ellerini yana açtı. "Böyle olacağını bilsem bu tedaviyi önermezdim. Ben iki aşamalı bir tedavi öngörmüştüm, ilkinde onu depresyondan, içine düştüğü ruhsal yıkımdan kurtaracak, ikincisinde ise hayatla yüzleşmesini sağlayacaktım. Ama tedavinin ilk aşamasına saplandı kaldı. O yüzden aramızda büyük bir tartışma çıktı. O günden sonra da bana gelmeyi bıraktı."

İşte bu ilginçti.

"Ne zamandır görüşmüyorsunuz?"

Hatırlamaya çalıştı.

"İki aydan fazla olmalı. Tedavisini olumsuz etkiler diye aramadım, o da beni aramadı." Yeşil gözlerini yine düşünceli bir ifade bürüdü. "Görüşmediğimiz süre boyunca roman kahramanlarına benzeyen eskort kızlarla görüşmeye devam etmiş anlaşılan." Bakışlarını yeniden bana çevirdi. "Ama tuhaf olan şu ki, ilk kez bir roman kahramanı değil de bir yazarla yatmak istemiş. Zavallı gerçeklik duygusunu iyice yitirmiş olmalı..."

Sayenizde diyecektim ama bu soruşturmada kilit önemde olduğunu düşündüğüm Zihni'yle köprüleri atmayı göze alamadım.

"Şu hizmet veren ajans?" diye daha somut bir soru sordum. "Kimdi onlar?"

Hiç tereddüt etmedi.

"Hugo diye bir adam. Bir zamanlar çok iyi bir makyözmüş, yalan değilse bir dönem Hollywood'da da çalışmış. Türkiye'ye dönünce de böyle bir şirket açmış. Güzel kadınların yapabileceği bütün işleri yapıyor ajansı. Şurada bir yerde kartı olacaktı..." Ali'nin suçlayan bakışlarını görünce geri çekildi. "Yanlış anlamayın benim hiç işim olmaz bu insanlarla. Ama bir terslik olursa diye vermişti o zamanlar Edip. Kimi arayacağımı bileyim diye..."

"Sadece bunun için mi?" diye manidar duygularını dile getirdi Ali. "Sakın size de hizmet vereceği için olmasın?"

Zihni tokat yemiş gibi sersemledi ama çabuk toparladı.

"Çok şakacısınız, parayla satın alınan şefkat de seks de doyurucu değildir."

Ne Ali ne de ben inandık bu sözlere ama daha fazla uzatmanın da manası yoktu. Zihni Hoşgör'ü Japon balıklı akvaryumuyla baş başa bırakarak sokağa çıktığımızda kar başlamıştı. Önce rüzgârla birlikte hafiften atıştırdı sonra enikonu artmaya başladı. Aracımın kapısını açarken, ön cam olduğu gibi beyaza kesmişti. Isınmak için motorun kıvamını bulmasını bekleyecektik. Ancak ondan sonra hareket edebildik.

Hugo Mutluluk Merkezi, Etiler'deki Zevk Apartmanı'nın giriş katındaydı. Kar yolları kaplamaya başladığı için millet arabasını evinde ya da işyerinde bırakmış olacak ki cadde de trafik yoktu. Benim emektarı kolayca binanın önündeki boşluğa çektim. Tutmaya başlayan karları ezerek girdik Zevk Apartmanı'na. Ali zile bastı, yanıt veren olmadı, bir daha dokundu, yine çıt yok, üçüncü dokunuşunda açıldı kapı. İnce, uzun bir adam karşıladı bizi. Kırçıl kıvırcık saçları başını olduğundan daha büyük gösteriyordu. Siyah deri ceket, deri bir pantolon giymişti, ayağında yıpranmış siyah bir bot vardı. Etraflarına çekilen sürmeyle adeta bal rengine dönüşen açık kahverengi gözlerine nazik bir ifade yerleştirerek sordu.

"Buyurun, nasıl yardımcı olabilirim?"

Sesi inceydi ama kendinden emin konuşuyordu.

"Hugo Bey'le görüşecektik" diye homurdandı yardımcım. Belli ki hiç haz etmemişti adamdan. Adam ise aksine hayranlıkla baktı Ali'ye, hatta ilgiyle gülümsedi.

"Hugo benim." Nedensiz bir samimiyet vardı yüzünde. "Hava malum, erken gönderdim çocukları." Gözlerinden soru dolu bir ışık geçti. "Sahi bu havada siz nasıl çıktınız dışarı?"

"Bir cinayeti soruşturuyoruz," dedikten sonra elimi uzattım. "Başkomser Nevzat..."

Yüzündeki kadınsı naiflik anında kayboldu.

"Cinayet mi... Ne... Ne cinayeti?"

Başıyla içerisini işaret etti Ali.

"Otursaydık daha rahat konuşurduk."

Şaşırdığını göstermek için, sağ elini dudağına götürdü.

"Ah özür dilerim, tabii, tabii şöyle buyurun. Cinayet filan deyince..."

Kibarca yana çekildi, koridorun sonundaki salonu gösterdi. Bahar çiçekli duvar kâğıtlarıyla kaplanmış dar koridordan geçerek her biri ayrı renklerde altı koltuğun yer aldığı geniş salona girdik. Duvarda Andy Warhol çakması devasa bir pano asılıydı. Panodan 12 adet rengârenk Marilyn Monroe huzurla gülümsüyordu. Panonun önündeki beyaz koltuğa oturdum, Ali de soldaki turuncuya çöktü, Hugo ise yüzünde gitgide derinleşen endişesiyle karşımızdaki kırmızı koltuğun ucuna yerleşti.

"Edip Kelami Bey" diyerek merakını giderdim. "Dün gece yarısı öldürüldü."

Düzgün alnı kırıştı.

"Edip Kelami, Edip Kelami..."

"Bilmezlikten gelme" diye uyardı Ali. "Senin müşterinmiş."

Sahiden şaşırmış gibiydi.

"Niye öyle söylüyorsunuz, çıkaramadım kimmiş bu Edip Kelami?"

Bizimki yine bodoslamadan daldı.

"Roman kahramanı kılığında kızlar yolluyormuşsun ya adama..."

Gözleri kısıldı Hugo'nun, biçimli dudakları hafifçe aralandı.

"Doktor Jivago, biz ona Jivago diyorduk. Siz Doktor Jivago'dan bahsediyorsunuz. Hüzün gözlü adamdan..." Sustu. "O mu öldürüldü? Ama niye? Kim öldürmek ister ki o güzel adamı?"

Korkuyla karışık bir şaşkınlık içindeydi.

"Biz de onu bulmak istiyoruz" dedim güvenle yüzüne bakarak. "Sizin bu konuda bir bilginiz var mı?"

Omuz silkti.

"Yok, yok nereden olsun? Cinayetle benim ne alakam olabilir?"

"Agatha Christie kılığına girmiş bir kadın tarafından öldürüldü."

Kısılmış gözleri iri iri açıldı.

"Agatha Christie mi? Şu bildiğimiz polisiye yazarı mı?"

Sakin bir tavırla başımı salladım.

"Ta kendisi. Hiç Agatha Christie kılığında birini yolladınız mı ona?"

Bir an düşündü.

"Hayır, zannetmiyorum. Öyle bir makyaj yapmadım. Evet, kızların makyajlarını ben yapıyordum, giysilerini de ben seçiyordum. Agatha Christie ha... Yok, öyle bir makyaj yapmadım." Emin olamadı, doğruldu. "Bir dakika bilgisayarıma bakayım, orada hepsi var." Pencerenin önündeki masaya yöneldi. Bilgisayarın tuşlarına dokundu...

"Evet, kızlarımın girdiği kılıklar işte burada. Evet, *Doktor Jivago*'nun Lara'sı, Mecnun'un Leyla'sı, *Uğultulu Tepeler*'in Catherine'i, Dracula'nın Mira'sı, *Büyük Umutlar*'ın Estella'sı, *Selvi Boylum Al Yazmalım*'ın Asya'sı, daha birçok roman kahramanı gönderdim ama hiçbir yazarı yollamadım." Bize doğru bir bakış attı. "Hayır, gelin siz de bakın isterseniz, Agatha Christie yok listede..."

Yardımcım hızla kalktı oturduğu koltuktan, çevik adımlarla bilgisayarın başına geçti. Gözlerini kısıp ekranı inceledi bir süre. O arada Hugo alaycı bir dille konuşmayı sürdürüyordu.

"Kadın güzel değil zaten. Agatha Christie diyorum, kim ona benzeyen birini ister ki?"

Ters ters baktığımı görünce sustu.

"Evet, burada Agatha Christie yok" dedi Ali sonunda. Hugo'ya döndü. "Şundan bir çıktı versene bize."

Bilgisayarın tuşlarına dokundu yine Hugo.

"Tabii veririm ama benim kızlardan hiçbiri Agatha Christie kılığına girmedi. Bundan eminim. Hem bizim cinayetle ne alakamız olur canım? Biz insanlara mutluluk sunuyoruz."

Artık sesinde belli belirsiz bir öfke vardı. Ali'nin dikkatinden kaçmadı bu gergin tonlama. Sanki konumuzla alakası varmış gibi damdan düşer gibi sordu:

"Niye bu işi yapıyorsun?"

"Sevdiğim için" dedi Hugo doğal bir tavırla. "Parası da iyi. Niye soruyorsunuz ki?"

Sinirlenmeye başlamıştı ama yanlış kişiye dikleniyordu.

"Soruyorum çünkü bir pezevengin duygularını merak ediyorum."

Ağır bir sessizlik çöktü geniş salona.

"Yalan mı?" diye üsteledi yardımcım. "Kızları satmıyor musun oğlum zengin adamlara?"

Hugo nefret dolu gözlerle süzüyordu Ali'yi, bizimki ise muhatabını hiç ama hiç önemsemeden öylece duruyordu karşısında.

"Bu sizin anlayabileceğiniz bir iş değil polis bey. Biz müşterilerimize sadece seks hizmeti vermiyoruz. Kızlarımız ve oğullarımız, evet, sadece *female*'ler değil *male*'ler de hizmet veriyor bizde, elbette *gay*'ler de. Bazen müşterilerimizle tatile gidiyoruz, bazen sadece yağmurda yürüyor, bazen kitap okuyoruz onlara, bazen felsefe tartışıyoruz. Sadece yalnız insanlara değil çaresiz kişilere de yardım ediyoruz. Kadınlara ve erkeklere, ölümcül bir hastalığa yakalananlara mesela, yakınını kaybedenlere, elbette aşk acısı çekenlere. Kapımızda da yazdığı gibi burası bir mutluluk merkezi." Dudaklarında muzip bir gülümseme belirdi, yakışıklı yardımcımı tepeden tırnağa süzdü. "Aslında siz de burada çalışabilirsiniz, çok hoş bir fiziğiniz var, erkeksi bir beden ama çocuksu, kırılgan bakışlar..."

Sürdüremedi çünkü Ali'nin öfkeli bakışlarını yüzünde hissetti.

"Ne diyorsun lan sen?"

Hiç korkmadı Hugo.

"Tamam, tamam canım, istemiyorsan olmaz. Bizde gönüllülük esastır."

Kanı beynine sıçrayan Ali, adamın üzerine yürüdü.

"Başlarım senin gönüllülüğünden şimdi."

Hugo adım adım geriledi, üzerine yürüyen yardımcımın elleri gırtlağına sarılacaktı ki, "Ali dur, ne yapıyorsun?" diyerek bağırdım. "Bırak adamı!"

Birkaç adım attıktan sonra emrimi yerine getirdi yardımcım. Ama Hugo halinden hiç de şikâyetçi değildi.

"Ne kadar da ateşlisin." Hayranlıkla, adeta arzulayarak bakıyordu yardımcımın kaslı kollarına. "Yazık, çok işime yarardın."

Ali yeniden sinirlenecek oldu.

"Yeter!" diye bağırdım. "Yeter Hugo. Lütfen konudan ayrılmayın."

Yeniden bilgisayarın başına döndü mutluluk dağıtıcısı, yazıcıdan çıkan kâğıdı aldı ama Ali'ye değil bana verdi.

"Alın işte hepsi, bütün liste burada."

Şöyle bir göz attım uzattığı kâğıda.

"En son ne zaman kız yolladınız Edip'e?"

Sağ eliyle pürüzsüz çenesini kaşıdı.

"İki hafta, evet iki hafta olmuştur. Zaten ayda iki kez hizmet isterdi bizden. Ama kız değil, düzeltiyorum Nevzat Bey, roman kahramanı yollardık ona." Yardımcıma küçümseyen bir bakış fırlattı. "Biz, bu genç polisin söylediği gibi pezevenk filan değiliz. Bütün gelişmiş ülkelerde bu alanda hizmet veren ajanslar gibi son derece saygıdeğer bir kuruluşuz. Bir anlamda birbirine ihtiyacı olan yetişkin insanları buluşturuyoruz. Belki, size ahlaki olarak uymayabilir ama yanlış bir iş yapmıyoruz."

"En son hangi roman kahramanını yollamıştınız?"

"*Üç İstanbul* romanından Belkıs adında bir kadın kahramanı yollamıştık. Bizim kızlardan Didem canlandırmıştı Belkıs'ı. *Femme fetale* kadınlardan. Çok da benzemişti Didem. Yazarı Mithat Cemal Kuntay görse eminim gözlerine inanamazdı."

"Nerede bu Didem?"

Ali yeniden katılmıştı soruşturmaya.

"Paris'te, geçen hafta sonu gitti, iki gün sonra gelecek." Alaycı bir ifade belirdi gözlerinde. "Ya siz aklınızı mı kaçırdınız? Didem gibi bir kız niye öldürsün Edip'i? Üstelik adam dünyanın en cömert müşterisiydi." Açık verdiğini anlamıştı, toparladı. "Yani mutlu oldu mu mutluluk saçardı."

En mühim soruya gelmişti sıra.

"Peki, siz en son ne zaman gördünüz Edip'i?"

Alınmış gibi baktı yüzüme.

"Nevzat Bey, bende insan öldürecek surat var mı? Rica ederim. Ömrümde sadece iki kere gördüm adamı, sonuncusu da üç ay önceydi. Bana ne istediğini en az iki hafta öncesinden e-maille yazar, istediği kadın kahramanın bulunduğu romanın ismini bildirirdi. Ben de kitabı okur, söz konusu kahramanı canlandıracak kızı bulur, giysilerinden konuşma tarzına kadar saatlerce çalıştırarak, buluşma gününe hazırlardım." İnanmadığımızı görünce, eliyle bilgisayarını gösterdi. "Buyurun birlikte bakalım, bütün bilgiler orada."

Elbette baktık, doğru söylüyordu. Böyle kârlı bir müşteriyi öldürmesi için hiçbir neden yoktu. Hugo'yu mutluluk merkezinde tek başına bırakıp arabama döndük.

"Ama ya kızlarından biri yaptıysa?" Direksiyonu karlarla kaplı asfalta çevirirken, Ali dile getirmişti bu ihtimali. "Öyle ya Başkomserim, adam bildiğiniz deli, şu roman kahramanlarından birine hani, neydi adı, Lara mıydı neydi? Doktor Jivago'nun sevgilisine gönlünü kaptırdıysa, Hugo denen o süslü pezevenkten habersiz kızla ilişki kurmuş olabilir. Adamda acayip para varmış. Kafa da bir dünya, niye olmasın?"

Makul bir senaryodan bahsediyordu. Evet, gerekirse, Edip'in buluştuğu bütün roman kahramanlarıyla görüşerek bu meseleyi açıklığa kavuşturacaktık. Ancak ortada tuhaf bir durum vardı, tuhaf değil de matrak.

"Niye gülüyorsunuz Başkomserim?"

Yardımcım da fark etmişti kendi kendime güldüğümü.

"Hiç Alicim, Psikiyatr Zihni'nin de şu modern muhabbet tellalının da bahsettiği kitapların nerdeyse hepsini okudum, kadın kahramanlarından da etkilenmiştim. Onlarla böyle bir cinayet vakasında karşılaşacağım aklımın ucundan bile geçmezdi. Ona gülüyorum."

Ali'nin soğuktan morarmış yüzü aydınlandı.

"Hiç sormayın Başkomserim, o kitapların yazarları kahramanlarının böyle bir işe alet edildiğini duysalardı ne derlerdi acaba?"

Yerinde bir soruydu ama hepsinin aynı tepkiyi vereceğini sanmıyordum.

"Belki bir kısmı öfkelenirdi ama bir kısmı da eğlenirdi. Aslında düşününce Hugo'nun söyledikleri oldukça tuhaf geliyor bana."

Göz ucuyla bakınca, yardımcımın kaşlarının çatıldığını gördüm.

"Yapmayın Başkomserim, pezevenkliğin nesi tuhaf, adamlar allayıp pullayıp kadın satıyorlar işte."

Vites değiştirirken sözlerime açıklık getirdim.

"Tuhaf derken şu mutsuz insanlara ihtiyacı olanları vermeyi kast ediyordum. Hugo öyle diyordu ya."

Yine anlamadı yardımcım ne demek istediğimi.

"Nerede olursa olsun doğru bir şey değil Başkomserim... Kim bilir o kızlara neler yapıyorlardır?"

Namuslu davrananları ayrı tutarım ama bunca yıllık tecrübem o kızların birçoğunun da gönüllü olarak bedenlerini sattığı yönündeydi. Lüks yaşama bayılıyorlardı, çile çekmeden para kazanmayı seviyorlardı, toplumun büyük bölümü gibi kısa yoldan köşeyi dönmeyi istiyorlardı. Ahlak, erdem, onur gibi değerler onları hiç alakadar etmiyordu. Amaçlarına ulaşmak için genç ve güzel bedenlerini kullanmaktan çekinmiyorlardı. Elbette sözlerim bütün seks işçilerini kapsamıyor, zorunluluk nedeniyle bunu yapanlar, korkunç davranışlara muhatap olanlar da vardı ama Hugo'nun mutluluk merkezi için çalışan kızların onlar gibi olduğunu hiç sanmıyordum.

"Mesele sadece seks değil Alicim, bundan daha da mühimi insanların mutlu olma yeteneklerini yitirmesi. Hugo'nun söylediği türden acayiplikler, yani birinin sevgisini, şefkatini, ilgisini parayla satın almaktan söz ediyorum, Avrupa'da, Amerika'da olur sanıyordum. Bizde de başlamış anlaşılan... O kadar yozlaşmışız ki artık mutluluğu bile satın alacak hale gelmişiz. Beni ilgilendiren kısmı bu evladım. Onu anlatmaya çalışıyorum deminden beri."

Yine itiraz edecekti ki telefonu çalmaya başladı. Açtı.

"Alo buyurun, evet Komiser Ali..." Sesinin ağırlaşmasından önemli bir mesele olduğu anlaşılıyordu. "Doğrudur, Bihter Hanım'la konuşmak isteyen bendim... Tabii, eve geliriz o zaman... Görüşmek üzere." Telefonu kapattıktan sonra yüzünde tatlı bir ifadeyle bana döndü. "Bihter Hanım hastaneden ayrılmış, evdeymiş Başkomserim. Artık onunla konuşabiliriz."

Bihter Hanım'la Edip Bey'in villası Arnavutköy sırtlarındaydı. Beyaz ahşap kapının üzerine mavi bir el yazısıyla Kelam Villası yazılmıştı. Kapıyı genç bir kadın açtı bize. Gülümsemesinden önce yasemin kokulu parfümü karşıladı bizi. Güzel sayılmazdı ama erkeklerin alakasını derleyecek kadar çekiciydi. Dik omuzlarını ve dolgun göğüslerini açığa çıkaran siyah boğazlı bir kazak giymişti üzerine, bacaklarında ise, siyah ince fitilli kadife bir pantolon vardı.

"Merhaba siz Ali Komiser olmalısınız. Telefonda konuşmuştuk, ben Betül, Bihter'in kız kardeşiyim."

Ben de kendimi tanıttım, Betül, kocaman bir kütüphaneye aldı bizi. Maundan yapılma raflardan yüzlerce kitap vakur bir tavırla bize bakıyordu. Rafların olmadığı geniş pencereden ise İstanbul Boğazı'nın puslu denizi görünüyordu. Üç duvarı kaplayan raflardaki eserler yazar adlarına göre ayrılmıştı. Balzac'lar, Dickens'lar, Dostoyevski'ler, Marquez'ler, Reşat Nuri'ler, Yaşar Kemal'ler, Kemal Tahir'ler, Adalet Ağaoğlu'lar... Çoğuyla hiç karşılaşmamış olmama rağmen ailemden birileri gibi sevdiğim bu büyük yazarların eserleriyle karşılaşmak hoşuma gitmişti. Ali ise büyük bir şaşkınlık içindeydi.

"Bu ne be? Ev mi, kütüphane mi şimdi burası?"

Eğlenceli bir ifade belirdi Betül'ün yüzünde.

"Şov, Ali Beycim şov. Dizersin böyle cilt cilt kitapları, kazanırsın entelektüel sıfatlarını."

Kadının tam olarak ne demek istediğini anlamadım, zaten şu anda asıl meselemiz de bu değildi.

"Bihter Hanım nasıl? Toparladı mı biraz?"

"İyi, hastaneden çıkınca daha da iyi oldu. Kolay değil tabii. Edip Bey'in ölümü çok ani oldu." Başıyla içeride bir yerleri gösterdi. "Ablam içeride, buyurun oturun, geldiğinizi haber vereyim."

Kütüphanede şairlerin bulunduğu bölümün önündeki deri koltuğa oturmadan önce hâlâ ayakta dikilen Betül'e sormadan edemedim.

"Edip Bey'i iyi tanır mıydınız? Eniştenizi diyorum."

Alt dudağını dişlerinin arasına aldı, bir süre düşündükten sonra ağzından tek bir sözcük döküldü.

"Tanırdım."

Kestirip atmıştı, nerdeyse yürüyüp gidecekti ama edebi incelemeler bölümünün önünde dikilen Ali izin vermedi.

"Eee nasıl bir adamdı?"

Kaçamak bir bakış attı Betül.

"Bu konuda fikrimi söylemesem daha iyi. Ölünün arkasından konuşmak yakışık almaz."

Yardımcım da benim gibi meraklanmıştı.

"Kötü biri miydi yani?" diye üsteledi. "Bakın Betül Hanım, eniştenız dün gece öldürüldü. Onu sevmiyor olabilirsiniz ama anlatacaklarınız katili bulmamızda yardımcı olabilir."

Kaşları çatıldı, omzunu silkti.

"Anlatacaklarım mı? Benim katille ne ilgim olabilir ki? Edip Bey, evet aramız iyi olmadığı için hiç enişte demedim ona. Ne de Edip Abi. O her zaman Edip Bey'di. Acayip bir adamdı."

Tanımlamakta güçlük çeker gibiydi.

"Edebiyat merakından mı söz ediyorsunuz?" diye anlamaya çalıştım.

İğrenç bir sözcük duymuş gibi suratını buruşturdu.

"Edebiyat merakı mı? Öyle bir merakı yoktu." Raflarda uzanan kitapları gösterdi. "Bunların hepsi paravandı, adamın ahlaksızlığına gerekçe hazırlayan bir paravan." Yeniden kitapları gösterdi. Bu kitapların hiçbirini sonuna kadar okumamıştır. Nefret ederdi edebiyattan. Babası yüzünden, Cenap Bey zorla okuturmuş küçükken kitapları. O özetlerini okurdu, hatta birilerine okutur, onlardan dinlerdi; ne karakterler üzerine derin bir bilgisi vardı ne de kitapların anlattıkları hakkında bir fikri."

Suçlamadan öte açıkça hakir görüyordu adamı.

"Ama" dedim dayanamayarak. "Psikiyatriste gidiyormuş. Onunla da konuştuk küçükken bir travma atlatmış..."

Sinirli sinirli güldü.

"İnandınız mı o sahtekâr herife? Nevzat Bey, ikisi de aynı yolun yolcusu. Kadın avcısı, tatminsiz orta yaş erkekleri bunlar. Birbirleriyle kavga ettiklerini de anlattı mı? Lara takma isimli Gözde adında bir kız yüzünden."

Çok önemli bir ayrıntıdan bahsediyordu.

"Bir dakika, bir dakika... Edip Bey, Psikiyatr Zihni'yle kavga mı etti diyorsunuz?"

"Hem de sille tokat. Zihni daha iri yarı, tokatlamış bunu. O da kuyruğu kıstırıp soluğu zavallı ablamın yanında almış. Karaktersiz ya, kendi yaralarını saramaz ya, illa birinden yardım alacak." Konuştukça öfkesi artıyordu. "Anlamadığım, ulan madem böyle rezilsin edebiyatı niye karıştırıyorsun işin içine? Lara'ymış... Lara da güya *Doktor Jivago* romanındaki kahraman oluyor. Para için her erkeğin altına yatacak piyasa motorlarına, o şahane roman kahramanlarının adını veriyorlar..." Gözleri öfkeden çakmak çakmak olmuştu. "Evet, sadece bunun için bile öldürülürdü o Edip denen şerefsiz."

Dün geceden beri duyduklarımızdan farklı görüşleri dile getiriyordu genç kadın, hem de olanca açıklığıyla, konuyu eşelemekte yarar vardı.

"Sizin bir alakanız var mı edebiyatla? Ablanız öykü yazıyormuş galiba?"

Mütevazı bir gülümseme belirdi ince ama güzel dudaklarında.

"Yazardı ama Edip'le evlendikten sonra tek satır yazamadı. Ben oyuncuyum ama sakın şu dizi oyuncularıyla karıştırmayın. Özel bir tiyatroda oynuyorum. Elbette iyi bir edebiyat okuruyum. Evimde bu kadar büyük bir kütüphanem yok ama Edip Bey'den daha çok okuduğum kesin."

"Ablanız evlendikten sonra neden yazamadı? Edip Bey engel mi oluyordu?"

Ayakta durmaktan yorulmuş gibi deri koltuklardan birinin kolçağına oturdu.

"Doğruyu söylemek gerekirse, herif hiçbir zaman yazma demedi. Aksine, karısının yazar olması hoşuna gidiyordu. Onunla partilere, açılışlara, kokteyllere gidiyordu. Küçük adam ya herkese böyle hava atıyordu. Ama Bihter'le evlenme nedeni yazar olması değil, bildiğiniz gibi *Aşk-ı Memnu*'nun kadın karakterine benzemesiydi. Fakat evlendikten kısa süre sonra değişti. Karısına eski ilgiyi göstermemeye başladı, dahası onu aldatıyordu." Duraksadı, kısa bir tereddütten sonra daha cesur bir tonda konuşmaya başladı. "Aslında adam hastaydı. Cinsel açıdan sağlıklı değildi. Sertleşemiyormuş. Bunu çözmek için de rezilce bir yol deniyormuş işte."

"Roman kahramanlarına benzeyen kadınlarla birlikte olmak..." diye malumu ilan etti Ali.

"Eh işte, anlayın durumu. Böyle bir kocası olan kadın nasıl yazmaya devam edecek. Bırakın yazmayı kafayı yer insan. Hele Bihter gibi hassas, dünyanın güzel, insanların iyi olduğunu sanacak kadar safsanız mutsuz olmanız kaçınılmaz. İşte benim güzel ablamın başına gelen de buydu."

"Neymiş başıma gelen?"

Bakışlarımız salonun öteki girişinde beliren siyah siluete döndü. Evet, bileklerine kadar siyah bir elbise giymiş, boynuna ipek bir fular bağlamış incecik bir kadın kapının pervazına yaslanmış bize bakıyordu.

"Kalktın mı?" diye ablasına doğru yürüdü Betül. "Ah be canım, beni bekleseydin ya?"

Karşılık vermek yerine güçsüz adımlarla bize doğru yürümeye başladı. Yaklaştıkça yüzünün solgunluğu ortaya çıkıyordu. Sadece gözlerinde değil, bütün yüzünde derin bir yıkılmışlık görülüyordu; ölüm haberi ruhu gibi bütün bedenini de sarsmış olmalıydı.

"Merhaba" dedi az öncekinden daha cılız bir sesle. "Sanırım olayı siz soruşturuyorsunuz." Ayağa kalkacak oldum, eliyle işaret etti. "Lütfen, lütfen beyefendi kalkmayın. Ben de oturacağım zaten. Biraz başım dönüyor."

Betül yolda karşıladı onu, hemen koluna girerek destek oldu.

"Tansiyonun düştü, tabii, geceden beri lokma koymadın ağzına. Serumlar da olmasaydı..."

Kız kardeşinin sözlerine kulak asmadı Bihter, gelip karşımdaki koltuğa çöktü. Otuzlarında olmalıydı ama şu anda ellisinde gösteriyordu.

"Korkunç bir şey, korkunç..." Gözleri doldu, ellerini yüzüne kapatarak ağlamaya başladı. "Nasıl oldu bilemiyorum. Olmaması lazımdı. Korkunç, korkunç..." Gözyaşları yanaklarından süzülürken bütün bedenini bir titreme aldı. Betül ablasının elini tuttu, Ali'yle ben de ayağa fırladık. Koltuğa yaklaşırken Bihter çoktan bayılmıştı. Genç kadını yatak odasına taşıdık. Az sonra kendine geldi. Haline bakmadan, "Kusura bakmayın ne olur" diyecek oldu, "Asıl siz kusura bakmayın, iyi olduğunuzu düşünmüştük, sıkıntı yok, daha sonra geliriz."

Zorlamak zalimlik olurdu, halsiz bedenini yatağında bırakıp dışarı çıktık. Betül de bizimle geldi. Odanın kapısından çıkarken, "Hayvan herif, mahvetti kızı" diye tısladı.

"Edip'ten nefret ediyorsun!"

Bir teşhisten çok suçlamada bulunur gibiydi Ali. Hiç çekinmedi Betül.

"Evet, ediyorum, önceleri sevmezdim ama artık nefret ediyorum. Hayvan herif mahvetti ablamı. Öldü diye bir insanın yaptığı kötülükler ortadan kalkmaz. İçeride gördünüz işte, o güzelim kızdan bir enkaz kaldı geriye."

Ali olduğu yerde durdu, Betül'ün gözlerine bakarak sordu.

"Yani imkânınız olsaydı onu öldürmekten çekinmezdiniz."

"Biri yapmış zaten" dedi bakışlarını kaçıran Betül. "Yanlış anlamayın kimsenin öldürülmesini istemem, ben bir sanatçıyım, şiddeti asla savunmam. Ama canımızı yaktı bu adam..."

"Ama öldü" diye hatırlattım. "Bundan daha büyük bir ceza yoktur. Artık nefret etmekten vazgeçseniz..."

İtiraz edecek sandım, yapmadı.

"Haklısınız, artık Edip yok, ona kızmanın bir manası kalmadı, ablamı ayağa kaldırmaya çalışmalıyım."

"Sahi siz gece yarısı neredeydiniz?"

Hazırlıksız yakalamak için böyle aniden sormuştu yardımcım.

"Dün mü?"

"Yok, canım bu gece yarısı işte. Edip Enişteniz öldürüldüğünde."

Eniştenız sözcüğünü üstüne basarak söylemişti. Ama Betül inadına heyecansız, duygusuz bir sesle karşılık verdi.

"Evimdeydim, Cihangir'de, Tavuk Uçmaz Sokak'ta... Aslında bir haftadır burada kalıyordum, ablamın yanında. Çünkü bir aydır eve uğramıyordu Edip. Bihter'e arkadaşlık yapıyordum. Ama dün eve gittim."

"Evde kimse var mıydı?"

Sanki bir tiyatro sahnesinde repliğini söylüyor gibi yardımcımın ses tonuyla konuşuyordu.

"Vardı, Basri. Onunla oynaşmaya gittim zaten..."

Zavallı Ali, bu fettan kızın kendisiyle alay ettiğini anlamamıştı.

"Erkek arkadaşınız mı Basri?"

Muzip bir ifade geçti Betül'ün koyu kahverengi gözlerinden.

"Sayılır, Basri Bey altı yıllık ev arkadaşım ve can dostumdur. Ancak şahitlik yapamaz, çünkü insanca konuşamıyor. Ama kediceyi çok iyi bilir." Birden sesini yükseltti. "Benden mi şüpheleniyorsunuz? Çekinmeyin, çekinmeyin açıkça söyleyin Ali Bey, isterseniz karakola gelip ifade de veririm. Korkacak bir şeyim yok. Edip'i ben öldürmedim. Öldürmeyi düşünmedim değil ama elimi onun kanına bulamadığım için mutluyum."

Şimdilik öğreneceklerimizi öğrenmiştik Betül'den, elbette Bihter için yeniden gelecektik.

İletişim bilgilerini alıp Kelam Villası'ndan çıktığımızda kar iyice tutmuştu. Sokakta düşmemek için küçük adımlarla ilerlerken, "Ne diyorsun Betül'ün söylediklerine?" diye sordum yardımcıma. "Edip hakkında herkesten farklı konuştu."

"Farklı değil Başkomserim açıkça suçladı adamı. Belki de kızı taciz etmiştir. Tamam, o kadarını söylemedi ama Edip'ten nefret ediyor. Üstelik adam ölmüş olmasına rağmen. Ablasını bu kadar çok seven bir kız kardeşle de ilk kez karşılaşıyorum."

"Öyle deme, kardeşlerini seven insanları çok gördüm. Onlar için canlarını bile verebilecek insanlar."

Aklıma gelip de söylemediğim ihtimali o dillendirdi.

"Yahut onlar için öldürecek. Evet, Başkomserim bu Betül'de kuşku uyandıran bir şeyler var. Şimdi siz söyleyince jeton düştü. Kız tiyatrocuymuş, Agatha'nın kılığına giren neden bu olmasın? Güçlü kuvvetli de, adamı altına alıp saplamıştır bıçağı."

Aman dikkat et dememe kalmadı, yardımcım mermer bir eşiğin üzerine yağmış karlara basar basmaz sağa savruldu. Uzanıp tuttum kollarından, sağ dizi yere değdi ama neyse ki düşüp bir yerini kırmadı.

"Bastığın yere dikkat et evladım. Sen bize lazımsın."

Bana minnettar bir bakış atan yardımcım dizine bulaşan karları silkelerken, "Açıkçası Betül'den pek şüphelenmiyorum" diyerek konuya döndüm. "Senin gibi dobra biri sadece. Gördün işte, aklında ne varsa söylüyor. Bilemiyorum, yanılabilirim elbette ama pek suçlu gibi gelmedi."

Hava o kadar soğumuştu ki bizim emektarı güçlükle çalıştırdım. Park yerinden çıktık, ama ilerlemek ne mümkün, caddede araçlar oldukları yere çakılmış, trafik akmaz olmuştu. Arabanın içinde mahsur kalmış, sinirlerimizi bastırıp cama usulca düşen kar tanelerini izlerken çaldı telefonum.

"Evet, Zeynepcim, nedir vaziyet?"

Hiç uzatmadan can alıcı bilgileri sıralamaya başladı.

"Ne yazık ki Ulus'taki kameralarda kadının görüntüsüne rastlayamadık. Muhtemelen indiği yerde Mobese yoktu. Belki de kadın özellikle Mobese olmayan bir köşede indi. Eğer taammüden bir cinayetse bu davranışı hiç de mantıksız kaçmaz. Sanırım tetikçi doğrudan ilişki kurmuş Edip'le, aracı kullanmamış Başkomserim. Yoksa açık verirdi. Ama maktulün telefonunda öyle bir arama yok. Yani Edip Bey'i arayanlar hep tanıdık numaralar. Bilmediği numaraları açmıyormuş. Mesaj da yok. Belki mektup aracılığıyla iletişim kurmuştur. Maktulün yaşadığı mekânları araştırmamız lazım."

"Ben de onu diyecektim Zeynepcim, şimdi sen neredesin?"

"Zincirlikuyu civarındayım, merkeze dönüyorum."

"Merkeze dönme, Edip Bey'in Mecidiyeköy'de ofisi varmış. Kız arkadaşlarıyla filan orada buluşuyormuş. Adamın gizli mekânı orası olabilir. Ali adresini telefondan yazacak, sen oraya geç, biz de geliyoruz."

Telefonu kapatırken trafik hafiften kıpırdamaya başladı, birkaç metre ilerledik caddede tren vagonları gibi sıralanmış araç kafilesiyle birlikte.

"Zeynep de Hugo gibi düşünüyor Ali" diye sessizliğimi bozdum. "Bu defa mutluluk ajansı değil, eskort kızın kendisi ilişki kurmuştur Edip Bey'le diyor."

Zeynep'e, maktulün ofis adresini yazdıktan sonra telefonunu cebine koydu Ali ama ellerini de cebinden çıkartmadı. Zavallı çocuk, emektarı ne kadar çok sevdiğimi bildiği için "Başkomserim artık değiştirin şu arabayı" bile diyemiyordu.

"Mantıklı görünüyor Başkomserim" dedi ağzından buharlar çıkararak. "Belki de ilk ilişkiyi ajans kurmuştu ama kız baktı, herif paralı, aracıyı çıkardı, Edip'e doğrudan kendisi ulaştı."

"Yani katil tetikçi değil, o anda çıkan kavga sonucu öldürdü Edip'i diyorsun. O da mümkün tabii ama öyle olsaydı ajansın ona taktığı isimle aramaz mıydı? Mesela Madam Bovary ya da Anna Karenina gibi... İlk kez bir yazar ismi geçiyor. Rutin dışı bir davranış değil mi?"

Gözlerini yola dikip bir süre düşündü.

"Yanılıyor olabilirim elbette. Belki de Zeynep'in varsayımı doğrudur" dedi sessizce. "Kendini Agatha Christie diye tanıtan kız, eskort hizmeti değil, öldürme hizmeti veriyordur. Düşmanı yok diyorlar ama herifin yaşadığı hayat ortada. Birilerinin canını yakmamış olması imkânsız. Onlardan biri tetikçi tutmuş olabilir."

Trafik yine açılır gibi oldu. On metre kadar daha ilerledik.

"Kim olabilir ki?" diye sohbeti sürdürmek istedim. "Bihter'in halini gördün, o kadın birini kiralayıp kocasını öldürtecek ferasete sahip değil. Feride Hanım'la konuştum, belli etmemeye çalışıyor ama sinsi bir kadına benziyor, neyin peşinde olduğu belli değil. Adamın ölümünden çıkarı varsa..."

Sağ eliyle saçlarını karıştırdı.

"Evet, üstelik cinayetin hemen ardından Edip'i aradı. Belki de tuttuğu katilin işi başarıp başaramadığını kontrol ediyordu."

Öndeki arabanın stop lambaları yanınca ben de frene bastım.

"O da var Alicim. Ama Zihni'yi de unutma. Bak, Edip'le kavga etmişler, adam söylemedi bize. İlk aşama filan diye geveliyor ama göz göre göre hastasının zaaflarından yararlanmış aslında. Bana sorarsan bizzat kendisinin tedaviye ihtiyacı var."

Ali suskun kaldı, sonra bana döndü.

"O deli doktorunda cinayet işletecek yürek yok Başkomserim. Bakmayın o cüsseye, ancak Edip gibi şahıslara yutturur onlar. Adam fırsatçının biri. Hastasını maddi manevi yemiş işte."

Hiç emin değildim ama bu düşüncemi kendime saklamayı seçtim, o anda bir mucize oldu, birden yol açıldı. Yirmi metre kadar gidince anladım nedenini, beyaz bir BMW ile mavi bir Ford birbirine girmişti, dakikalardır gelmeyen çekici sonunda kaza mahalline gelip ikisini de yana alınca yol açılmıştı. Derin bir nefes alarak dokundum gaz pedalına.

Mecidiyeköy'de Edip Bey'in ofisinin bulunduğu binanın kapısında kocaman harflerle Hayal Apartmanı yazıyordu. Betül Hanım'ın söylediği gibi kendini entelektüel gösterme sahtekârlığının bir parçası mı, yoksa gerçekten edebiyata duyulan sevginin gereği mi, anlamak zordu. Zaten o soğukta kapının önünde bunu düşünecek halimiz de yoktu. Havanın kararmasıyla birlikte iyice keskinleşen rüzgârı ve artık hafiflemeye başlayan kar yağışını sokakta bırakarak girdik binaya. Asansöre binip çatı katına çıktığımızda küçük koridorda bir yazarlar resmigeçidi karşıladı bizi. Cervantes'ten Shakespeare'e, Dostoyevski'den Dickens'a, Halide Edip'ten Orhan Kemal'e, Nâzım Hikmet'ten Orhan Veli'ye, Edgar Allan Poe'dan Agatha Christie'ye, Kemal Tahir'den Aziz Nesin'e, Yusuf Atılgan'dan Oğuz Atay'a, Haldun Taner'den Sait Fa-ik'e, Yahya Kemal'den Ahmet Hamdi Tanpınar'a kadar on sekiz yazar siyah beyaz fotoğraflardan bize gülümsüyordu. Yazarların arasından geçerek kapıyı çaldık. Aralanan kapıdan Zeynep'in güzel yüzü göründü. Ellerine eldivenlerini geçirmiş çoktan başlamıştı çalışmaya hamarat kızımız.

"Ooo donmuşsunuz" dedi giysilerimizin üzerinde erimeye başlayan kar tanelerini görünce. "Gelin, gelin içerisi sıcacık..."

İçeri girince alacakaranlık koridorun duvarlarında yazarların değil ama kitap kapaklarının fotoğraflarını gördük. Sanki bir resim galerisindeymişiz gibi çerçeveler üstlerinden verilen ışıkla özel olarak aydınlatılmıştı. Kapakların bütün ayrıntıları mükemmel bir şekilde gözler önüne seriliyordu. *Fareler ve İnsanlar*, *İnce Memed*, *Bekçi Murtaza*, *Budala*, *Ateşten Gömlek*, *Üç İstanbul*, *Memleketimden İnsan Manzaraları*, *Mezarlarınıza Tüküreceğim*, *Yaban*, *Oblomov*, *İki Şehrin Hikâyesi*, *Vadideki Zambak*, *Damda Deli Var*, *Dorian Gray'in Portresi*, *Çanlar Kimin İçin Çalıyor...* Bir an bir cinayet soruşturmasında olduğumu unutup kendimi o kitapların içinde buldum. İlgiyle kapakları incelediğimi gören Zeynep, "Asıl şurayı görmelisiniz Başkomserim" diyerek kapısı açık odayı işaret etti. Merakla oraya yöneldim, aralıktan lacivert bir ışık sızıyordu. İçeri başımı uzatınca kocaman bir oda karşıladı beni, ortasında gece mavisi ipek örtülerle kaplanmış bir yatak. Daire şeklindeydi yatak, üzerinde dört yastık bulunuyordu, zaten dört kişinin rahatça uyuyabileceği büyüklükteydi. Ne bir resim, ne bir biblo, ne bir raf, ne de bir pencere vardı. Evet, bu büyük oda duvarlardan oluşuyordu. Sadece odanın sol tarafında beyaz ahşap bir kapı göze çarpıyordu.

"Neden duvarlar bomboş?" diye yadırgadı yardımcım. "Hapishane gibi be!"

İlk aklıma geleni söyledim.

"Hayalleriyle arasına hiçbir şeyin girmesini istememiş Ali. Roman kahramanlarıyla kafasındaki fanteziyi yaşarken, rüya âlemini bozacak hiçbir eşyaya, hiçbir nesneye yer vermemiş." Başımla beyaz kapıyı gösterdim. "Orası nereye açılıyor Zeynep?"

"Bunun en az iki katı daha büyük bir başka odaya, kostümler, makyaj masası, yatak odasını renkten renge sokan bir ışık düzeneği."

Hiç şaşırtıcı değildi, sadece roman kahramanlarını canlandıran kızlar değil, elbette kendisi de hikâyenin geçtiği dönemdeki gibi giyinmek, gerekirse peruk takmak, parfüm sürmek durumundaydı. Mademki bir hayali canlandırıyordu bütün ayrıntılara dikkat etmesi gerekiyordu. Beyaz kapıyı açınca Edip'in bunu kusursuz bir şekilde yaptığını gördüm. Duvarı boydan boya kaplayan bir gardırop içinde on sekizinci yüzyılda, on dokuzuncu yüzyılda, yirminci yüzyılın değişik dönemlerinde giyilen paltolar, redingotlar, ceketler, pantolonlar, gömlekler, şapkalar, kravatlar, çoraplar, gecelikler, pijamalar, robdöşambrlar, çizmeler, botlar, rugan ayakkabılar, terlikler, kol düğmeleri, rozetler, saatler, gözlükler, bastonlar, tesbihler... Daha küçük bir dolabın içinde her biri el yapımı biblolar kadar güzel parfüm şişeleri. Renk renk peruklar, küçük kutularda takma benler, bıyıklar, sakallar, kirpikler, sigara tabakaları, ağızlıklar, pipolar, purolar, enfiye kutuları. Yine öteki duvarı boydan boya kaplayan barda, viski, şarap, rom, absent, likör, votka, rakı, konyak, bira, cin, tekila, şampanya şişeleri...

"Tiyatro kulisinden daha zengin burası" dedim hayranlıkla. "Dönem filmi çekilecek malzeme var burada çocuklar."

"Yalnız adam sıkı manyakmış Başkomserim. Normal biri bunu yapamaz. Harcadığı para bir yana, bu kadar ayrıntıyla nasıl uğraşır insan ya? Ne kadar büyük emek, ne kadar büyük çaba..."

"Kabul edelim ki Edip'te sanatçı bir taraf varmış" diye alaycı bir tavır takındı kriminoloğumuz. "Ama asıl işimize yarayacak bilgiler, salondaki bilgisayarda." Bunu söylerken yeniden geldiğimiz kapıya yönelmişti bile, peşi sıra yürürken konuşmayı sürdürdü. "Hani nasıl iletişim kurmuştur diye düşünüyorduk ya, kadın e-mail göndermiş. Agatha Christie kılığındaki kadın diyorum. Evet, kadın bulmuş onu." Odadan çıktık iki duvarı olduğu gibi zeminden tavana camla kaplı bir salona girdik. Cam olmayan iki duvar yine silme kitap raflarıyla örtülmüştü. Salonun ortasında, açılmış bir kitap şeklinde dizayn edilen masadaki devasa bir bilgisayar duruyordu. O bilgisayara doğru yürüyordu Zeynep. "Şimdi okuyacağım size neler yazdığını, daha doğrusu nasıl yazıştıklarını." Bilgisayarın önündeki iskemleye oturdu, ekrana baktı. "Şöyle yazmış kadın ilk mesajında,

> 'Sevgili Edip Beyciğim,
> Size 'Sevgili' dememi lütfen mazur görün ama biliyorsunuz edebiyat bütün tarafları tanış yapar. Taraflar derken, okurla yazar arasındaki tanışıklıktan söz ediyorum. Okur, hayatı boyunca hiç tanışmadığı, belki de hiç tanışamayacağı bir yazarın kitabını okurken onunla en mahrem duygu ve düşüncelerini paylaşır. Yazar anlattığı hikâyede, yarattığı kahramanların psikolojilerinde aslında okurun ruhuna bir ayna tutmakta, bir anlamda okurun kendiyle yüzleşmesini sağlamaktadır. Bundan daha mahrem bir paylaşım olabileceğini sanmıyorum. Üstelik okur söz konusu kitabı okurken en sakınımsız haldedir. Otobüste, trende, uçakta olabileceği gibi yemek odasında, işyerinde, yatakta hatta

tuvalette bile o kitabı okuyor olabilir. Resmi giysili, pijamalı, iç çamaşırıyla hatta çırılçıplak da olabilir. O nedenle, benim kitaplarımı okuyan ve seven biri olduğunuzu bildiğimden size 'Sevgili' diye hitap etmekte hiçbir sakınca görmedim. Biliyorsunuz benim kitaplarım entrikalarla dolu olmasına rağmen dilim son derece yalındır. Duygu ve düşüncelerimi en kolay yoldan anlatmayı severim. Şimdi de öyle yapacağım, sizinle buluşmak istiyorum, sizinle hiçbir sınırlamanın ve hiçbir çekincemin olmadığı bir gece geçirmek istiyorum. Elbette siz de isterseniz. Çünkü okur o kitabı kucağına alıp sayfalarını çevirmezse, yazarın hiçbir etkileme gücü kalmayacaktır. Eğer, bu davetim size cazip geliyorsa lütfen bana yazın. Hem cevabınızı hem de reddetmeyerek bana büyük bir mutluluk ve zevk bağışlayacağınız o buluşma anını sabırsızlıkla bekliyorum. Sevgilerimle...'"

Bakışlarını ekrandan bize çevirdi Zeynep.

"Altta da Agatha Christie yazıyor."

Şaşkınlıkla homurdandı Ali.

"Ne manyak insanlar var ya, herif de bu e-maili yıllar önce ölen Agatha Christie'nin yazdığına inanmış öyle mi?"

"İnanmış Alicim" diye sakince onayladı kriminoloğumuz. "Hem sadece inanmamış büyük bir heyecana da kapılmış. Daha on dakika geçmeden cevap yazmış Edip Bey. Bak, şöyle diyor rahmetli:

'Sevgili Agatha,
Kelimelerinizle beni ne kadar mutlu ettiğinizi tarif etmem imkânsız. Gerçi romanlarınızı okurken de yaşadığım hayatın sıkıntılarını, dertlerini, sıkıcılıklarını unutur, kendimi zekice oluşturulmuş bir bilmecenin içinde bulurdum. Ama doğrudan benim için yazdığınız bu satırlar, inanın yeryüzünün en büyük yazarlarının en bilgece, en güzel, en etkileyici kelimelerinden

> daha çok etkiledi beni. Sizinle buluşma fırsatını nasıl reddedebilirim, bu hayatın en temel sevincini ve neşesini reddetmek olur. Hanımefendi, sizinle arzu ettiğiniz tarihte, arzu ettiğiniz mekânda buluşmaktan büyük bir onur duyarım. İsterseniz romanlarınızın geçtiği İngiltere'deki o sayfiye yerlerindeki otellerden birine bile gelmeye hazırım. Sizin, okumaktan büyük bir mutluluk duyacağım emirlerinizi bekliyorum. Lütfen, ama lütfen bana yazın. Rica ediyorum zamanın o saydam soğukluğunun aramıza girmesine izin vermeyin. Sevgili Hanımefendi, bir an önce sizden haber bekliyorum. En içten duygularımla.'

Gördüğün gibi Alicim, en küçük bir kuşku bile duymamış Edip, aksine anında kaptırmış kendini olaya. Çok da beklememiş zaten, sevgili Agatha'sından hemen gelmiş mesaj...

> 'Sevgili Edip,
> Bakın artık size Edip diyorum. Haklısınız artık bir an önce kavuşmalıyız. Elimden gelse hemen şimdi diyeceğim ama biliyorum ki bu kadar acelecilik de iyi değil. Bu muhteşem ilişkinin büyüsünü bozabilir. Ama yarın gece, bence mükemmel bir zaman. Görüşme yerini ve saatini lütfen siz belirleyin. Kimsenin bizi rahatsız etmeyeceği bir mekânın beni mutlu edeceğini söyleyebilirim yalnızca. Bu konuda sizin hayal gücünüze ve inceliğinize güveniyorum. İlk gecemizin anlamına uygun bir mekân seçeceğinizden hiç kuşkum yok. Bazen duyguların gücünü ifade etmekte kelimeler yetersiz kalıyor. Dahası yanlış anlamalara da meydan verebiliyor. O yüzden tutkumu kelimelerle söndürmeyeceğim, bu sıra dışı arzunun tatminini sizinle karşılaşma anıma saklıyorum. Lütfen bana yarın gece buluşacağımız mekânı yazın...'

Gördüğünüz gibi kadın, fena tongaya bastırmış adamı" diye adeta hayranlıkla söylendi, sonra yeniden ekrana döndü. "Ve Edip yarım saat sonra yazmış elbette.

> 'Sevgili Agatha,
> Daha şimdiden beni ne kadar mutlu ettiğinizi, tatsız, sıkıcı, kupkuru hayatıma nasıl bir renk kattığınızı anlatamam. Evet, yarın gece bence de mükemmel bir zaman. Bilmem hoşunuza gider mi ama Pera Palas'ta sizin adınıza düzenlenmiş odada buluşmak çok güzel olabilir. Erken olmayacak elbette, gecenin o esrarengiz karanlığı şehri ve oteli sardıktan sonra buluşalım diyorum. Mesela saat; 22:30'da. Ne dersiniz, sizce de uygun mudur?
> Kavuşma anının özlemiyle hoşça kalın.'

İşte bunlar yazıyor Başkomserim, son mesajda ise Agatha çok uygun olduğunu söylüyor. Böyle buluşmuşlar Pera Palas'ta."

"Ne olmuşsa o bir buçuk saat içinde olmuş demek ki?" Ali'ydi varsayımda bulunan. "Ama kafamı kurcalayan bir nokta var." Zeynep'e bakarak konuşuyordu. "Senin varsayımın üzerinden gidecek olursak, tetikçi kadın Agatha Christie rolüne bürünerek Edip'le bağlantı kurdu. Otelde buluştular, amacı adamı öldürmek ama yanında hiçbir silah getirmiyor, ısmarladıkları bifteğin bıçağını kullanıyor. Tuhaf değil mi? Ya bıçak yeterince keskin olmasaydı? Adamı öldüremeyecek miydi yani?"

Çok önemli bir ayrıntıdan bahsediyordu, profesyonel bir tetikçi işini asla rastlantıya bırakamazdı. Ama Zeynep'in cevabı gecikmedi.

"Yanında başka silah olmadığından emin değiliz ki Ali. Belki de o an eline biftek bıçağı geçtiği için onu kullandı. Belki de çantasında başka bir bıçak, ne bileyim susturucu takılı bir tabanca vardı. Odada neler yaşandığını gösteren bir kamera görüntüsü yok."

Ali cevap vermek üzereydi ki, bir ses duydum, dış kapının oradan geliyordu, sanki biri kapının kilidini kurcalıyor gibiydi. Sağ elimi dudaklarıma götürdüm.

"Şşştt."

Üçümüz de kulak kesildik, şimdi tıkırtı daha net işitiliyordu. Elimi silahıma atıp usulca doğruldum, Ali de hareketlenmişti anında. Lambayı işaret ettim. Zeynep çevik bir hareketle uzanıp düğmeye bastı. Alacakaranlıkta parmaklarımızın ucuna basarak az önce geldiğimiz kapıya yöneldik. Kapının arkasındaki şahıs hâlâ kilidi kurcalamayı sürdürüyordu. Sonunda ardı ardına iki klik sesi duyuldu. İşte o anda Ali'yle ben kapının iki yanında yerimizi almıştık bile. Kapı aralandı, içeri doğru bir baş uzandı, ardından iri yarı bir gövde içeri süzüldü. İki adım atmıştı ki, Ali'yi fark etti. Ve o ağır gövdesinden beklenmeyen bir çeviklikle yardımcımın üzerine atladı ama bizimki zarif bir hareketle yana çekilince adamın iri kolları boşluğu kucakladı. Ali durur mu, yana savrulan adamın suratının ortasına bir kroşe yerleştirdi. Yumruk yerini bulmuştu, üstelik Ali'nin eli de hiç hafif değildir ama meçhul şahıs çabuk toparlandı, yeniden yardımcımın üzerine atlayacak oldu, bu kez ben izin vermedim. Ensesine tabancamın kabzasıyla pek de nazik olmayan bir şekilde dokunuverdim. Şöyle bir sallandı yine de pes etmedi, eh benden günah gitti diyen Ali sağlı sollu yumruklarla girişti adama. Zavallı artık daha fazla ayakta duramadı, önce duvara çarptı, kendisi de dövüşmekten büyük zevk alan Hemingway'in *Çanlar Kimin İçin Çalıyor* romanının çerçevelenmiş kapağıyla birlikte yere yığıldı. O anda Zeynep düğmeye dokundu ve koridorun sıcak ışıkları yüzü kanlar içinde yerde yatan adamın psikiyatr Zihni olduğunu açığa çıkardı. Şaşkınlıkla Ali'yle birbirimize baktığımızı gören Zeynep, "Tanıyor musunuz?" diye sordu.

Sevgilisinin sorusunu yanıtlamak yerine bana döndü yardımcım.

"Bu deli doktorunu gözüm hiç tutmamıştı zaten."

Anında kavradı Zeynep.

"Maktulün psikiyatrı bu mu?"

Gençler böyle tartışırken beni hafiften bir endişe almaya başlamıştı. Çünkü Zihni'de hiçbir hayat belirtisi görülmüyordu. Fazla mı sert vurmuştuk? Eğilip iri bileğini avuçlarımın arasına aldım, nabzı atıyordu. Derin derin soluduğunu da o zaman fark ettim. Endişelendiğimi anlayan Ali gülümsedi.

"Merak etmeyin Başkomserim, baksanıza herif öküz gibi, bir kamyon sopa yese yine bir şey olmaz buna."

"Şimdi ayıltırız onu" diyen Zeynep içeri yöneliyordu ki gerek kalmadı, Zihni inleyerek gözlerini araladı. Etrafında toplanmış kişileri görünce, telaşla sağ elini yüzüne tutarak kendini korumaya çalıştı ama bir saldırı gelmeyince, dikkatle etrafına bakındı.

"Nevzat Bey, Nevzat Bey siz miydiniz?" Hayretler içindeydi. "Ne, ne arıyordunuz burada?"

"Asıl sen ne arıyorsun?"

Elbette Ali'ydi çıkışan. Hemen yanıtlayamadı Zihni, zaman kazanmak için elini patlamış dudaklarına götürdü.

"Ah, acıyor." Eline bulaşan kendi kanına baktı. "Dudağım patlamış galiba."

Artık konuşma zamanım gelmişti.

"Daha fena olabilirdi Zihni Bey. İçeri girer girmez yardımcıma saldırdınız."

Ne diyeceğini bilemedi.

"Özür dilerim, karanlıkta tanıyamadım." Elini uzattı. "Yardım eder misiniz? Yüzümü gözümü yıkayayım, bir kendime geleyim."

Elini tutarak kalkmasına yardımcı oldum. Ayakta bir an başı döndü, duvara tutundu. Yenilmiş bir adamın kendiyle alay eden tavrıyla söylendi.

"Yumruklarınız çok güçlüymüş Ali Komiserim. Valla tren çarpmış gibiyim."

Bizim kabadayının dudaklarına gurur dolu bir gülümseme yayıldı ama cevap vermedi. Zihni, sanki kendi evindeymiş gibi lavabonun yolunu kolayca buldu, birkaç adım sonra sendelemekten de kurtulmuştu. Biz de yeniden salona geçtik. Psikiyatr da çok bekletmedi zaten. Ama içeri girdiğinde çok komik bir hali vardı, zaten şekilsiz olan burnu sağ deliğine sokulan pamukla iyice çirkinleşmiş, sağ gözü de morarmaya başlamıştı. Elinde tuttuğu buz parçasını sağ elmacık kemiğinin üzerine tutarak şişmesini engellemeye çalışıyordu. Gelip karşımdaki kahverengi berjer koltuğa yerleşti.

"Soruşturma için geldiniz değil mi?" diye kendince başlattı muhabbeti.

Ciddi bir ifadeyle bir süre süzdüm yaralı suratını.

"Orası malum da Zihni Bey, sizin burada ne işiniz var? Maktulle iki aydır görüşmediğinizi söylemiştiniz. Hem buranın anahtarı sizde ne arıyor?"

Gülümsemeye çalıştı, canı yandı, başaramadı.

"Dost olduğumuzu söylemiştim Nevzat Bey. Çok güvenirdi Edip bana, o yüzden..."

"Bırak artık martaval okumayı" diye sertçe kesti Ali. "Ne güvenmesi, adamın ağzını burnunu kırmışsın bir kadın yüzünden..."

Ali'nin sözleri yumruklarından daha etkili olmuştu.

"Ama, ama..." diye geveledi Zihni.

Düpedüz azarlamaya başladı yardımcım.

"Aması maması yok Zihni Efendi, hakikati anlatacaksın, sadece hakikati."

Morarmaya başlayan sağ gözü, patlamış dudakları, tek burun deliğine tıkalı kanlı pamukla pek bir âciz görünüyordu psikiyatr. Ne düşüncelerini toplayabiliyor ne de ağzından tek bir sözcük çıkıyordu.

"Edip'le kavga ettiğinizi neden söylemediniz?" diyerek konuya yoğunlaşmasını sağlamak istedim. Suçlamıyordum, anlamaya çalışıyordum. Yöntemim işe yaradı.

"Mahrem bir konu Nevzat Bey, söylemeye utandım."

Samimi görünüyordu. Ali yeniden fırçalayacaktı ki adamı, el işaretimle engel oldum.

"Bir cinayet soruşturmasındayız Zihni Bey, bizim için hiçbir konu mahrem değildir. Aksi takdirde başınız belaya girer."

Anlıyorum diyerek kanlı bakışlarını kaçırdı, sonra yardım istercesine sordu.

"Avukatımı çağırmam daha doğru olmaz mı?"

İçtenlikle baktım.

"Avukatınız gerçekleri ortadan kaldıramaz. Eğer gerçeği anlatırsanız size yardım edecek kişiler biziz. Açık konuşayım, durum hiç parlak değil."

"Yok, yok" diye kıpırdandı oturduğu yerde. "İnanın sandığınız gibi değil, hepsini açıklayabilirim."

Ellerimi yana açtım.

"Buyurun, aydınlatın bizi o zaman."

Boğazını temizlemeye çalıştı, olmadı.

"Özür dilerim" diyerek kalktı, lavaboya yollandı. Döndüğünde elinde bir bardak su tutuyordu.

"Zaaflarıma yenildim" diye başladı anlatmaya. "Yapmamam gerekeni yaptım. Edip'le ilişkimizden bahsediyorum. Onu iyileştirmek için iki aşamalı bir tedavi yöntemi uyguladığımı anlatmıştım. İşte o tedavinin ilk aşamasında ben de kendimi kaybettim. Yani Edip'le ilişkimde hekim olduğumu onun da hasta olduğunu unuttum. Cinsel arzularım ağır bastı. Siz de erkeksiniz biliyorsunuz..." Mahcup bakışları Zeynep'e kaydı. "Yani hanımefendinin yanında anlatmak ne kadar uygun kaçar..."

Anında düzeltti kriminoloğumuz.

"Hanımefendi değil Komiser Zeynep. Rahat olun Zihni Bey, anlatacaklarınızdan çok daha beterlerini duymuşumdur, çok daha rezillerini görmüşümdür. Siz beni dert etmeyin."

"Peki, teşekkür ederim. Bir gün Edip, canlandırmalara beni de davet etti. O roman kahramanları olan kadınlarla buluşmalarından söz ediyorum. 'Acayip bir duygu, çok değişik bir deneyim yaşayacaksın' dedi. Önce reddettim, ama peşimi bırakmadı. 'Çok mutlu olacaksın, başka bir insana dönüşeceksin' diye ısrarını sürdürdü. Keşke yapmasaydım ama sonunda önerisini kabul ettim. 'Hemingway'i okudun mu?' diye sordu. Elbette okumuştum." Zihni'nin bakışları koridora gitti. Az önce kapağını düşürdüğüm romanı seçmişti: *Çanlar Kimin İçin Çalıyor*. Amerikalı bir kahramanı vardır, Robert Jordan, bir de Maria adında genç bir kız. İlk kez bir uyku tulumunda sevişirler." Yüzü kıpkırmızı olmuştu, bir kez daha çekingen gözlerle Zeynep'e baktı. Kriminoloğumuzun hiç de oralı olmadığını görünce sürdürdü sözlerini. "İşte ilk deneyimim öyle oldu. Hatta kızın saçları kısacıktır, gelen eskort da aynı onun gibiydi. Ne yalan söyleyeyim hoşuma gitti. Ama orada bırakmalıydım, yapamadım. Daha da kötüsünü yaptım. Fakir Baykurt'un *Yılanların Öcü*, Henry Miller'ın *Oğlak Dönencesi*'ndeki aşk sahnelerini canlandırdıktan sonra Edip çıtayı iyice yükseltti. Marquis de Sade'ın *Sodom'un 120 Günü* romanındaki toplu bir sevişme sahnesini birlikte yaşamamızı istedi. Bu kadarı fazlaydı, duyar duymaz karşı çıktım, kesinlikle olmaz dedim. Ama yine halime bırakmadı Edip, ağzımdan girdi, burnumdan çıktı. Sonunda ikna etti."

"Nasıl yani?" diye bir kez daha kesti Ali. "Eşcinsel ilişkiyi mi kabul ettin?"

Sağ elini avucundaki buzla birlikte salladı Zihni.

"Hayır, hayır ben heteroseksüelim, ikimizin birden çok sayıda kadınla yatağa girmemizden söz ediyordu."

"Girdiniz mi?"

Çok büyük bir suç işlemiş gibi başını öne eğdi.

"Ne yazık ki evet. Şu içerdeki yatak odasında. Benim için tam bir hayal kırıklığıydı. Böyle bir ilişkiyi istemediğimi anladım."

İnanmayan gözlerle baktı yardımcım.

"Edip'i o yüzden dövdüm deme..."

Masumca boynunu büktü.

"İnanmayacaksınız ama biraz öyle oldu."

Kaşları çatıldı yardımcımın.

"Bak başladın yine yalana. Bir eskort kızı paylaşamamışsınız... Adı da Gözde mi ne?"

Zihni'nin kanlı gözlerinden öfke ışıltıları geçti.

"Feride anlattı bunları değil mi? Bakın, size söyleyeyim, Edip'i öldürme ihtimali olan bir kişi varsa o da Feride denen o sinsi kadındır."

Zihni kendisi hakkında bilgi verenin Edip'in eski karısı olduğunu zannediyordu, oysa bize bilgileri Betül vermişti. Elbette bunu Zihni'ye söylemeyecektik. Çünkü davayla ilgili belki de hiç öğrenemeyeceğimiz bilgiler ortalığa saçılmaya başlamıştı.

"Feride neden öldürmek istesin ki Edip'i?"

Sorum tartışmayı anında bitirdi, Ali tırnaklarını içeri çekti, Zihni bir anlığına da olsa nefretini bastırdı.

"Çünkü" dedi Zihni yutkunarak. "Çünkü Edip'in parasını o yönetiyordu. Adamın nakitlerini sakladığı kasa bile kadının Teşvikiye'deki evinde bulunuyor. Onların ne kadarı kayıt altında, ne kadarı sadece Edip'le Feride'nin bilgisi dahilinde kimse bilmiyor." İkna etmek istercesine eğilip gözlerime baktı. "Küçük bir meblağdan bahsetmiyoruz Nevzat Bey. O kasada nakit 5 milyon doları olduğunu söylemişti Edip, hisse senetleri, fonlar, bonolar cabası... Bence Edip bile tam olarak bilmiyordu ne kadar parası olduğunu. Eğer Feride, eski kocasını öldürttüyse kasadaki servetten istediği kadarına el koyabilir. Üstelik adamdan nefret ediyordu... Evet, bütün o domestik, sevecen kadın görüntüsünün altında, onu terk eden adama duyduğu derin nefret yatıyordu." Elinden suları akan buza, burnundan hafifçe sızan kana aldırmadan, adeta bir avukat edasıyla üçümüze bakarak tekrarladı ithamını. "Evet, sormuştunuz ya Edip'in düşmanı var mı diye. Evet, işte söylüyorum, onun gizli düşmanı Feride'ydi. Bence onu sorgulamalısınız. Hem de derhal. Kasada ne kadar para, fon, hisse senedi varsa saptamalısınız..."

"Bir dakika bir dakika Zihni Bey" diye durdurdum onu. "Bu bilgiler için çok teşekkür ederiz. Ama siz, Gözde Hanım'ı anlatmadınız hâlâ. Gerçekten de onun yüzünden mi kavga ettiniz Edip Bey'le?"

Kötü bir hakikatle karşılaşmış gibi derinden iç geçirdi.

"Sizden saklamayacağım, evet öyle sayılır. Gözde yüzünden kavga ettim. Adamın ne insana ne de insanın duygularına saygısı vardı çünkü." Sesini yükseltti, cesaretle konuşmaya başladı. "Aşktan söz ediyorum Nevzat Bey. Evet, âşık oldum, o gece Gözde'ye âşık oldum. Utancım biraz da o yüzdendi. Bu duygumu, arkadaş bildiğim Edip'e de bütün içtenliğimle anlattım. 'İnsan ilk görüşte âşık olur mu, bilmiyorum ama ben oldum. Gözde'yle ilişkimi geliştirmek istiyorum, galiba yıllardır aradığım kadını buldum' dedim. Ellerime sarıldı. 'Çok sevindim, senin mutlu olman beni de mutlu eder. Tamam, Hugo'ya söyleriz, halleder. Gider Gözde'yle konuşur, ne zaman istersen, kızı sana göndeririz' dedi. O zaman beni hiç anlamadığını fark ettim. Gözde'yle doğrudan ilişki kurdum. Kendimi anlattım, duygularımı anlattım. Önce şaşırdı Gözde, uzak durdu. 'Sizi tanımıyorum' dedi. 'Tanırsın' dedim. Nezaketimi yitirmeden, ısrar ettim. Bir âşığın yapması gereken ne varsa hepsini yaptım. Sonunda Gözde'yi benimle çıkmaya ikna ettim. Üç kez dışarıda buluştuk. Üniversiteye gidiyordu, şu işe bakın ki o da psikiyatri okuyordu. Onu tanıyınca daha çok sevmeye başladım. Eskortluk yapıyordu ama çaresiz olduğu için bu işteydi. Niyetim gerçekten ciddiydi, gerekirse evliliğe kadar gidebilirdim. Ama ikinci hafta, Gözde görüşmeye gelmedi. Aradım, 'Artık buluşamayız' dedi. Nedenini sordum söylemedi, özür dileyerek telefonu kapattı. Ben de doğrudan Hugo'ya gittim. Adam hiç saklamadan, gizlemeden durumu anlattı. 'Sizin arkadaş, şu Jivago Edip yine Gözde'yi istedi. Kız şaşırdı tabii, bunlar nasıl arkadaş diye düşündü haliyle. Artık sizin de samimi olmadığınızı düşünüyor.' Bunları duyunca çok sinirlendim. O öfkeyle buraya geldim, niyetim kavga etmek değildi, sadece Edip'i uyaracak, Gözde'den uzak durmasını sağlayacaktım. Ama beni dinlemedi bile. 'Aşk diye bir şey yoktur, güzellik vardır. Güzellik de kimsenin malı değildir. Ona sadece belirli bir süre sahip olabilirsin, sonra uçar gider. Tıpkı Gözde gibi, o ne sana, ne de bana, o kendine ait. Tıpkı Kızkulesi gibi, tıpkı Da Vinci'nin *Mona Lisa* tablosu gibi, tıpkı Michelangelo'nun *Davut* heykeli gibi, tıpkı Orhan Veli'nin şiirleri, Yaşar Kemal'in romanları, Sait Faik'in hikâyeleri gibi. Bize sadece onu paylaşmak düşer. Gözde benim de ilk göz ağrımdır. Roman kahramanlarıyla ilk tecrübemi onunla yaşamıştım. Ben Doktor Jivago, o da hemşirem Lara olmuştu...' O böyle deyince daha fazla dayanamayıp sille tokat giriştim Edip'e. Elbette bununla gurur duymuyorum ama kendimi kontrol edemedim işte..."

Artık karşımızda sevdiği kadın için, korumaya çalıştığı aşkı için acı çeken bir adam vardı. Elbette kolay ikna olmayacaktık. Ve elbette ilk itiraz dik başlı yardımcımdan gelecekti.

"İyi de, hâlâ söylemedin, bu akşam buraya niye geldin? Yoksa delilleri mi karartacaktın?"

Çarpık bir gülümseme belirdi patlamış dudaklarında.

"Kendim için gelmedim, evet delilleri karartacaktım ama Gözde'ye ait olanları." Yine o mahcup ifade geldi oturdu yüzüne. "Gözde artık benim nişanlım, önümüzdeki ay evleneceğiz. Genç kız, para ve lüksün cazibesine kapılmış, yanlış bir yola sapmış. Milletin bunu bilmesine gerek yok. Kızın adı ortalığa düşmesin istiyordum."

Düpedüz itiraf ediyordu, yine de kızı dinlemeden karar vermek doğru olmazdı.

"Anlıyorum" diye başımı salladım. "Peki, Gözde Hanım'ı nerede bulabiliriz?"

Belli belirsiz ışıdı kan çanağına dönen gözleri.

"Bende kalıyor, isterseniz götürebilirim sizi."

Zeynep'le Ali'yi Mecidiyeköy'de bırakıp Zihni'nin evine doğru yola çıktığımızda kar durmuştu, dahası yolları kaplayan beyazlık çoktan kaybolmuş asfaltın çirkin siyahlığı olduğu gibi yeniden çıkmıştı ortaya. Zihni'nin 'Benim Audi'yle gidelim ısrarlarına' aldırmadan benim emektara atlamıştık. Yola çıktıktan bir süre sonra,

"Erkek olmak zor iş be Nevzat Bey" diye söylendiğini duydum. Sesi o kadar cılızdı ki, önce kendi kendine konuşuyor sandım ama sormadan edemedim.

"Ne, ne dediniz?"

"Erkek olmak zor diyorum. Düşünsenize Edip'in başına gelenleri, benim başıma gelenleri."

Göz ucuyla şöyle bir süzdüm Zihni'yi.

"Ben insan olmanın çok zor olduğunu düşünürüm Zihni Bey. Bu işin kadını, erkeği yok. Sizin daha iyi bilmeniz lazım. Kişinin isteğiyle, toplumun değer yargıları her zaman örtüşmüyor. Aksine çoğunlukla çelişiyor. Psikolojik rahatsızlıkların çoğunun altında da bu etken yatmıyor mu? İstediği gibi yaşayamamak insanların psikolojisini bozuyor. Bir de Edip gibi hiç hazır olmadığı bir zamanda büyük travmalar yaşayanlar var. Tabii büyük şanssızlık. Ama sizin için zorluğun ne olduğunu anlayamadım doğrusu."

Ardı ardına öksürdü.

"Görmüyor musunuz düştüğüm hali Nevzat Bey? Büyük yanlışlar yaptım..."

Bakışlarımı yoldan alıp Zihni'ye baktım bir an.

"Gözde'yle ilişkinizden mi bahsediyorsunuz?"

Anında karşı çıktı.

"Yok, hayır, bu süreçte yaptığım en doğru şey Gözde'yle olan ilişkimdir. Gözde'nin durumu diyeceksiniz, yaş farkı diyeceksiniz, Edip'le yaşananlar diyeceksiniz, inanın hiçbirinin önemi yok. Bütün bu olaylar sona erdiğinde, belki de tek tesellim yaşadığım bu aşk olacak. Hayır, bir hekim olarak kendi ilkelerime ters düşmekten söz ediyorum. Ama daha beteri..." Sürdüremedi, bir süre sustu. "Daha beteri Nevzat Bey, büyük bir vicdan azabı çekiyorum. Eğer bir hekim olarak görevimi yerine getirseydim, belki de Edip şu anda yaşıyor olacaktı. Baştan işi yanlış tuttum. Onunla arkadaş oldum. Elbette böyle olsun istemezdim, olayların buraya varacağını nasıl bilebilirdim ki? Güya sıra dışı bir tedavi uygulayacaktım, onu bile yapamadım. Edip'in beni ayartmasına izin verdim. Cinsel güdülerime yenildim. Sadece Edip'in yaşadıkları için değil, kendi zayıflığım için de erkeklik zor iş diyordum."

Samimi görünüyordu ama emin olamazdım, hele bizden bilgi sakladığını öğrendikten sonra ona asla güvenemezdim.

"Ama aynı cinsel güdüleriniz size bir aşk armağan etmiş" diye çaktırmadan eşeledim. "Erkeklik duygularınız olmasaydı, Gözde de olmazdı."

Sessizce güldü.

"Elbette öyle olurdu ama durum biraz daha karmaşık. Eğer Gözde'ye hissettiklerim sadece cinsel ihtiyaçlarımın karşılanması olsaydı, bunun zaten yapabilirdim. Belki parayla bir kadının bedenini kiralayabilirsiniz ama sevgisini kazanamazsınız. Tamam, başlarda sadece iyi bir seks istedim, gerçi parayla da onu satın alamayacağımı anladım ya. Duygu yoksa cinsellik de olmuyor Nevzat Bey. Olsa bile geçici oluyor. Erkek arkadaşlarınıza anlatacağınız bir böbürlenme anısından öteye geçmiyor. Bir şeyler eksik kalıyor, bir şeyler yaralanıyor. Üstelik o eksiklik bütün ruhunuza yayılıyor, bir tür küf gibi hayatınızın bütün alanlarına nüfuz ediyor... Her neyse, şunu demek istiyorum, aşk hem cinsellikle doğrudan alakalıdır hem de tuhaf bir şekilde cinsellikten bağımsızdır. Delice âşık olduğu kadınla sevişemeyen çok hastam var. Bir türlü sertleşemiyorlar. Yani Gözde'ye âşık olmamın asıl nedeni cinsellik değil, başlarda böyle zannetmiş olmama rağmen değil. Evet, ben de çok sonra anladım. Gözde, benim çocukluk aşkım Fikriye'ye benziyor. Belki benzemiyor da ben öyle hissediyorum. Önemli olan bu duyguyu korumak. Bunu hissettiğim sürece Gözde'ye âşık olmaya devam edeceğim."

Aslında hiç üstüme vazife değildi ama merakıma yenildim.

"Fikriye nerede peki?"

"Bilmiyorum ki, babam öğretmendi, iki yıl Batman'da görev yaptı. O yıllarda ortaokula gidiyordum, Fikriye yan sırada oturan kızdı. Sarı belikleri olan, yüzü çilli, ela gözlü bir kız. Hep kavga ederdik ama bir gece rüyamda onu gördüm. Ergenlik filan da yeni başlamış. Böylece anladım ona âşık olduğumu. Elbette bunu hiçbir zaman söyleyemedim ona, zaten babamın tayini çıkınca da ayrıldık Batman'dan. Muhtemelen şimdi birkaç çocuk annesi orta yaşlı bir kadındır.

Gözde işte o kıza benziyordu. İlk gördüğümde aşina gelmişti zaten ama nereden tanıdığımı çıkaramamıştım. Sonra dank etti. Bir sabah yanımda uyurken ona baktım ve onun dağınık sarı saçlarında, kremlerle gizlemeye çalıştığı çilli yüzünde, bütün yaşadıklarına rağmen hâlâ masumca bakabilen ela gözlerinde Fikriye'yi gördüm. Gözde'ye o anda âşık oldum."

Aklıma Handan gelmişti Yekta, Demir ve benim âşık olduğumuz Handan. Zihni'yi çok iyi anlıyordum, ben daha sonraki âşık olduğum kadınlarda Handan'ı aramasam bile, onu anlıyordum. Aşk gerçekten kişiye özel bir duyguydu. Birbirine benzer gibi görünse de, her aşk biricikti. İşte tam da bu yüzden, bu kadar güçlü bir duygu, cinayet de içinde olmak üzere insana her türlü kötülüğü yaptırabilirdi. Yine bu yüzden Zihni Hoşgör, önce hastası sonra arkadaşı Edip'i hoş görmemiş olabilirdi. Bu cinayeti de Gözde'ye işletmiş olması son derece mantıklıydı. Öyle ya para karşılığı erkeklerle birlikte olan biricik aşkı, aklını hayallerle bozan Edip'i öldürerek aslında Zihni'nin o büyük sevgisine layık olduğunu kanıtlamış olurdu. Kanla kutsanmış bu arınma töreni, aşklarının gücüne güç katardı.

Bir kez daha göz ucuyla psikiyatra baktım, artık konuşmuyor, endişeli bir yüz ifadesiyle yolu izliyordu. Etiler'den Bebek'e inen yokuşun üzerindeki Boğaz manzaralı evine gidene kadar da hiç sesini çıkarmadı. Sadece yolu tarif etmek için birkaç cümle kurdu.

Evin küçük bahçesindeki iki çam ağacının dallarında hâlâ kar serpintileri vardı, taşlarla kaplı küçük bir yoldan geçerek ulaştık binanın kapısına. Genç bir kız açtı kapıyı. Psikiyatrın suratını görünce kopardığı çığlıktan anladım Gözde olduğunu.

"Zihni, Zihnicim ne oldu, kim yaptı bunu sana?"

Psikiyatr büyük bir şefkatle baktı genç kadına.

"Küçük bir yanlış anlaşılma canım, merak etme iyiyim." Eliyle beni takdim etti. "Seni Nevzat Bey'le tanıştırayım. Telefonda bahsetmiştim, zavallı Edip'in ölümünü soruşturuyor."

"İyi akşamlar Gözde Hanım, kusura bakmayın bu saatte rahatsız ediyorum ama sizle de konuşmam lazım."

Bunları söylerken bir yandan da genç kızı süzüyordum. Güzeldi ama hiç de seksi değildi, yüzünde çocuksu bir masumiyet vardı. Ama beni ilgilendiren Gözde'nin güzelliğindeki masumiyet değil, Pera Palas'ın güvenlik kamerasında gördüğüm Agatha Chrisite'ye benzeyip benzememesiydi. İlk başta öyle bir benzerlik kuramadım, fakat makyajla insanın yüzünün değiştirilebileceğini çok iyi biliyordum. İlgiyle kendisini süzdüğümü gören Gözde, hiç hoşlanmadı bu davranışımdan, yine de nezaketini bozmadı.

"İyi akşamlar Nevzat Bey, ama şunu söyleyeyim ki, Edip Bey'in ölümüyle ne benim, ne Zihni Bey'in alakası var. Evet, onu tanıyoruz..."

Gülümseyerek sevgilisinin koluna dokundu Zihni.

"Dur, dur Gözdecim, telaşlanma hemen. Kimsenin bizi suçladığı yok, içeri girelim, rahat rahat anlatırsın her şeyi."

Yanlış bir davranışta bulunmuş gibi somurttu genç kız. Ben de anlayışla başımı salladım.

"Rahat olun lütfen Gözde Hanım, sadece olanı biteni öğrenmek istiyorum."

Daha fazla uzatmama izin vermedi Zihni.

"Hadi, hadi o zaman içeri geçelim." İkisi de yana çekildiler. "Buyurun Nevzat Bey şöyle geçelim..."

Işıklı bir sofadan her tarafı Buda heykelleri, Uzak Doğu'da çekilmiş fotoğraflar, biblolarla süslü bir salona yöneldik. Zihni'yle Gözde el ele tutuşmuş olarak iki adım arkamdan geliyorlardı. Salona girince, sıska bir kadın çıktı önüme. Başını belli belirsiz sallayarak.

"Hoş geldiniz, paltonuzu alabilir miyim?"

Paltomu çıkartırken Zihni yaklaştı.

"Merhaba Nuriye. Yiyecek bir şeyler hazırlar mısın?" Bana baktı. "Sanırım hepimiz açız."

"Çok teşekkür ederim" dedim paltomu kadına verirken. "Buradan bir yere yemeğe gideceğim. Sizi de fazla meşgul etmeyeyim zaten." Bakışlarımı genç kıza çevirdim, olabildiğince yumuşak bir sesle. "Hazırsanız başlayalım..."

Gözde güvensiz bir ifadeyle sevgilisine baktı. Zihni tatlı bir gülümsemeyle karşılık verdi, sonra bana döndü.

"Ben içeride bekleyeyim..."

Yanımızda olması işime gelirdi, ikisinin de aynı anda vereceği tepkiyi görmüş olurdum.

"İsterseniz kalabilirsiniz, benim için sakıncası yok."

Kızın yüzüne bir rahatlık yayıldı. Bunu gören Zihni'nin de kanlı gözleri ışıldadı.

"O zaman ben de kalayım. Ama hâlâ ayakta duruyorsunuz." Sırtı bahçeye dönük kahverengi berjer koltuğu gösterdi. "Buyurun şöyle oturun, biz de karşınıza geçeriz."

Ben koltuğa yerleşirken, Zihni ile Gözde karşımdaki bej rengi divana yan yana oturdular. Psikiyatr yine sevgilisinin elini avcunun içine almıştı. Daha fazla uzatmanın gereği yoktu.

"Sorular canınızı sıkabilir ama şunu bilin ki tümüyle mesleki bir zorunluluk bu. Ne sizin yaşamınızı, ne dünyaya bakış açınızı eleştirmek, yargılamak gibi bir niyetim yok. Zaten böyle bir davranış benim haddime de değil."

Güya kızı rahatlatmak için söylemiştim ama daha çok gerildi zavallım, biraz daha Zihni'ye sokuldu. Psikiyatr ise kendinden emin görünüyordu, sevgilisinin elini dudaklarına götürüp şefkatli bir öpücük kondurmayı da ihmal etmedi.

"Maktulü anlatmanızı rica edeceğim. Nasıl tanıştınız onunla?"

Bir an düşündü Gözde, söze nasıl başlayacağını bilmiyordu.

"Hugo yolladı beni... Ama öncesinde, ajansta özel bir makyaj yaptı, evet bizzat Hugo geçti makyaj masasının karşısına. Özel giysiler diktirmişti, onları giymemi istedi. *Dr. Jivago* diye bir film var, öncesinde onu izlememi söylemişti zaten. 'Bir tür tiyatro oynayacaksın. O filmdeki Lara'yı canlandıracaksın. Müşteri de Dr. Jivago olacak. Hiç öyle bakma. Adam öyle istiyor biz de yapacağız. Çok iyi bir müşteri, gayet de nazik bir adam' dedi. Gerçekten de öyleydi ama biraz tuhaftı. İlk karşılaştığımızda ağzımdan Edip Bey lafı çıktı. Gayet kibarca, 'Lütfen beni o isimle çağırmayın, ben Jivago'yum, siz de Lara'sınız. Yirminci yüzyılın başlarında Rusya'dayız. Ülke çalkantılar içinde, önce savaş, sonra devrim başlıyor. Savaşta yaralanan insanlara bakıyoruz. Her yerde ölüm ve yıkım var. Bu kargaşanın, bu acımasızlığın, bu hoyratlığın içinde biz, birbirine sığınan iki çaresiz insanız. Buna inanmanız çok önemli, aksi takdirde bu buluşmanın hiçbir anlamı kalmaz.' Ben de söylenenleri harfiyen uygulamaya başladım. Lisede tiyatro oynamıştım, çok da zorlanmadım. Edip Bey çok memnun oldu bu durumdan. İki ay sonra Puşkin'in *Yevgeni Onegin* adlı eserindeki Tatyana karakteri olmamı istedi. Birlikte Moskova'ya gittik, üzerimizde o dönemin giysileriyle eski bir konağın bahçesinde, kütüphanesinde sohbet ettik. Sonrasında da Zihni'yle tanışacağımız buluşmaya davet etti beni..."

Konuştukça yüzü kızarmaya başlamıştı, o arada Zihni'yi de gözlemliyordum, sakin görünüyordu ama o da gerilmişti. Bu vaziyetten hiç haz etmesem de sormam gerekeni sordum.

"O buluşmada da nazik miydi?" diye sordum. "Galiba kalabalık bir ortam olmuş."

İkisi de oturdukları divanda toparlanır gibi oldular, hatta Zihni bir an elini çekecek gibi oldu ama kız sımsıkı sarıldı adamın parmaklarına.

"Hayır, nazik değildi ama senaryo öyleydi. Marquis de Sade diye bir adamın yazdıklarını canlandırıyorduk. Adam sadizmin kurucusuymuş zaten. Edip'in canımı yaktığını söyleyebilirim, daha da kötü olabilirdi ama Zihni kurtardı beni."

Psikiyatra döndüm.

"Bundan bahsetmemiştiniz..."

Kelinden çenesine bütün yüzü kıpkırmızı olmuştu.

"Ayrıntılar pek hoş değil Nevzat Bey, o yüzden..."

"Anlıyorum ancak hakikat, ayrıntılardan oluşur. Lütfen benden bilgi saklamayın." Kıza döndüm. "Yani Edip sapıklık mı yapmaya başladı? Şiddet mi uyguluyordu?"

"Evet" diye araya girdi Zihni. "Ama o senaryo için böyleydi. Özünde Edip'in saldırgan olduğunu söyleyemeyiz."

"Niye öyle söylüyorsun Zihni? Bana yaptıkları saldırganlık değil miydi? Adam kırbaçlayacaktı beni, eğer engel olmasaydın kim bilir daha neler yapacaktı. Evet, kitabı okudum ben. *Sodom'un 120 Günü*, korkunç olaylar var. Belki de birçoğunu oraya gelen kızların üzerinde gerçekleştirecekti. Nasıl saldırgan değil?" Ela gözleri alev alev yanıyordu. "Bence tehlikeli bir adamdı Edip. Evet, o kibar görünümün altında bence bir şeytan yatıyordu. Öldürüldüğünü duyunca hiç şaşırmadım. Kimin canını nasıl yaktıysa dayanamayıp öldürmüş işte."

"Ölümü hak ettiğini mi düşünüyorsunuz?"

Hiç duraksamadı.

"Evet" dedi öfkeyle. "O gece bana ve öteki kızlara yapmaya çalıştıklarını başka bir kadının üzerinde denediyse, ölümü hak etmiştir. Kimsenin kimseye bunları yapmaya hakkı yok."

Gözde konuştukça psikiyatrın suratı kırmızıdan yeşile doğru dönüyordu.

"Siz ne diyorsunuz Zihni Bey?"

Kızın elini alıp yeniden dudaklarına götürdü.

"Gözde'ye hak vermiyor değilim ama Edip'in rahatsızlığı daha derinlerde bir yerlerdeydi. Onun için önemli olan o romanın içinde yaşamaktı. İnanın hikâye öyle gerektiriyorsa kendine de eziyet ettirirdi."

"Ettirdi zaten Zihni" diye yine sözünü kesti kız. "Neşe'ye üzerime işe dediğini hatırlamıyor musun? Ya Beyza'ya yap dedikleri. Kızcağız beline bağladığı o kocaman silikon penisle herifin arkasında az mı ter döktü?"

Zihni derinden bir iç geçirdi.

"Bunların hepsi doğru, hepsini yaptırdı, daha fazlasını da yaptırırdı. Çünkü o anda, o romandaki kahramanlardan birine dönüşmüştü. Edip'in rahatsızlığı şiddet eğiliminden çok daha tehlikeli bir yerdeydi. Adam hakikat duygusunu yitirmişti."

Kısa bir an sessizlik kapladı salonu ama asla huzur verici bir suskunluk değildi bu.

"Siz" diye lafa başladım. "Siz, Gözde Hanım, hınç duyuyor muydunuz maktule? Anladığım kadarıyla bir tür tecavüze yeltenme olmuş. İstemediğiniz bir davranışta bulunmuş Edip Bey. Evet, açıkça saldırmış size..."

Duygularını saklayamamanın getirdiği, gençliğe özgü o dizginsiz öfkeye kapılmıştı.

"Nefret ediyordum ondan, öteki kızlar da ediyordu. Hugo'yla kavga ettik bu yüzden. Kimse Edip'e gitmek istemiyordu. Ben zaten bir daha gitmedim. Giden kızlar da önce senaryoyu okuyor, romana göz atıyor, eğer şiddet yoksa öyle kabul ediyorlardı."

Sakince döndüm, psikiyatra baktım.

"Ya siz Zihni Bey, siz nefret ediyor muydunuz Edip'ten? Gerçi adamın ağzını burnunu kırarak bir ölçüde içinizi rahatlatmışsınız ama..."

İlk kez kızın elini bıraktı.

"Etmiştim, evet Edip'ten öldüresiye nefret etmiştim. Çok insanca bir duygu bu. Ama sonra yaptığımın yanlış olduğunu anladım. Adam hastaydı, benim nefretim onu iyileştirmezdi. O yüzden bıraktım..."

Anlamak istercesine baktım yüzüne.

"Artık doktor hasta ilişkisini sürdürmeniz zordu tabii. Peki, başka bir doktor önermediniz mi? Sonuçta Edip'in hastalığı sürüyordu hâlâ?"

Rahatlamıştı, yeniden kızın elini tuttu.

"Önerdim elbette ama hiç gitmemiş. Bence tedavi olmak istemiyordu. Çünkü sadece böyle mutlu olacağını düşünüyordu. Çocukken zihnine kazılan o görüntüden ancak böyle kurtulabileceğine inanıyordu. Annesinin intiharından söz ediyorum. Kadını çırılçıplak ve kanlar içinde bulmuştu. Onu var eden bedeni ilk kez böyle görüyordu. Bir çocuk için gerçekten korkunç bir görüntü."

Gözde'ye çevirdim bakışlarımı.

"Saat 22:30 ile 24:00 arası neredeydiniz?"

Genç kız anlamamıştı.

"Nasıl?"

Zihni, sevgilisinin elini iki avcunun arasına aldı.

"Aşkım, dün geceyi soruyor Nevzat Bey?"

Yüzündeki şaşkınlık silinmedi Gözde'nin.

"Niçin soruyor?"

Lafı dolandırmanın lüzumu yoktu.

"Çünkü cinayet o saatlerde işlendi Gözde Hanım. O saatlerde neredeydiniz?"

Anında savunmaya geçti.

"Edip'i ben öldürmedim, daha önce de söyledim, elimi onun kanıyla kirletemem."

Zihni sağ kolunu kızın omzuna attı.

"Nevzat Bey seni suçlamıyor Gözdecim, soruşturma gereği, dün gece nerede olduğunu bilmek zorunda. Söyle gitsin..."

İnanmayan gözlerle bir sevgilisine, bir bana baktı.

"Dün gece o saatlerde buradaydım. Zihni'yle birlikte dizi izliyorduk." Başıyla sevgilisini işaret etti. "O da tasdik eder sözlerimi zaten."

Kendinden emin gülümsedi Zihni.

"Aynen öyleydi, Netflix'te bir İtalyan dizisi izliyorduk. Polisiye bir dizi, bir cinayet soruşturmasını anlatıyordu."

İçeri açılan kapıya baktım.

"Nuriye Hanım da evde miydi?"

İkisinin de yüzlerinde bir panik havası esti.

"Yok" dedi Zihni. "Dün kızına gitmişti Nuriye Hanım. Haftada bir izinlidir." Sevgilisinin alnına bir öpücük kondurdu. "Ama ikimiz de birbirimiz için şahitlik yapabiliriz."

Edip'i birlikte tasarlayarak öldürdüyseniz tabii yaparsınız diye geçirdim içimden, elbette bunu dile getirmedim. Şimdilik bu kadarı yeterdi. Tam kalkacakken aklıma geldi.

"Betül'ü tanıyor musunuz Zihni Bey? Edip'in baldızı, tiyatro oyuncusu..."

"Tanıyorum, iki kez de karşılaştık. Agresif bir tip, Edip'ten hiç hoşlanmazdı."

Bu hakikati bilmeme rağmen, bir de Zihni'nin ağzından duymak istedim.

"Neden hoşlanmazdı? İkisi de sanatla ilgileniyormuş..."

"Betül'ün en büyük amacı kendi tiyatrosunu açmaktı, Edip'ten para istedi. O da vermedi. Aslında cömert bir adamdı ama Betül gerçekten çok itici bir kadın. Herkesle kavga eder, kimseyi bulamazsa kendi gölgesine bulaşır. Öyle bir tip. Zaten başından beri de ablasının, yani Bihter Hanım'ın Edip'le evlenmesine karşı çıkmıştı."

Buruk gülümsedim.

"Aslına bakarsanız, kız son tahlilde pek de haksız değilmiş."

Ne yanıt vereceğini bilemedi Zihni, usulca kalktım.

Dışarı çıkınca buz gibi bir rüzgâr çarptı yüzüme. Muhtemelen aynı rüzgâr kar bulutlarını sürükleyip götürmüş, gökyüzünde gümüşten bir dolunay tatlı tatlı gülümsemeye başlamıştı. Birden eve gitmek istemediğimi anladım. Neden bu duyguya kapıldığımı bilmiyorum ama bu geceyi insansız bir odada geçiremeyeceğimi hissediyordum. Telefonumu çıkardım, Evgenia'yı aradım. Elbette çok mutlu oldu sesimi duyduğuna.

"Bir günde ikinci kez arıyorsun Nevzat, yarın sabah ilk işim kiliseye gidip mum yakmak olacak..."

Hiç havamda değildim ama kendimi tutamayarak bir kahkaha koyuverdim.

"Bence mumları çifter çifter yakmalısın Evgenia, çünkü bugün ikinci kez sana uğrayacağım. Tatavla'da mısın, evde misin?"

"Evdeyim Nevzat, hadi çabuk gel, bekliyorum Azez uyumadan yetiş."

Neşem yerine geldi, az ileride uysalca beni bekleyen arabama doğru hızla yürümeye başladım. Ama ne yazık ki geç kaldım, eve girdiğimde Azez çoktan uyumuştu. Yine de siyah saçlarını okşadım, tombullaşmaya başlayan yanağına kocaman bir öpücük kondurdum. Evgenia, küçük odanın kapısına yaslanmış bizi izliyordu.

"İyi ki geldin Nevzat. Geleceğini duyunca Azez de çok sevinmişti ama uykuya yenik düştü yavrucak. Çok koşturuyor anaokulunda. Akşam olunca da bitap düşüyor."

Azez'in üstünü güzelce örttükten sonra kalktım, ışığı kapatıp mutfağa yöneldik. Evgenia ocağın başına geçti, ıspanağın içine iki yumurta kırdı. Kendi elleriyle yaptığı turşu ve yoğurt çoktan konulmuştu masaya. Her zamanki yerime, pencerenin karşısındaki iskemleye otururken, neden bu eve daha sık gelmiyorum diye sordum kendime. Cevabı basitti aslında ama hatırlayıp şu anın tadını kaçırmak istemedim. Evgenia yemekten başını kaldırıp yüzüme baktı, kaşları hafifçe çatıldı.

"Yorgun görünüyorsun... Şu öğlen anlattığın cinayet vakası mı?"

Uzanıp sürahiden su doldurdum bardağıma ama içmeden önce soruyu yanıtladım.

"Evet, o dava, sabahtan beri tarafları dinliyorum, acayip hikâyeler anlatıyorlar... Kim doğru söylüyor kim yalan söylüyor belli değil. Belki de kendilerine karşı bile dürüst değiller..."

İlgisi artmaya başlamıştı.

"Çok mu kötü olaylar olmuş..."

Bardaktan birkaç yudum su içtim.

"Kötü tabii, sonuçta biri öldü ama daha kötülerini de yaşadım. Bu vakada farklı bir şeyler var. Olan biteni duysan, aklını şaşırırsın. Beni bilirsin, kimseyi yargılamak istemem, herkes bildiği gibi yaşar. Fakat insanın da bir sınırı olmalı. Bu davada kimsenin sınırı yok. Daha olayın üstünden yirmi dört saat bile geçmedi, şaşkınlıktan şaşkınlığa sürükleniyoruz..."

Yumurtalı ıspanağım kıvamını bulmuş olacak ki tabağa koyup masaya getirdi.

"Takma kafanı, acıkmışsındır, hadi boş ver yemeğini ye. Afiyet olsun." Tabağı önüme koydu, ama gidemedi, eliyle bileğime dokundu. "İnsandır Nevzatakimu, noksandır, çiğ süt emmiştir."

Uzaklaşacaktı elinden tuttum, mis gibi yemek kokan parmaklarına sıcacık bir öpücük kondurdum.

"İnsan olan sensin Evgenia, onların ne olduğundan çok emin değilim."

Yeşil gözleri tatlı bir rehavetle aydınlandı.

"Rakı koyayım mı? Belki açılırsın."

"Yok, bu akşam içmeyeceğim, sen karşımda otur yeter."

Cilveli bir gülümseme belirdi canımın içi dudaklarında, o da her zamanki yerine tam karşımdaki iskemleye çöktü.

"Eee hadi ne bekliyorsun, soğutacaksın yemeği..."

Sevgiyle baktım yüzüne.

"Soğutmam merak etme, bugün o kadar yalanın dolanın ortasında öyle bir cümle duydum ki, söylemeden geçemeyeceğim. Şöyle demiş adam kadına: 'Bu kargaşanın, bu acımasızlığın, bu hoyratlığın içinde biz, birbirine sığınan iki çaresiz insanız.' İşte bu cümleyi duyunca sen geldin aklıma. İyi ki sana rastlamışım, iyi ki varsın Evgenia..."

Günlerdir böyle deliksiz uyku çektiğim yoktu, kafamı Evgenia'nın lavanta kokan yastıklarına koyar koymaz uyumuşum. Sabah yanağımda sımsıcak bir ıslaklıkla uyandım. Gözümü açtım ki Azez boynuma sarılmış her yanımı öpücüklere boğuyor.

"Günaydın Nevzat Baba, günaydın, gece gelince beni neden uyandırmadın ama?"

Bir an Aysun'umu hatırladım, o da aynı böyle yapardı, hafta sonları yatağımıza gelir, Güzide'yle aramıza girer, öpücüklere boğardı beni. Boğazımda bir şeyler düğümlenmeye başladı, yükselmeye başladı, gözlerim nemlendi ama hemen bastırdım bu duyguyu, ne bu küçük kıza, ne de Evgenia'ya yapamazdım bunu. Ben de sımsıkı sarıldım Azez'e.

"O kadar güzel uyuyordun ki kıyamadım Azezcim. Hem belki de güzel bir rüya görüyordur dedim, kızımın rüyası bozulmasın istedim."

Bir an düşündü.

"Evet, rüya görüyordum" diye uydurmaya başladı. "Lunaparka gidiyorduk rüyamda, Evgenia annem ve sen... Ama önce senin emektara biniyorduk. İstanbul'u geziyorduk, balık yiyorduk, siz çay içiyordunuz, ben de *ice tea*, ama şeftalilisinden..."

Bir kez daha bağrıma bastım Azez'i.

"Ooo bu rüyayı hemen gerçekleştirelim o zaman. Bu pazar günü gezmeye gidiyoruz..."

"Ne gezmesiymiş o?" Tıpkı dün geceki gibi bu kez de yatak odasının kapısında dikilmişti Evgenia. "Kim nereye gidiyor?"

"Lunaparka" diye şakıdı Azez. "Nevzat Baba bizi dönme dolaba bindirecek."

Evgenia yatağa yaklaştı, Azez'in alnına bir öpücük kondurdu.

"Güzel ama sen biraz daha oyalanırsan okula geç kalacağız, hadi toparlan gidiyoruz..."

Son bir öpücük yapıştırdı yanağıma, hızla atladı yataktan.

"Tamam, anneciğim, ben hazırım, hadi gidelim."

Evgenia uzanıp bir öpücük de bana armağan etti.

"Biz çıkıyoruz Nevzatcım, çay ocakta, kahvaltı masada... Azez'i bıraktıktan sonra bankaya uğrayacağım. Şu kredi işini halletmem lazım."

Birden ayıldım.

"Ne, ne kredisi Evgenia?"

Hüzünlü bir gülümseme geçti yeşil gözlerinden.

"Sonra konuşuruz, hadi Azez, hadi geç kalıyoruz..."

Sıkıntıda olmalıydı, akıl edip sormamıştım bile, ne yalan söylemeli utandım. Hayatımdaki en önemli insanın sorunlarından bihaberdim. En kısa zamanda şu işin aslını öğrenmeliydim. Kapıdan çıkarken son bir kez döndüler, Azez elini salladı, Evgenia öpücük yolladı. Gözlerim Azez'e takılı kaldı. Dün geceki Gözde'yi düşündüm. Erkek dünyasında, erkeklerin zevklerine göre kullandıkları o masum yüzlü güzel kız. Tıpkı Azez gibi onun da sevdikleri olmalıydı, onu korumak isteyen, onu seven yakınları. Sahi neredeydi onlar? Yoksa lüks bir hayat uğruna, pahalı markalar kullanmak uğruna, tanınmış mekânlarda görünmek için, devasa yatlarda üç günlüğüne, bir haftalığına da olsa devran sürmek adına Gözde mi reddetmişti onları? Yoksa baştan beri kötü olan yakınları mıydı? Dün gece Zihni'yle mutlu görünüyordu ama değildi. Gerçek aşk o değildi. Zihni onun kurtarıcısıydı, âşık olduğu adam değil. Kızın gözlerinden okunuyordu bu. Zihni de bu yalana inanmak istiyordu, belki Gözde de inanmak istiyordu. Belki yaşadığı ilişkinin yalan olduğunun bile farkında değildi. Belki de farkındaydı, hiç tanımadığı erkeklerin yatağına girmek yerine, onu seven biriyle birlikte olmayı seçmişti. Ki, yapabileceği en iyi seçimlerden biriydi. Sebebi ne olursa olsun Azez'in böyle yaşamasını istemezdim. Sıkıntıyla kalktım yataktan, yüzümü yıkadım. Evgenia'nın benim için aldığı tıraş takımıyla sakallarımı kestim. Karnımı doyurdum. Merkeze geldiğimde Ali de Zeynep de ortalıkta yoktu. Belki de geceyi birlikte geçirmişlerdi. Eğer öyleyse iyi yapmışlardı, ömürlerinin en güzel yıllarıydı, cinayet peşinde, ipsizin sapsızın, katilin uğursuzun peşinde koş koş nereye kadardı? Nitekim öğleye doğru geldi Zeynep ama fena halde yanılıyordum, sevgilisinin yanından değil, bankadan geliyordu.

"Feride Hanım, dün bankadaki hesabına bir milyon dolar tutarında para yatırmış" diyerek oturdu karşıma. "Zihni, maktulün parasını bu kadın yönetiyor demişti ya, Feride, bu ölümü fırsata çevirmek istemiş olabilir."

"Belki de daha kötüsü, yine Zihni'nin söylediği gibi bizzat adamı öldürmüş olabilir. O telefon da dikkatleri üzerinden uzaklaştırmak için yaptığı bir oyundur."

Bir an düşündü Zeynep.

"Otelin kameralarında görülen Agatha Christie kılıklı kadına bir de o gözle bakmak lazım. Feride'ye ne kadar benziyor, ne kadar benzemiyor."

Evet, bu cinayeti aydınlatacak en önemli ipucu olabilirdi.

"Hatta oteldeki kat görevlisine Feride'nin fotoğrafını göstermekte yarar var. Bir görev bölümü yapalım. Sahi Ali nerede?" dememe kalmadı bizim cevval komiser de uzattı kapıdan başını.

"Buradayım Başkomserim. Aracı park ediyordum. Ben de Agatha Christie adındaki kadının e-mail gönderdiği bilgisayarın IP numarasını bulmak için Bilişim Suçları Dairesi'nden Semih'e uğradım. Birkaç saate kalmaz bilgisayarın kime ait olduğu ortaya çıkar diyorlar."

Bir an düşündüm.

"Güzel, o zaman ben Feride'yle konuşayım, siz de hem Feride'nin hem de Gözde'nin fotoğraflarını alıp Pera Palas'a gidin. Kat görevlisi, resepsiyoncu kim varsa herkese gösterin, bakalım benzeten çıkacak mı? Hadi bakalım vazife başına."

Feride Hanım'ın Kafiye Apartmanı'ndaki dairesi dünkü gibi alacakaranlık, dünkü gibi sıcaktı. Maktulün eski eşi beni karşısında görünce hiç şaşırmadı. Yine ölçülü bir nezaketle karşıladı beni. Aynı alacakaranlık salonda, Hoca Ali Rıza Efendi'nin aynı tablosunun önündeki koltuğa oturdum, o da dünkü gibi Osman Hamdi'nin *Huzur* adlı resminin altındaki koltuğuna yerleşti. Ama konuşma başlamadan, "Bu defa bir kahvemi içersiniz" diye kibarca ısrar etti. "Yahut çay, çok güzel kış çaylarımız var. Ihlamur bile kaynatıyoruz."

Az sonra aramızda geçecek nahoş sohbeti düşünmemeye çalışarak gülümsedim.

"O zaman bir ıhlamurunuzu içerim."

Hizmetçiyi içeceklerimizi getirmesi için mutfağa yolladıktan sonra sizi dinliyorum dercesine gözlerini yüzüme dikti.

"Dün Zihni Bey'in muayenehanesine gittim."

Sesimin tonundan önemli gelişmeler olduğunu anlamıştı ama sükûnetini korudu.

"Doğru yapmışsınız, Edip'in bana söylemedikleri varsa, onları sadece Zihni Bey bilir."

"Epeyce aydınlattı bizi" diyerek onayladım. "Sizin bildiğiniz ama bana söylemediğiniz bazı önemli bilgiler de verdi."

Gözlerinden kuşku pırıltıları geçti Feride'nin. Ne demek istiyordum şimdi. Lafı uzatmadım.

"Edip'in finans işlerini siz yürütüyormuşsunuz. Dün hiç bahsetmediniz bu konudan."

Sıkıntıyla, sırtını koltuğa yasladı, adeta kibirli bir tavırla başını yukarı kaldırdı.

"Etmedim, çünkü rahmetli Edip bu konunun konuşulmasını istemezdi. Zihni Bey de size bunu söyleyerek Edip'in anısına saygısızlık etmiş."

Böyle alınmış gibi sitem etme numaralarına karnım toktu.

"Edip Bey öldürülmeden önceki mahrem konuların artık gizliliği kalmamıştır Feride Hanım. Unutmayın faili meçhul bir cinayetle karşı karşıyayız. Ve tecrübelerime dayanarak söylüyorum faili meçhul cinayetlerin yüzde ellisinde öldürme nedeni paradır..."

O alacakaranlıkta bile yüzünün kıpkırmızı olduğunu fark ettim.

"Ne, ne demek şimdi bu? Siz beni cinayetle mi suçluyorsunuz? Buna nasıl cüret edersiniz?"

Sakince indirdim son darbeyi.

"Dün bankaya bir milyon dolar yatırmışsınız. Nereden buldunuz o kadar parayı?"

Suratı karıştı, oturduğu yerde telaşla kıpırdandı.

"Kim, kim söylüyor?"

"İnkâr etmenizin hiçbir yararı yok, isterseniz banka müdürünü arayıp doğrulatalım. Nereden buldunuz o bir milyon doları?"

Sustu, sağ elini ağzına götürdü, sonra öfkeyle konuşmaya başladı.

"O Zihni ahlaksızı, kendi yaptıklarını anlatmadı değil mi? O ne alçaktır, o ne namussuz heriftir biliyor musunuz? Edip'e karı kız bulacağım diye yüzbinlerce dolarını yedi. Sonunda hoşlandığı kızlardan birini de aldı elinden. Evet, Gözde diye bir kız. Hem yurtiçinde hem yurtdışında Swinger partilerine götürüyordu kızı. O partilerde eş değiştirme yapıyordu. Kendi sevgilisini başka erkeklere sunuyor, o erkeklerin kadınlarıyla birlikte oluyordu. Doymak bilmez bir zevk düşkünüydü, seks bağımlısıydı. Denemediği şey kalmadı... Kendini bile, tövbe tövbe... Neler söylüyorum ben."

Artık duyduğum hiçbir şey beni şaşırtmıyordu, ama konumuzun bununla alakası yoktu.

"Zihni Bey'in ahlaksızlıklarını sonra konuşuruz, önce şu bir milyon meselesini açıklamanız lazım..."

Boynunu içine çekti, omuzları düştü, kollarını koltuğun kolçaklarına dayamak zorunda kaldı. Kötü yakalanmıştı, bir an onun katil olduğuna inandım. Sanki ne düşündüğümü anlamış gibi, "Ben katil değilim Nevzat Bey" diye söylendi. "Onu ben öldürmedim." Ağlamaya başlamıştı, ama konuşmasını sürdürdü. "Edip'i ben öldürmedim. Evet, bana çok kötülük yapmıştı, kalbimi kırmıştı, beni rezil etmiş, toplum içine çıkamaz hale getirmişti ama onu öldüremezdim. Çünkü onu seviyordum. Evet, ona hâlâ âşıktım."

Bu kadar kaba olmaktan nefret ediyordum fakat bu üslupla sormasam olmazdı.

"Ama hâlâ âşık olduğunuz adam öldüğünde onun yasını tutmak yerine kasasından bir milyon doları aşırmayı tercih ettiniz."

Elleriyle yüzünü kapayarak hıçkırmaya başladı, sakinleşinceye kadar gözyaşı döktü.

"Ağabeyim yüzünden," dedi sonunda burnunu çekerek. "Dün tanıştınız Rıfkı Abim yüzünden. O zorladı beni, kötü bir niyeti yoktu aslında. Kardeşini, yani beni düşünüyordu. 'Ömrünü verdin bu adama, ne kalacak sana? Hazır kasa da elinin altındayken, hak ettiğini al' dedi. Onun aklına uydum. Yapmamam gerekirdi, yaptım. Ama inanın Edip'i ben öldürmedim..."

İnanmayan gözlerle süzdüm.

"Dün 22:30 ile 24:00 arasında neredeydiniz? Sakın yalan söylemeyin, sizin için kötü olur."

Panikle çırpınmaya başladı.

"Evdeydim, inanın evdeydim. Hatta sizinle telefonla konuştuk... Nadide de evdeydi, hizmetçi diyorum. Çağırın, sorun isterseniz. Doğrulayacaktır beni." Ne diyeceğimi beklemeden içeriye seslendi. "Nadide, Nadide, gelsene kızım..."

O anda çalmaya başladı telefonum, arayan yardımcımdı.

"Alo Başkomserim, galiba katili bulduk. Agatha Christie adlı şahsın kullandığı bilgisayar Betül Doğrukan'a aitmiş. Maktulün karısı Bihter'in kız kardeşi... Dün konuştuğumuz tiyatrocu kız. Zaten nefret ediyordu Edip'ten. Sanırım kız bu sefer katil rolüne çıkmış, başarısız olduğu da söylenemez."

Zihni'nin sözlerini hatırladım; Betül'ün eniştesinden tiyatro kurmak için para istediğini, Edip'in ise parayı vermediğini söylemişti. Üstelik eniştesinin ablasını mutsuz ettiğini söylüyordu, evet cinayet işlemesi için iyi nedenleri vardı.

"Tamamdır Ali, bir saat sonra orada buluşalım. Ben gelmeden içeri girme."

"Anlaşıldı Başkomserim."

Telefonu kapatmıştım ki, elinde bir tepsiyle Nadide girdi salona. Kahveyi ve ıhlamuru getirmişti kadıncağız. Feride ayağa kalktı, kadına yaklaştı.

"Nadide anlatır mısın kızım? Dün bütün gece ben neredeydim?"

Önce şaşırdı genç hizmetçi, sonra, "Evdeydiniz Feride Hanım" dedi samimi bir tavırla. "Odanızda bilgisayarın başındaydınız. Ben gece yarısı gibi yattığımda siz hâlâ çalışıyordunuz..."

Yalan söyler gibi bir hali yoktu yine de sormadan edemedim.

"Saati tam olarak hatırlıyor musunuz?"

Gözlerini tavana dikti.

"Yarım filan olmalı, benim dizi yeni bitmişti. Evet, hep yarımda biter. Bazen de bire doğru ama bu sefer o kadar sürmedi. Şirret bir kaynana var, onun fazla rolü yoktu, kısa sürdü..." Anlamak istercesine baktı. "Niye, ne oldu ki?"

"Bir şey yok Nadide Hanım, teşekkürler..."

Hizmetçi kız hiçbir zaman içemeyeceğimiz kahveyi ve ıhlamuru sehpanın üzerine bırakıp çıkarken ben de ayaklandım.

"Sakın şehirden ayrılmayın" diye uyardım Feride'yi. "Ve sakın o kasanın kapağını bir daha açmayın..."

"Açmam, açmam Nevzat Bey..." Ardı ardına yutkundu. "Bana ne olacak şimdi?"

Umut vermek istemedim.

"Masumsanız bir şey olmaz. Banka meselesini ayrı tutuyorum... Savcılık için iyi bir açıklama bulmalısınız, aksi takdirde sıkıntı yaşarsınız..."

Ellerime sarıldı.

"Görmezden gelseniz, ben de parayı yerine koysam..."

Ellerimi hızla çektim.

"İşte o mümkün değil, bence siz konuyu abiniz Rıfkı'yla konuşun, size iyi bir avukat bulsun. O akıl verir size."

Kafiye Apartmanı'ndan çıktığımda hafiften yağmur başlamıştı ama ne dünkü kardan ne de soğuktan eser vardı. Yaşlı arabamı bıraktığım otoparka giderken telefonum çaldı. Evgenia'ydı, dejavu gibiydi. Dün de aynı saatlerde aramıştı. Mutlu oldum, hevesle açtım telefonumu.

"Kusura bakma Nevzat, sabah öyle bırakıp gittim ama kızı okula yetiştirecektim..."

"Asıl sen kusura bakma Evgenia" dedim tatlı bir sesle. "Seninle yeterince ilgilenemiyorum."

Her zamanki kalender tavrını takındı, benim tok gözlü sevgilim.

"Daha ne yapacaksın?"

Hiç birbirimizi övme faslına girmeden sadede geldim.

"Şu kredi işi nedir?"

Bir an suskun kaldı.

"Boş ver Nevzat hallettim..."

"Evgenia, lütfen söyler misin, bu kredi işi nereden çıktı?"

İç geçirdi.

"Biraz sıkıntıya girdik Nevzat. Biliyorsun yaz başı tadilat tamirat yaptık, oradan kalan bir şeyler de vardı. Anlayacağın kriz bizi de vurdu, biraz borçlandım. Bankadan kredi almak icap etti..."

Bu kez ben iç geçirdim.

"Neden bana söylemedin demeyeceğim, çünkü söylemezsin. Haklısın, benim fark etmem lazımdı. Ne kadar borcumuz var?"

Niyetimi anlamıştı, işi yokuşa sürmeye başladı.

"Tamam, hallettim diyorum Nevzat."

"Evgenia, bana bunu yapma. Ne kadar borcumuz var?"

"Senin değil, benim borcum..."

"Senin borcun ikimizin borcudur, ne kadar diyorum, lütfen yorma beni?"

"Yetmiş beş bin lira kadar ama sorun çözüldü..."

"Ne zaman alacaksın krediyi?"

Yine sustu.

"Evgenia lütfen?"

"Yarın. Fakat anlaştık, sadece imzaları atmaya kaldı..."

Kararlı bir sesle kestirip attım.

"O imza atılmayacak, yarın sabah yetmiş beş bin liralık borcunun tümünü kapatacaksın. Çünkü hesabına yüz bin lira para yatacak."

"Hayır, kabul edemem..." diyecek oldu.

"Sakın ama sakın bunu yapma..."

"O kadar parayı nereden bulacaksın Nevzat, hem de bir günün içinde?"

"Hesabımdan, çok şükür üç beş kuruş birikimimiz var. Böyle günlerde kullanmayacaksak para biriktirmenin manası ne?"

"Ah be Nevzatakimu, bütün paranı bana mı vereceksin?"

"Yanlış, bütün paramızı, senin işini kurtarmak için kullanacağız, sonra Tatavla daha fazlasını kazandıracak bize. Hemen bankayı ara, kredi işinden vazgeçtiğimizi söyle. Ha Evgeniacım, bir de hesap numaranı gönder ki ben de banka müdürü, arkadaşım Oral'a yollayayım. Yarına parayı hazır etsin..."

Yine sustu.

"Çok teşekkür ederim Nevzat..." Sesi titriyordu. "Sen çok iyi bir adamsın..."

"Ne demek çok iyi bir adamsın ya" diye yalancıktan sinirlendim. "Sanki yabancı birinden bahsediyorsun, ne yani benim paraya ihtiyacım olsa, sen vermez misin?"

"Yok, yani öyle demek istemedim..." Gülmeye başladı. "Çok teşekkür ederim Nevzat, para önemli değil, nasıl olsa bir yerlerden bulunur ama senin bu tavrın gerçekten çok mutlu etti beni..."

"İyi o zaman, şu elimdeki işi bitireyim, kutlarız Tatavla'da. Ali'yle Zeynep'i de çağırırız ama. Hadi şimdilik hoşça kal..."

"Hoşça kal Nevzat, hoşça kal canımın içi..."

Telefonu kapattıktan sonra sevgilimin yolladığı mesajın sesi çınladı kulaklarımda. Aynı mesajı, banka müdürü Oral'a yolladım. Ardından aradım, isteğimi duyunca kaygılandı.

"Nerdeyse bütün birikimini yollayacaksın Nevzat."

"Aynen öyle Oral, ne kadar dediysem hepsini yollayacağız. Yarın sabah gitmesi çok önemli. Bugünden arıyorum, şimdiden ayarla diye."

Kararlı olduğumu anlamıştı.

"Hiç merak etme dostum, yarın göndermiş olurum."

Eh artık içim rahatlamış olarak soruşturmaya dönebilirdim, dudaklarıma bir ıslık yerleştirip aracıma yürüdüm.

Kelam Villası'nın önündeki arsaya park ettiği arabasının içinde bekliyordu Ali. Böylece hızlanan yağmurdan korumuştu kendini. Benim emektarı görünce indi arabasından, önünde durdum. Uzanıp kapımı açtı.

"Hoş geldiniz Başkomserim, Pera Palas'taki iş uzadı, Zeynep'i orada bırakıp geldim." Başıyla villayı gösterdi. "Zanlı içeride, az önce pencerenin önünde gördüm."

İnerken sordum.

"O da seni gördü mü?"

"Yok, hemen geri çekildim."

"İyi o zaman, hadi girelim içeri."

Bizi karşısında gören Betül'ün tadı kaçmıştı. Duygularını da gizlemeye kalkışmadı zaten. Sağ eli kapının üstünde şöyle bir tepeden tırnağa süzdü bizi.

"Geldiniz ama Bihter hâlâ toparlayamadı. Biraz daha beklemeniz gerekecek. Bence iki gün sonra gelin..."

"Bihter için gelmedik" dedi manidar bir sesle yardımcım. "Senin için geldik."

Betül'ün yüzü karıştı.

"Benim için mi?" Çabuk toparladı. "Niye, ne yapmışım ki?"

"Kapının önünde mi konuşacağız?" diye homurdandım.

Göz ucuyla evin içine baktı.

"Peki, buyurun o zaman. Ne bildiysem anlattım ama demek ki yetmedi."

"Yetmedi tabii" diye diklendi Ali. "Bizden çok önemli bir ayrıntıyı sakladın."

Alaycı bir ifade bürüdü gözlerini.

"Neymiş o ayrıntı?"

"İçeri girelim isterseniz Betül Hanım" diye yineledim otoriter bir sesle. "Biraz uzun bir sohbet olacak."

Endişeden çok merakla baktı yüzüme.

"Tamam, tamam buyurun, nasıl isterseniz." Genç kadın önde biz arkada, kitaplarla dolu salona yürüdük. Betül rahat görünmeye çalışıyordu hatta işi alaya vurmaya kalktı. "Kanun karşısında boynumuz kıldan incedir. Ama adaleti sağlayan kanun karşısında. Çünkü her kanun adil değildir." İçeri doğru yürürken iyice neşelenmeye başladı. "*Venedik Taciri*'ni izlediniz mi Ali Bey?"

Karşılık vermek yerine sıkıntıyla burnundan soludu yardımcım.

"İzlemediniz demek" diye sürdürdü. "Shakespeare'in adalet hakkındaki oyunlarından biridir."

Ali zıvanadan çıkmak üzereydi, müdahale ettim.

"Boş yere nefesinizi tüketmeyin Betül Hanım, tiyatro dersi almaya gelmedik buraya. Sizin adaletten ne anladığınız da umurumuzda değil. Bir cinayet işlendi, biz de katilin peşindeyiz, durum bu kadar basit. Shakespeare'in eserini, gerçekleşmeyen adaleti işin içine karıştırmaya hiç gerek yok. Siz sorduğumuz soruya cevap verin yeter."

Hızla döndü, ellerini beline dayadı.

"Neyse sorunuz, sorun o zaman, ne uzatıyorsunuz? Ayrıca her kapımızı çaldığınızda sizi içeri buyur etmek zorunda da değilim. Bir daha gelirken randevu alın lütfen."

Ali patladı sonunda:

"Çok konuşma da bilgisayarın nerede onu söyle?"

Alnı kırıştı.

"Ne, ne bilgisayarı be?"

"Ne bilgisayarı olacak!" diye payladı yardımcım. "Agatha Christie kimliğiyle eniştene mesaj yazdığın bilgisayar."

Gözlerini bir Ali'ye bir bana dikerek düşündü.

"Cinayeti benim üzerime yıkacaksınız öyle mi?" Nefretle çıkıyordu sesi. "Zihni denen o puşt, rüşvet verdi değil mi size? Ya da o Feride adındaki cadı?"

Betül'e yaklaştım.

"Böyle davranarak hiçbir şey elde edemezsiniz. Zorluk çıkarırsanız, emniyete götürür orada alırız ifadenizi."

Sakinleşmek ne kelime, birden çıldırdı Betül. Bileklerini kavuşturarak yüzüme doğru uzattı.

"Alın, alın, götürün işte, hatta ellerime kelepçeler de takın. Satılmış adamlar, hadi tutuklayın beni."

Artık Ali'yi durdurmak çok zordu, hızla öne geçti, fakat o anda Bihter'in sesi duyuldu.

"Ne oluyor, ne yapıyorsunuz siz?"

Salonun girişinde durmuş dehşet içinde bize bakıyordu.

"Ne olacak?" diye parladı Betül. "Katili bulamadılar, cinayeti bana yüklemeye çalışıyorlar."

Ali'ye sakin olmasını işaret ettikten sonra, "Kimsenin size cinayeti yüklemeye çalıştığı yok" dedim yumuşak bir sesle, sonra Bihter'e döndüm. "Kız kardeşinizden bize bilgisayarını göstermesini istedik. Çünkü katil o bilgisayar üzerinden iletişim kurmuş eşinizle. Sadece bilgisayarı istedik ama kıyameti kopardı."

Bihter'in yaprak gibi titrediğini gördüm. Kitaplığın önündeki koltuğa çöktü yine. Betül öfkeyle bağırmaya başladı bize.

"Gördünüz mü yaptığınızı, kızı hasta ettiniz yine..."

"Onu hasta eden sensin" diye yeniden Betül'ün üstüne yürüdü yardımcım. "Suçunu gizlemek istiyorsun. Madem masumsun, göster bilgisayarını bu iş bitsin."

Ama Betül öyle alttan alacak insanlardan değildi.

"Benimle böyle konuşamazsın, hem sizin arama izniniz var mı bakalım? Göstermiyorum bilgisayarımı, arama izni alın öyle gelin..."

"Bakın Betül Hanım" diye yumuşak bir sesle ortamı düzeltmek istedim. Ama ne gezer.

"Siz de iyi polisi oynuyorsunuz değil mi? Ben kimseyi öldürmedim, bunu kanıtlamak zorunda da değilim. Eğer suçluyorsanız siz kanıtlayacaksınız. Şimdi, lütfen çıkın gidin evimizden."

Ali uzanıp Betül'ü kollarından yakaladı.

"Eee yeter artık be, gözaltına alıyorum seni, artık merkezde anlatırsın her şeyi."

"Durun, durun" diye itiraz etti Bihter. "Lütfen durun."

Hepimiz ona baktık.

"Betül'ün hiçbir suçu yok. Edip'i o öldürmedi."

Yorgundu, halsizdi ama kendinden emin konuşuyordu.

"Siz nereden biliyorsunuz?" dedim kadına yaklaşarak. "O gece Betül yanınızda bile değilmiş..."

"Değildi, evine gitmişti..."

Koltuğunun önüne kadar gelmiştim.

"O zaman nereden biliyorsunuz Edip'i öldürmediğini? Nefret ediyormuş kocanızdan..."

Sanki ona sormuşum gibi Betül hırladı arkadan.

"Ediyordum tabii, baksanıza ne hale getirdi ablamı."

"Betül, Betülcüm lütfen" diye kız kardeşine seslendi Bihter. "Beyler haklı, Edip Bey'e mesaj senin bilgisayarından yazıldı."

Şaşırma sırası Betül'e geldi.

"Benim bilgisayarımdan mı?" kollarını, Ali'nin ellerinden çekip kopardı. "İyi de sen nereden biliyorsun?"

Bakışlarını kaçırdı Bihter, başını öne eğdi.

"O mesajları ben yazdım. Kusura bakma senin bilgisayarını kullandım; çünkü Edip'in öğrenmesini istemiyordum."

Üçümüz de hayretle ona baktık.

"Siz mi yazdınız?" diye sordum. "Kocanızla buluşan siz miydiniz?"

Feri kaçmış gözlerinden usulca yaşlar süzülmeye başlamıştı ama soruyu yanıtlamaktan geri durmadı.

"Bendim, Agatha Christie kılığına giren de bendim. Evet, Pera Palas'taki kadın da bendim, onu öldüren katil de bendim..."

Betül de ablasına yaklaşmıştı.

"İyi ama neden?"

Ardı ardına yutkundu Bihter.

"Belki kalbini yeniden kazanırım diye, belki bana döner diye. Yaşadıklarından daha iyi bir rüya sunabilirsem, onu etkilerim, başka kadınlarla yaşadığı hayalleri benimle yaşamaya ikna ederim diye..." Hıçkırıklara boğuldu, üçümüz de öylece kalakalmıştık. Sonunda elinin tersiyle yanaklarını kuruladı. "Ama olmadı, önce her şey yolunda gitse de giysilerimizi çıkarınca boynumdaki benden tanıdı beni. Çok öfkelendi. Onu hiç bu kadar kızgın görmemiştim. Ağır sözler sarf etti, aşağılamaya başladı. 'Sen Bihter'din ama artık hükmünü doldurdun. Defol git buradan' dedi. 'Hayatımı mahvettin, hayallerimi mahvetmene izin vermeyeceğim. Defol git hayatımdan' dedi. Ben hâlâ uzlaşmanın peşindeydim. Anlamaya, anlatmaya çalışıyordum. Birden boğazıma sarıldı. Bakın izleri hâlâ duruyor." Bihter boynundaki eşarbı çözdü, uzun boynu olduğu gibi morluk içindeydi. "Acımasızca sıkmaya başladı. Kendini tümüyle kaybetmişti. Deli gibiydi. 'Öldürürüm seni' diyerek yatağın üzerine sürüklüyordu beni. 'Bir daha bu tür numaralara kalkışırsan öldürürüm seni. Hayatımı mahvettin şimdi de hayallerimi mi mahvedeceksin?' diye bağırıyordu. Nefes almakta zorlanıyordum, korktum çok korktum. Bir an fırsat bulup ayağımla onu tekmeledim, elleri gevşedi, kalktım kaçmaya yeltendim ama yeniden yakaladı. Ben de sehpanın üzerindeki bıçağı aldığım gibi sapladım..." Sustu, burnunu çekti. "Öylece yıkıldı kaldı yatağın üzerine. Korkunçtu. Panik içinde giyinerek çıktım odadan. 'Edip'i öldürdün' diyordum kendi kendime, onu öldürdün. Belki de bu sesten kurtulmak için hızla kaçtım oradan. İsteyerek yapmamıştım ama onun kalbini kazanmak umuduyla gittiğim Pera Palas'tan kalbine bir bıçak sokarak döndüm." Yılgın bakışlarını bana çevirdi. "Evet, Nevzat Bey, ne Feride ne Zihni ne de zavallı Betül suçlu, kocamı ben öldürdüm."

Bihter samimiyetiyle itiraf ediyordu suçunu ama ona bakarken kocasını öldüren bir cani değil, evliliğini kurtarmak isteyen çaresiz bir kadın görüyordum.

Overlokçu Kız

Faili meçhul bir cinayeti ancak resmin tümünü göz önünde bulundurarak çözebilirsiniz, kaçırdığınız en küçük bir detay, masum birinin yıllarca hapis yatmasına neden olabilir. Merter'de işlenen o meşum cinayet de az kalsın böyle bir hata ile sonuçlanacaktı...

Cinayet mahalli, üç katlı bir tekstil atölyesinin ikinci katıydı. Genç kızın cansız bedeni, dikiş makinesinin yanına düşmüştü. Aşırı makyajlı yüzüne savrulan kızıl balyajlı siyah saçları, bal rengi gözlerinin birini tümüyle örtmüştü. Maktulün yanına diz çökmüş, yara izlerini inceleyen Zeynep başını kaldırmadan alçak sesle konuştu.

"Bıçakla öldürmüşler Başkomserim. Ya da ona benzer kesici bir nesneyle."

"Katil daha çok karın bölgesine saplamış cinayet aletini. Saat kaçta öldürülmüş Zeynep?"

Zeynep eldivenli elleriyle kurbanın boynuna dokundu. Gözbebeklerine baktı.

"Gece yarısı gibi olmalı Başkomserim. On bir ile bir arası falan. Adli tıp kesin saatini söyler bize."

Bakışlarım, maktulün kurumuş kanla kaplı beyaz bluzuna kayarken Ali'nin tehditkâr sesi geniş atölyenin içinde yankılandı.

"Kızı sen mi öldürdün lan? Ne bakıyorsun öyle mal mal suratıma! Söylesene, sen mi öldürdün kızı?"

Başımı çevirince, yardımcımın genç bir adamı itekleyerek dikiş makinelerinin arasından bize doğru geldiğini fark ettim. Delikanlının garip bir hali vardı, adım atmaya üşenir gibiydi, yardımcımın itelemesiyle yürüyordu. Yaklaşınca yüzü belirginleşti. Sanki Ali'nin suçlamalarından hiç etkilenmemişti, bön bön etrafına bakınıyor ama hiçbirimizi görmüyordu.

"Başkomserim bu şahsı alt katta sızmış vaziyetle bulduk."

Öylece durdu zanlı karşımda, durdu dediğime bakmayın, aslında titreme ile sallanma arası tuhaf bir hareketlilik içinde ayakta dikiliyordu. Ben genç adamı izlerken yardımcım delil torbasını uzattı.

"Yanında da bu bıçak vardı."

Bir sustalıydı bu... Torbayı alıp baktım, bıçağın üzerindeki kan izleri görülmeyecek gibi değildi. Zanlıya döndüm.

"Bu bıçak senin mi?"

Delikanlının yerde yatan maktulünkine benzeyen ela gözlerinde ne bir endişe ne de korku vardı. Sözlerimi duymamış gibi öylece bakıyordu. Elimi yüzüne yaklaştırıp sağa sola salladım. Gözleri kıpırdamadı bile. Sesimi yükselterek yeniden sordum.

"Beni duyuyor musun?"

Zorla gözlerini açtı kapadı ama cevap vermedi. Zeynep de yaklaştı, zanlının gözbebeklerine baktı.

"Başkomserim, bu kendinde değil, sarhoş ya da uyuşturucu almış..."

Bu durumda soru sormanın bir anlamı yoktu.

"Zeynep şunu derhal hastaneye götürün ayılsın, ondan sonra konuşuruz."

Zanlıyı hastaneye yollarken, içeriye buğday tenli, orta yaşlı bir adam girdi. Hafif dalgalı gür kırçıl saçları, tümüyle beyazlamış bıyığı, ışıltılı gözleriyle oldukça sevimli bir hali vardı. Doğrudan bana yöneldi.

"Duyar duymaz geldim."

"Sen de kimsin?" diye aramıza girdi Ali. "Neyi duyar duymaz geldin?"

Şöyle bir duraksadı adam...

"Ben Hasan... Hasan Okçum... Bu atölyenin sahibiyim. Gülseren'i öldürmüşler dediler, apar topar geldim."

Sözleri ikna etmedi yardımcımı.

"Kim dedi?"

Hasan eliyle atölyenin öteki ucunda toplanan işçileri gösterdi.

"Bizim posta başı Hüssam aradı, o söyledi. Doğru mu? Gerçekten de öldü mü Gülseren?"

Ali'nin ısrarı anlamsızdı, nihayet sorularımızı yanıtlayacak biri çıkmıştı karşımıza.

"Buyurun, Hasan Bey" dedim yardımcımın arkasından. "Yanıma gelin."

Yardımcım önünden çekilince, atölyenin sahibi yerde yatan kurbanı gördü.

"Ah!" dedi sağ elini ağzına götürerek. "Ah, Gülseren! Demek doğruymuş. Ah, zavallı kız! Sonunda kıydılar demek sana?"

Hasan'ın kolundan tuttum.

"Gelin Hasan Bey, gelin biraz konuşalım."

Dediğimi yaptı ama bakışları maktule takılıp kalmıştı. Kolundan tutup sürüklemek zorunda kaldım. Sırtı kurbana dönecek şekilde kendime çevirdim. Nemlenmiş gözlerine, ağlamaya hazır yüzüne aldırmadan elimi uzattım.

"Ben Başkomser Nevzat... Maktul çalışanınız mıydı?"

Zoraki bir tavırla elimi sıktı.

"Evet, burada çalışıyordu, overlokçuydu." Döndü bir kez daha yerde yatan genç kıza baktı. Gözlerinden yaşlar süzüldü ama dağılmadı. Derinden bir iç geçirerek bana döndü. "Evet, elemanımızdı, üstelik memleketlimdi."

Yardımcım atölyenin sahibini kuşkuyla süzdü.

"Memleketlin olduğu için mi işe aldın?"

Masum bir gülümseme yayıldı Hasan'ın kederli yüzüne.

"Biraz öyle oldu ama Gülseren de pişman etmedi bizi. Hemen öğrendi işi, bir gün bile aksatmadı. Ama Gülabi için aynı şeyi söyleyemem."

Bu kez ben sordum.

"Gülabi de kim?"

Şaşırmıştı, tanımıyor musunuz der gibi baktı, sonra eliyle kapıyı gösterdi.

"Demin odadan çıktı ya. Sizinle konuşuyordu hani."

Ali'nin bakışları da kapıya gitti geldi.

"Şu bizimkilerin götürdüğü şahıs mı?"

"Evet, Gülseren'in kardeşi. Niye götürdünüz onu?"

İşte bu gerçek bir sürprizdi, belki de cinayet nedenini açıklayacak en önemli bulguydu.

"Gülabi'nin yanında bulduk bıçağı" diyerek hâlâ elimde duran delil torbasındaki sustalıyı gösterdim. "Aralarında sorun var mıydı?"

Anlatmakta zorluk çekiyormuş gibi yutkundu.

"Olmaması gerekirdi. Ablasını seviyordu aslında. Burada işe girmesine de Gülseren ön ayak olmuştu. Memleketlim olduğu için tanırdım, pek sağlam ayakkabı değildir Gülabi. Bilirsiniz şu Apaçi denen gençlerden. Genç bile değil, esasında daha çocuk. Ama şimdiden kötü işlere bulaşmış. Evet, uyuşturucu kullanmaktan hastanede yattı. Torbacılık yapmış. Sabıkası da vardı. Ama gelip yalvardı kızcağız. 'Hasan Abi gözünü seveyim, bu çocuk sokaklarda harcanıp gidecek. Şuna bir iş ver' diye. Ne de olsa memleketlimiz, babalarını da tanırım, ben de gece bekçisi olarak işe aldım onu."

Ali sadede geldi.

"Yani, iki kardeşin arasında hiç sorun yok muydu?"

Hasan eliyle beyaz bıyıklarını sıvazladı.

"Yoktu, ta ki ablasının bir sevgilisi olduğunu duyana kadar. O gün çıldırmış gibiydi Gülabi. Araya girmesem kızın ağzını burnunu dağıtacaktı. Evet, tam burada işte, atölyenin ortasında, 'Seni öldürürüm. Sen şerefimizi lekeledin. Töremizi bozdun orospu' diye bağırdı. Hatta ceketinden bir bıçak çıkardı, elinden aldım. Engel olmasaydım bıçağı Gülseren'e saplar mıydı, ondan emin değilim."

Delil torbasının içinde duran sustalıyı gösterdim bir kez daha.

"Bıçak bu muydu?"

Hasan bu kez alıcı gözüyle baktı şeffaf torbaya.

"Emin olmak zor ama buna benziyordu. Gülabi mi öldürmüş?"

Bu kez ben kuşkuyla süzdüm atölye sahibini.

"Bilmiyoruz, sence o mu yapmıştır?"

Biraz düşündü, samimi bir sesle fikrini anlatmaya başladı.

"Zannetmem, tamam Gülabi deli dolu bir çocuktur, suça da meyilli. Ama dediğim gibi ablasını öldüreceğinden emin değilim. Bence bu işi Zeko yapmıştır."

Sözcükler adeta kendiliğinden döküldü dudaklarımdan.

"Zeko da kim?"

Işıltılı gözlerinden korkuya benzer bir ifade geçti.

"Zeko, Kirpi Çetesi'nin başındaki çocuk. Gülabi'nin reisiydi..." Boş gözlerle baktığımızı fark edince gülümsedi.

"Durun başından anlatayım. Gülabi, Apaçi gençlerden dedim ya. Bunların hepsi Bağcılar'da oturuyor. Hepsi dediğim dört kişi. Zeko, Bayram, Duran tabii bir de Gülabi. En büyükleri bu Zeko denen hergele, saçları böyle kirpi gibi dik olduğu için Kirpi Zeko diyorlar ona. Ama çok tehlikeli biri. Ötekileri baştan çıkartan da o. Mahallede ufak tefek kabadayılıklarla başlamışlar, derken bir fotoğrafçıyla, bilgisayarcıyı patlatmışlar, çaldıklarını da Rus turistlere satmışlar. Ardından ufak çaplı uyuşturucu işine bulaşmışlar. Adam yaralamaktan gaspa, uyuşturucu satışından hırsızlığa ne ararsan var yani. Ama en korkunçları bu Zeko; deli cesareti var, kimseden korkmuyor, öteki üçü ezik çocuklar. Zeko'nun yanında kendilerini güçlü hissediyorlar. Haşa Allah gibi tapıyorlardı ona. Hakkını yemeyelim Zeko da iyi yetiştirmiş onları. Bıçak nasıl kullanılır, nasıl dövüşülür, insanlar nasıl korkutulur hepsini öğretmiş. Böylece mahalleli bunlardan çekinmeye başlamış. Kirpi Çetesi'nin namı her yerde yürüyor. Duran, Bayram ve Gülabi de semtte kendilerini kral zannediyorlar. Ta ki Zeko, raconu bozup Gülseren'e asılana kadar."

Merakına yenilen Ali dayanamayıp sordu.

"Gülseren'in sevgilisi dediğin bu Zeko denen zibidi mi?"

Hemen yanıtlamadı Hasan.

"Ondan çok emin değilim. Gülseren gibi düzgün bir kız o herifle ne yapsın? Ama hakikat nedir bilemeyiz tabii. Bu çocuklar kapalı kutu, ağızları da sıkı. Öyleyse bile kız sonra istememiş Zeko'yu... Dananın kuyruğu da o zaman koptu zaten. Zeko her sabah Gülseren işe gelirken, her akşam çıkarken bizim atölyenin önünde beklemeye başladı. Olaya ben de böyle müdahil oldum. Baktım bu herif Gülseren'i rahatsız ediyor. Bir akşam yanına gittim, 'Ne yapıyorsun burada?' dedim. Ters ters baktı suratıma. 'Hasan Efendi işine bak, yoksa işin falan kalmaz' dedi. Ne bela biri olduğunu bilmiyorum o sıralar. 'Sen ne diyorsun be?' diyecek oldum. Burnumun üstüne kafayı yememle yere yığılmam bir oldu. O kadar çevikti ki, yere düşene kadar anlamadım bile ne olduğunu. Yüzüm gözüm kan içinde yerde yatarken de hiç istifini bozmadı. Ne kaçtı, ne öfkelendi, tepemde dikilip sakince beni seyretti. Bizim Hüssam ve öteki personel olayı görüp yetiştiler. Adamlarımın geldiğini görünce de hiç paniklemedi, anında çekti sustalısını. 'Var mı göbeğinden işemek isteyen' diyerek herkesi tehdit etti. O kadar korkutucuydu ki, bizimkilerden kimse cesaret edip üstüne yürüyemedi. Sonra sakince çekti gitti. Polis çağırdım tabii. Sizinkiler Zeko'yu aldı, iki gün tuttu, sonra bıraktı. Zeko yine atölyenin önüne mekân kurdu. Yine Gülseren'i taciz etmeyi sürdürdü.

Bu beladan kurtulmak için kızı işten çıkarmayı düşünürken hiç beklemediğim bir olay oldu. O sabah Zeko yine erkenden damlamıştı, ben de yeni geliyorum işe, arabamı park etmiştim ki, sesler duydum. Baktım Duran, Bayram ve Gülabi bunu ortalarına almış konuşuyorlar. Ne söylediklerini tam işitemiyorum ama tartıştıkları belli. Biraz yaklaşınca anladım ne konuştuklarını. Gülabi gergin bir sesle. 'Ayıp ediyorsun Zeko Abi, böyle olmaz. Gülseren senin de bacın sayılır. Bunu bana yapamazsın' diyordu. Duran ve Bayram'ın tavırlarından da Gülabi'yi destekledikleri anlaşılıyordu. Sakince dinleyen Zeko, sonunda ağzını açtı. 'Bana racon mu öğretiyorsunuz lan' dedi. Öfkeli değildi, her zamanki gibi sakin çıkıyordu sesi. 'Ablanı seviyorum oğlum ne var bunda? Gurur duyman lazım enişten olacağım diye. Ama sen, karşıma geçmiş bana ayar veriyorsun.' Bayram'la Duran'a baktı. 'Size ne oluyor lan? Elinizden gelse ikiniz de yazılırsınız Gülseren'e, şimdi namus bekçisi mi oldunuz şerefsizler.' Ters ters baktı çocuklar, demek ki epeydir dolmuşlardı. 'Öyle konuşma' dedi Duran. 'Yeter artık ağzını bozma' dedi Bayram. 'Ablamın peşini bırak' dedi Gülabi. Şöyle bir süzdü onları Zeko hiçbir şey söylemedi. 'Bıktık artık senden' dedi Duran. 'Çakalın değiliz senin' dedi Bayram. 'Bir daha buraya gelmeyeceksin' dedi Gülabi. Yine şöyle bir süzdü onları Zeko, sonra, sonra..."

Sürdüremedi Hasan, yüzünde mahcup bir ifade belirmişti.

"Evet, sonra" diye üsteledi Ali. "Sonra ne oldu?"

"Şey, bu Zeko rezil herifin teki, küfürlü konuşuyordu ötekilerle... Yani ağza alınacak laflar değil."

Gülümseyerek cesaret verdim.

"Dert ettiğiniz meseleye bakın Hasan Bey, biz buraya cami avlusundan gelmedik. Her gün bu Zeko gibi onlarca itle uğraşıyoruz. Ne söylediyse lütfen kelimesi kelimesine anlatın."

"Tamam, tamam Nevzat Bey" dedi utangaç bir sesle ama yüzü kıpkırmızı olmuştu. "Evet, Duran, Bayram ve Gülabi öyle deyince Zeko yine pis pis süzdü onları, yine sessiz kalacak diye düşündüm ama birden, 'Siktirin lan' diye bağırdı. 'Siz kimsiniz benimle böyle konuşuyorsunuz?' Gençlerin üzerine yürüdü. 'Adam mı oldunuz lan başıma? Domaltır sikerim hepinizi, el âleme rezil olursunuz burada.' Evet, aynen böyle söyledi. Utanma sıkılma yok ki adamda. Eyvah dedim içimden, eyvah Zeko üçünü de öldürecek ama öyle olmadı. Gülabi hiç beklemediğim bir ataklıkla, geriye çekilip eski reisinin suratının ortasına bir yumruk çaktı, Zeko geriye doğru savruldu. Belli ki çocuklar önceden hazırlanmışlardı kavgaya, Duran'la Bayram anında çektiler sustalılarını. Hiç tereddüt etmeden eski reislerine giriştiler. Zeko çabuk toparlanmıştı tabii, göz açıp kapayıncaya kadar o da sustalısını çekti, montunu sol koluna sardı. Eski adamlarına karşı dövüşmeye başladı. Koluna, bacağına bir iki önemsiz bıçak yarası alsa da çocukları durdurmayı başardı, kavga dengelenirken, zaten Zeko'ya hınçlı olan bizim Hüssam atölyedeki gözü kara üç çocukla yetişti. Ellerindeki sopalarla Zeko'yu aralarına aldılar. Altı kişiye karşı baş edemeyen Zeko'nun gardı düştü, bizimkiler yer misin yemez misin giriştiler buna. Valla zor aldım ellerinden, bıraksam, linç edeceklerdi." Üzgün başını salladı. "Keşke almasaymışım, belki de zavallı Gülseren şimdi yaşıyor olacaktı."

"Tamam da bunun için kızı niye öldürsün?" diye itiraz etti Ali. "Gülabi'yi bıçaklardı ya da öteki çocukları..."

"Bu olaydan sonra Gülseren de kesinlikle reddetmiş onu. 'Peşimi bırak' demiş. Ama Zeko kabul etmemiş tabii. 'Ya benimsin ya kara toprağın' diye mesajlar yazmış kıza. 'Gülabi piçini de seni de yaşatmam' diye tehdit etmiş. Gülabi'yi biraz da bu yüzden işe aldım, hem sokaklardan uzak dursun hem de ablasını korusun diye."

Resimde eksik parçalar vardı.

"Kavga ne zaman olmuştu?" diye sordum.

"Üç ay kadar önce..."

"Çok beklemiş" dedim. "Bu tipler anında karşılık verirler."

Işıltılı gözlerinde çaresizliğe benzer bir ifade belirdi.

"Zeko'yu tanımıyorsunuz Nevzat Bey. Çok sinsi, acımasız, hesaplı biri. Ben bile hâlâ korkuyorum işe gelip giderken..."

Hasan'ın açıklaması yeterli değildi.

"Belki de Zeko'yu Gülseren durdurmuştur" dedi yardımcım. "Belki de kız hâlâ görüşüyordu onunla. Belki de bu nedenle kardeşi öldürmüştür onu. Sonuçta maktulün yanında bulduğumuz kişi Zeko değil, Gülabi, üstelik cinayet aleti de yanında."

Hiç de yabana atılacak bir ihtimal değildi ama Hasan kararsızdı.

"Bilemiyorum, Gülabi, ablasını gerçekten de severdi." Düşünceli bir tavırla yine bıyıklarını çekiştirdi. "Eğer dediğiniz gibi Gülseren Zeko'yla görüşmeyi sürdürüyorsa, Duran'la Bayram da Gülabi'yi kışkırttılarsa ancak o zaman ablasını öldürebilir. Yine de hiç emin değilim."

Bu davanın düğüm noktası sevgili meselesiydi. Eğer o şahıs Zeko değilse başka kim olabilirdi?

"Gerçekten sevgilisi var mıydı Gülseren'in?" diye eşelemeye başladım. "Zeko'dan başka diyorum. Gülseren güzelmiş, talibi çoktur. Çok da genç kızcağız. Birilerine kanmış olabilir."

Gergin bir ifade belirdi yüzünde.

"Yok Nevzat Bey, Gülseren öyle biri değildi. Öyle çok kız var burada, lüks düşkünü. Güzel bir elbise, pahalı bir çanta, marka bir ayakkabı için erkeklerle düşüp kalkan. Gülseren namuslu bir kızdı. Başı önde, işine gidip gelirdi zavallım. Çok da çalışkandı, sorumluluk sahibiydi. Hiçbir hatasını, hiçbir falsosunu görmedim. Tabii Zeko'ya kapılmış olabilir. Siz de söylediniz."

Aklımı kurcalayan soruyu Ali dile getirdi.

"Peki Gülseren'in ne işi vardı gece yarısı atölyede? Gece vardiyasına mı kalmıştı?"

Kesin bir tavırla başını salladı.

"Hayır gece vardiyası yoktu... Memlekette kriz var amirim. Nerede kaldı o deli gibi çalıştığımız günler? Üç vardiya yapardık eskiden yine de ürün yetiştiremezdik müşterilere. Yurtiçi, yurtdışı talep bitmezdi. Yedide paydos ediyoruz artık. Dün de öyle olmuştu, ben de sekiz gibi ayrılmıştım buradan. Sadece Gülabi kalmıştı binada. Ayrılırken de konuşmuştum, normal görünüyordu. Eğer o öldürdüyse, belki sonradan çağırmıştır ablasını, konuşmak için. Belki de Gülseren gelmiştir, kardeşini ikna etmek için. Hani dediğiniz gibi Zeko'yla ilişkisi varsa... Bilmiyorum ki." Döndü yine maktule baktı. "Haberim olsa izin verir miydim bu cinayete?"

Hasan'dan maktulün adresini aldıktan sonra, bir kez daha süzdüm yerde yatan kızı. Ölümü hak etmeyecek kadar gençti. Yüzündeki abartılı makyajı saymazsak çok masum görünüyordu. Tek suçu bir sevgilisi olması mıydı? Saçmaydı ama bu ülkede öldürülen pek çok genç kız gibi bu son derece doğal ilişkisi yüzünden katledilmiş olma ihtimali yüksekti. Onu serseri olmasın diye işe aldırdığı kardeşi mi öldürmüştü gerçekten? Neden olmasın, Gülabi gibi birçok cahil erkek, namustu, şerefti, töreydi diye kız kardeşlerini hunharca katletmiyor muydu bu ülkede? Eğer öyleyse, bıçak darbeleri ardı ardına bedenine girerken, ne düşünmüştü acaba zavallı kızcağız? Belki de çok şaşırmıştır, Gülabi'yle gecenin bir yarısı buluştuğuna göre, kardeşinin kendisini öldürebileceğini hiç düşünmemişti. Gülabi'nin sarhoş olduğu ya da uyuşturucu kullandığı kesin. Kesin olmayan şeyse cinayeti onun işlediğiydi. Belki de öteki iki çocuk, Duran'la Bayram yapmıştır bu işi, belki de olağan şüpheli Zeko. Her durumda Hasan'ın sözlerini dikkate almalıydık.

Merdivenlerden inip atölyenin dış kapısına çıktığımızda çilekeş arabamın yanında türbe yeşili bir Mercedes gördük. Tuhaf bir renkti, Ali arabaya bakarak söylendi.

"İlk defa bu renk bir Mercedes görüyorum, orijinal rengini bozmuş öküz." Bakışları sağ kapısına kaydı. "Ooo çarpmışlar galiba, fena göçmüş kaporta. Bu heriflerin elinde heba oluyor kız gibi arabalar."

El âlemin arabasıyla uğraşacak halimiz yoktu, emektarıma yöneldim, konuyla alakadar olmadığımı anlayan yardımcım da beni izledi. Aracımı çalıştırdım, Bağcılar'ın yolunu tuttuk. Son yıllarda hızla büyüyen semtlerden biri olan Bağcılar'ın kenar mahallelerinden birinin arka sokaklarında sıvasız, boyasız altı katlı bir binanın girişindeydi maktulün ve zanlının evi. Evin önüne geldiğimizde bir kalabalık gördük. Önce cenaze için gelen insanlar zannettik. Yaklaşınca durumun farklı olduğunu anladık. Evin önündeki boş arsada insandan bir çember oluşmuştu, ortada ellerinde sustalı bıçaklarla üç genç kıyasıya kavga ediyorlardı. Bunlar Hasan'ın bahsettiği Kirpi Çetesi'nin elemanları olabilirdi. Emektarı boş bir yere çekip aceleyle indik arabadan. Daha ben dur demeye kalmadan bizim sergerde çemberi yarıp daldı kavganın ortasına. Aralarına dalan destursuz polisten habersiz olan gençlerden ilk önüne çıkanın suratına sağlam bir yumruk indirdi, oğlan yere yığılırken ötekinin göğsüne bir tekme yerleştirdi ama üçüncü onu fark etmişti, hemen aldı gardını. Bıçağını sağ elinde tartarak yardımcımın üzerine atladı. Ali son derece sakin bir tavırla ve adeta bir dansçı çevikliğiyle, kendisine doğru sustalıyı savuran eli bileğinden sol avcuyla kavradı, aynı anda sağ eliyle de gencin kolunu omzundan hızla geriye itti.

"Ah!" diye acıyla inledi delikanlı, elbette bu Ali'ye yetmedi, rakibinin suratına okkalı bir de kafa yerleştirdi. Bıçak bir yana, genç bir yana düştü. Yere yığılmış iki genç toparlanmaya çalışıyorlardı ki, silahımı çekerek üzerlerine doğrulttum.

"Kimse kıpırdamasın polis!"

Yüzleri acı içinde şaşkınlıkla baktı iki hergele, üçüncüsü ise burnundan fışkıran kanı görünce şoka girmiş öylece gözlerini açıp kapıyordu.

"Kimsiniz lan siz?" diye gürledi Ali yere düşen sustalıları toplamadan önce. "Şehrin orta yerinde güpegündüz düello mu yapıyorsunuz?"

Hiçbirinin sesi çıkmadı. Silahımla kalkın işareti yaptım.

"Hadi, hadi, toparlanın. Anlatın da öğrenelim şu işin aslını. Ne halt yiyorsunuz burada?"

Üç sustalıyı da toplayan Ali, gençlerin hâlâ bön bön baktığını görünce, "Ne duruyorsunuz lan öyle" diye bağırdı. "Duymadınız mı Başkomserimi, çabuk lan, çabuk kalkın." İkisi toparlanırken Zeko olduğunu tahmin ettiğim üçüncü, kalkmak yerine eliyle burnunu yokluyordu. Ve Ali'nin tekmesini böğrüne yedi. "Kime diyorum lan dingil. Kalk çabuk, kalk, yallah!"

"Ah! Ah! Ne vuruyorsun be" diye inledi yaralı dingil. Ama yardımcımın emrini yerine getirmekten de geri durmadı. Burnunu tutmaktan kan içinde kalan sağ elini yere dayayarak doğruldu. Ayağa kalkınca, kan ve tozla kahverengiye dönüşen avucuyla yine burnunu tuttu. Bir yandan da söylenmeyi sürdürdü. "Anlamadan, dinlemeden saldırıyorsunuz. Bu ikisi öldürecekti beni, nefsi müdafaa yapıyordum." Öteki iki serseriye baktı. "Söylesenize lan, ilk kim saldırdı? Hakikati söyleyecek göt yok değil mi sizde?"

İki delikanlı da nefretle baktılar hasımlarına. Evet, hiç şüphe yoktu ki, bu üçü Hasan'ın anlattığı Kirpi Çetesi'nin üyeleriydi. Ali'nin burnunu kırdığı Zeko olmalıydı, ötekiler ise Duran ile Bayram.

"Tamam kes artık" dedim sol elimle cebimden çıkardığım mendili Zeko'ya uzatırken. "Al şunu burnuna bastır. Biz sormadan da ağzını açma."

Kısa bir tereddütten sonra mendili alıp burnuna bastırdı. Eski reis sustu ama iki zibididen kumral olanı homurdanacak oldu, Ali'nin şaplağı anında indi ensesine. Etrafa bakındım, arsanın karşısında bir kahvehane gördüm. Pek kimse yoktu. Silahımla kahvehaneyi gösterdim.

"Hadi bakalım, şu kahveye gidiyoruz. Evet, üçünüz birden. Anlayalım bakalım neler karıştırıyorsunuz bu mahallede?"

Yardımcıma döndüm.

"Bizimkileri ara da bir ekip yollasınlar. Mevki ver, yarım saate ancak gelirler."

Mekândan içeri girince üç serseriyi gören yaşlı kahvecinin feri kaçmış gözleri korkuyla büyüdü.

"Polisiz" diye adamı rahatlatmayı denedi Ali. "Korkacak hiçbir şey yok, bu serserilerin saltanatı bitti artık. Hadi baba, sen bize demlisinden çay ver bakalım. Bir de kapıyı kapat, bir saat kadar müşteri alma içeri."

Elbette rahatlamadı adamcağız. Tamam şimdi buradasınız ama siz gidince yine başıma bela olacak bunlar dercesine baktı.

"Hadi baba, hadi babacığım" diye uyarmak zorunda kaldı yardımcım. "Kapat şu kapıyı, zararın neyse öderiz."

Çaresiz kalan adam denileni yaptı. Oturacak uygun masa bakınırken Zeko kan çanağına dönmüş gözlerini bana dikti.

"Bir yüzümü yıkayayım ben, hâlâ kanıyor burnum baksana."

"Tuvaletin dışarıya açılan penceresi var mı?" diye kahveciye döndüm. Meramımı anlamadı adamcağız.

"'Bu herif tuvalete gidecek, oradan kaçabilir mi?' diye soruyor Başkomserim" diye tercüme etti Ali.

"Yok, yok, çok küçük bir pencere var. Oradan kimse geçemez."

"Tamam git yüzünü yıka o zaman" dedim Zeko'ya, ötekilere döndüm. "Siz de şu ocağın önündeki masaya geçin. Hadi, bak şu geniş olana."

Yardımcım yine de yalnız bırakmadı eski çete reisini. Tuvaletin kapısına kadar onunla gitti. Ben de Bayram ve Duran'la masaya çöktüm. Silahımı kılıfına sokarken samimi bir tavırla sordum.

"Önce tanışalım, adınız ne sizin?"

"Bayram " diye homurdandı kumral kıvırcık saçlı olanı. "Benim adım Bayram."

"Bayram ne? Soyadın yok mu evladım senin?"

"Bayram Şengezer."

"Güzel, benim adım da Nevzat, Başkomser Nevzat." Hâlâ dik dik bakan öteki serseriye döndüm. "Senin adın ne?"

Onun yerine Bayram konuştu.

"Duran, Duran Çanakçı."

Ters ters baktım Duran'a.

"Senin dilin yok mu oğlum? Niye kendin konuşmuyorsun?"

Öfkeli değil ama alıngan bir ifadeyle baktı.

"Bizim bir suçumuz yok." Başıyla tuvaleti gösterdi. "Her türlü puştluk o ibnenin başının altından çıkıyor."

Sağ elimi kaldırarak usulca salladım.

"Tamam, tamam anlayacağız. Suçunuz yoksa bırakırız sizi. Ama ne olup bittiyse hepsini anlatmanız lazım. Evet, söyleyin bakalım şimdi, az önce ne yapıyordunuz elinizde sustalılarla öyle?"

İkisinin de bakışları tuvaletin kapısına kaydı, yine Bayram açıkladı.

"O şerefsizin yüzünden amirim."

Bilmezlikten geldim.

"Kim o?"

Yüzü öfkeyle ışıdı Bayram'ın.

"Zeko. Asıl adı Zekeriya Dişbudak... Eskiden arkadaştık, daha doğrusu abi diyorduk ona. Ama kalıbının adamı değilmiş, hepimizi sattı. Üstelik namus haini çıktı."

Deminden beri sessiz kalan Duran da katıldı muhabbete.

"Bu piç, Gülseren Abla'nın katili Başkomserim. Kızı öldürmüş bir de utanmadan taziyeye geliyor. Biz de görünce dayanamadık."

Yüzlerini inceledim, ikisi de nefret doluydu.

"Nereden biliyorsunuz Gülseren'i öldürdüğünü?"

"Çünkü Gülseren Abla'ya âşıktı bu puşt" diye söylendi Duran. "Ama kız istemiyordu. O yüzden kin duyuyordu Gülseren Abla'ya."

Kartları açmanın zamanı gelmişti.

"Sizden de pek hoşlanmıyormuş. Üç ay önce eşek sudan gelinceye kadar dövmüşsünüz Zeko'yu."

Keyifle gülümsediler.

"O da var, evet ağzına sıçtık bu pezevengin üç ay önce, bize diş geçiremeyince kızı bıçakladı puşt."

Gözlerimle tarttım ikisini de.

"O kadar emin olmayın, Gülseren'in cesedinin olduğu yerde Zeko değil, Gülabi vardı, hem de kanlı bıçağıyla birlikte. Şu sizin sustalılardan, bilirsiniz mutlaka."

İkisi de hayretle baktılar.

"Başkasının bıçağıdır" dedi Duran omuz silkerek. "Tek sustalı Gülabi'de mi var? Tezgâh kurmuşlar arkadaşımıza. Zeko denen bu şerefsiz yapmıştır. Gülabi, ablasına tapardı. Hayatta yapmaz öyle şey. Yanlış adamı tutuklamışsınız."

Sakince başımı salladım.

"Atölyeden geliyoruz evladım. Az önce gördük Gülabi'yi. Bütün gece oradaymış, Gülseren de orada öldürüldü. Arkadaşınızla konuşmaya çalıştık ama kendinde değildi. Haplanmış yahut öyle bir şeyler içmiş." İkisi de bakışlarını kaçırdılar. Muhtemelen onlar da uyuşturucu kullanıyorlardı, belki de satıyorlardı. "Bakın çocuklar, Gülabi'ye yardım etmek istiyorsanız bildiklerinizi anlatmalısınız. Gülseren'in bir sevgilisi olduğundan söz ediliyor. Gülabi bu ilişkiye karşı çıkıyormuş. Namusumuzu, şerefimizi beş paralık etti diyormuş ablası için..."

"Off, of" diye iç geçirdi Duran. "Gülabi'nin değil, Satı Kadın'ın lafları bunlar."

"Satı Kadın da kim?" diye söylendim.

Kötü birinden söz ediyormuş gibi suratını buruşturdu.

"Gülabi'nin ninesi. Anneleri Nimet Teyze üç yıl önce kanserden öldü. Allah günah yazmasın, belki de öyle bir kaynanası olduğu için kanser oldu kadıncağız. Nimet Teyze ölünce, evi Satı Kadın çekip çevirmeye başladı. Zaten Nimet Teyze sağken de evin tek hâkimi oydu ya."

Abarttığını düşündüm.

"Bu kadar kötü mü bu Satı Kadın?"

"Kötü amirim, çok kötü. Allah kimsenin başına vermesin, ben olsam o kadınla aynı evde yaşayamazdım. Nefret ediyordu Gülseren Abla'dan, çalışmasını da istemiyordu. Kız kısmı çalışır mıymış? Kız kısmı öyle giyinir miymiş? Gülseren Abla da onu takmayınca iyice kafayı yedi kadın. Üstüne bir de bu sevgili dedikodusu çıkınca saldırdı kıza. Valla diyorum, güpegündüz, işte bu evin kapısında, herkesin gözü önünde. Zor aldık Gülseren Abla'yı elinden, yaşlı falan ama öyle de güçlü ki. Yine de kini geçmedi. Gülabi'yi de kışkırtıp duruyordu, 'Sen de erkek misin?' diye."

Tam yeri gelmişti.

"Siz Gülseren'in erkek arkadaşıyla karşılaştınız mı? Hiç ondan bahsetti mi?"

İkisinin de yüzüne bir utanç dalgası yayıldı.

"Biz o tür konuları konuşmazdık Gülseren Abla'yla. Ama Gülabi'ye bahsetmiş. Sevgilim çok zengin demiş, benimle evlenecek, bu hayattan kurtulacağım, seni de öteki kardeşlerimi de kurtaracağım demiş. Gülabi hiç memnun olmamıştı bu işe. Gülseren'i sevse de ablasının evlenmeden bir adamla görüşmesi canını sıkıyordu biraz."

İşte şimdi bir yerlere varmaya başlamıştık.

"İyi de çocuklar bu durumda Zeko kurtuluyor. Evet, anlattıklarınızı dikkate alırsak Gülabi'nin ninesinin kışkırtmalarına kapılıp ablasını öldürmüş olabileceğini rahatlıkla söyleyebiliriz."

İkisi de başını salladı.

"Yok, Gülabi yapmaz" dedi kesin bir ifadeyle Bayram. "Gülabi, ablasına kıyamaz. Ninesi Satı Kadın'ı da hiç sevmez zaten. Hatta evden ayrılmaya hazırlanıyordu. Ablasıyla birlikte kiralık ev bakıyorlardı Merter'den. Evet, Satı Kadın'ın dilinden kurtulmak için birlikte ayrılacaklardı. Gülseren Abla'nın erkek arkadaşı da yardım edecekmiş onlara."

"Az önce siz söylediniz, Gülabi bu işten hoşlanmıyor diye."

Boynunu büktü Duran.

"Hoşlanmıyor da fakirliğin gözü kör olsun be amirim. Kabul etmeyip ne yapsın?"

Kafam iyice karışmaya başlamıştı.

"Gülabi, ninesinin aşağılamasından kurtulmak için ablasını öldürmüş olamaz mı?"

"Olamaz" dedi bir kez daha Bayram. "Gülabi'nin eli ablasına kalkmaz."

Kendi kendini ikna edercesine söylendi Duran.

"Bayram doğru söylüyor, Gülabi ablasına kıyamaz. Gülseren Abla'nın yaptığı iyilikler engel olur, gözüne dizine durur."

"Peki, babaları yok mu bu çocukların?"

Çaresizce başını salladı Duran.

"Var ama Vehbi Amca pasif bir adam. Çok iyi bir insan ama annesinin oyuncağı olmuş. Valla kafasını bozarsa Vehbi Amca'yı bile döver Satı Kadın."

O sırada Ali'nin, Zeko'yla birlikte masaya yaklaştığını gördüm. Zeko burun deliklerine tuvalet kâğıdıyla tampon yapmıştı. Aynı masada otururlarsa kedi köpek gibi birbirini parçalardı bunlar.

"Pencerenin kenarındaki masaya geçin" dedim Ali'ye. "Ben de geliyorum."

Duran'la Bayram parçalayacaklarmış gibi Zeko'ya bakmaya başlamıştı bile, eski reislerinin de onlardan farkı yoktu, elinden gelse bir kaşık suda boğardı ikisini de.

"Hop, hop bana bakın" diye ikaz ettim. "Bak tepemi attırmayın, canınıza okurum sizin."

Bakışlarını kaçırdılar ama Zeko dövüşe doymayan pehlivan gibi diklenecek oldu.

"Yürü lan" diye itekledi Ali. "Daha burnunun kanı kurumadı bir de efelik mi taslıyorsun?" Kolundan sürükleyerek götürdü Zeko'yu pencerenin önündeki masaya. Ben de öteki iki serseriye döndüm.

"Dün gece yarısı neredeydiniz, saat on birden sonra?"

Birbirlerine baktılar, pis bir işin içinde oldukları aşikârdı.

"İnternet kafedeydik" dedi Bayram kaşlarını çatarak. "Yörem İnternet Kafe. Bizim köyden İsmail işletir orayı. Havuzlu caddenin köşesinde. İsterseniz sorun, herkes gördü orada olduğumuzu."

Gözlerimi yüzlerine dikerek başımı salladım.

"Soracağız tabii, sadece sormakla kalmayacağız kameralara da bakacağız. Yalan söylüyorsanız vay halinize."

Uyarım hiçbir işe yaramamıştı. Laubali bir tavırla mırıldandı Duran.

"Bizi bırakacaksınız değil mi amirim?"

"Suçsuzsanız elbette bırakacağım. Ama önce merkezde yazılı ifadenizi alacağız." Ciddi bir ifadeyle ikisini de süzdüm. "Genç bir kız öldürüldü, siz de zanlılar listesinin ilk sırasındasınız. Eğer Yörem İnternet Kafe'nin sahibi ve öteki tanıklar gece boyunca orada olduğunuzu doğrularsa serbest kalırsınız. Yani yalan söylemediyseniz korkacak bir durum yok."

"Yalan söylemedik" diye homurdandı Duran. "Niye yalan söyleyelim, çiğ yemedik ki karnımız ağrısın. Biz bu olayda mağdur tarafız. Ablamızı öldürdüler, arkadaşımıza tuzak kurdular." Eliyle pencerenin kenarındaki masada oturan Zeko'yu gösterdi. "Elimizden gelse, Gülseren Abla'nın katili olan bu şerefsizi hapse atmanız için her şeyi yaparız. Gerekirse delil de buluruz."

Gayri ihtiyari gülümsedim.

"Gerekmez, siz suçsuz olduğunuzu kanıtlayın yeter." Bakışlarım kapıya gitti, bizim ekip henüz ortalıkta görünmüyordu. "Burada efendi efendi oturup çayınızı içeceksiniz. Ekipler gelince sizi merkeze götürecekler, söyledikleriniz kanıtlanınca da serbest bırakacağız. Terslik yapar, taşkınlık çıkartırsanız, sonunu artık siz düşünün."

İkisi de boynunu eğdi.

"Tamam amirim, siz ne derseniz. Mademki Gülseren Abla'nın katilinin peşindesiniz, elimizden gelen kolaylığı gösteririz size."

Onları bıraktıktan sonra öteki hergeleyle konuşmak üzere pencerenin kenarındaki masaya geçtim. İskemleye otururken yadırgayan gözlerle süzdü beni Zeko.

"Ne anlatıyor amirim o lavuklar?"

Burnunun iki deliği tuvalet kâğıdı parçalarıyla tıkandığı için sesi boğuk çıkıyordu.

"Gülseren'i senin öldürdüğünü söylüyorlar."

Öfkeyle toparlandı.

"Yalan söylüyorlar. Gülseren'i onlar öldürdü. Şimdi taziyeye geliyorlar ki, kimse onları suçlamasın."

Ali yavaştan yemlemeye başladı Zeko'yu.

"Gülabi'yi cinayet mahallinde bulduk, yanında kanlı sustalı bıçağı vardı."

Kesin bir tavırla başını salladı.

"Gülabi yapamaz o işi. Hele bıçakla hiç yapamaz... Zaten keş, ayık zamanını bulamazsınız o çocuğun. Yok, Gülabi'den katil çıkmaz. Birini öldürecek yürek yok onda."

"Sende var mı?" diye lafı gediğine koydu yardımcım. "Sen öldürebilir misin bıçakla birini?" Durdu, Zeko'nun gözlerine baktı. "Sıradan birini değil, sevdiğin kızı. Hııı söylesene zırtapoz, öldürebilir misin?"

Bakışlarını kaçırmadı Zeko.

"Öldürürüm, hak etmişse öldürürüm. Bıçakla da öldürürüm, elimle de öldürürüm. Ama Gülseren'i değil." Gözleri nemlenmişti. "Ona bu kötülüğü yapamam."

"Tehdit etmişsin kızı" diye kestim sözünü. "Ya benimsin ya kara toprağın diye mesaj atmışsın."

Başını öne eğdi.

"Attım. Çünkü çok sinirlenmiştim. Çünkü bir anda benden vazgeçmişti Gülseren. Sebebini bile söylememişti. Muhtemelen yeni bir sevgili bulmuştu. Çıldırdım, kafayı yedim, saçma sapan mesajlar yazdım. Ama ben o kıza kötülük yapamam." Gözlerinden iki damla yaş döküldü. Yutkundu. "Ve Allah şahidim olsun, onun katilini de bu dünyada sağ bırakmam."

"Yavaş, yavaş" diye çemkirdi Ali. "Önce sen dün geceyi anlat. On birden sonra neredeydin?"

Şişmeye başlayan burnu, moraran gözaltlarıyla acınası bir hale bürünen suratı iyice karıştı. Bir süre cevap veremedi.

"Gülseren'i ben öldürmedim" diyebildi sadece.

"Sorduğum soruya cevap versene lan!" diye dürtükledi Ali. "Ne saklıyorsun? Dün gece yarısı neredeydin?"

Aceleye getirmek istedi.

"Hiçbir yerde değildim, evdeydim, tek başıma oturuyordum öyle, sonra da yattım."

Düpedüz yalan söylüyordu. Cep telefonumu çıkardım masanın üzerine koydum.

"Senin telefonun nerede?" diye sordum. "Çıkarsana. Evet, çıkar benimkinin yanına koy."

Dediğimi yaptı. Elimle telefonuna dokundum.

"Bak Zeko, bu akıllı telefonlar çok tehlikeli. Eğer senin numaranı kontrol edersek dün gece nerede olduğunu öğreniriz." Yapacağımızdan emin ol dercesine baktım. "Gel, bizi uğraştırma, dün gece nerede olduğunu söyle, eğer Hasan'ın atölyesinde değilsen mesele yok ama oradaysan..."

"Orada değildim" diye bağırdı. "Gülseren'i ben öldürmedim. 'Peşimi bırak' demişti, 'Benden sana yâr olmaz' demişti. Baktım olmayacak, ben de bıraktım. Zorla güzellik olmaz amirim. Ne evin önüne gidiyordum ne de atölyeye. Evet, pek muteber bir adam sayılmam, size göre itin önde gideniyim ama benim raconumda kadına el kalkmaz. Hele sevdiğin kadına hiç kalkmaz."

Artık sabrımın sonuna gelmiştim.

"Tamam da neredeydin oğlum, anlat, sen de kurtul biz de kurtulalım."

Kuşkuyla süzdü Ali'yle beni.

"Aramızda kalacak ama..." İyice mahzunlaşmıştı. "Sizden rica ediyorum amirim." Eliyle ocağın önündeki masayı işaret etti. "Eğer Bayram'la Duran pezevengi nerede olduğumu öğrenirse, rezil olurum millete."

Mesele ilginç bir hal almaya başlamıştı.

"Eğer cinayetle alakalı değilse, söz kimse öğrenmeyecek" dedim anlayışlı bir sesle. "Ama bize yalan söylüyorsan."

"Söylemiyorum amirim. Allah Kur'an çarpsın doğruyu söyleyeceğim. Dün akşamın sekizinden sabahın sekizine kadar Gaziosmanpaşa'daki Karayolları Devlet Hastanesi'ndeydim. Anamın yanında. Sorarsanız söylerler zaten."

Birden sustu, belki ayrıntısını öğrenmek istemeyiz diye dua ediyor olmalıydı. Ama elbette olanı biteni öğrenmek zorundaydık.

"Annenin hastalığı ne?" diye balıklama daldı Ali. "Niye yatıyor hastanede?"

Bir türlü yanıtlayamıyordu Zeko.

"Geçmiş olsun" diye ben de üsteledim. "Kötü bir hastalığı yoktur inşallah."

Sıkıntıyla iç geçirdi.

"Aydis amirim."

Anlamaya çalıştım.

"AIDS mi? HIV mi diyorsun?"

"Evet, işte ondan. Evet, saklasam da öğreneceksiniz nasıl olsa, anamın hastalığı o iğrenç hastalık. Yanlış anlamayın, anam dünyanın en namuslu kadınıdır. Babamın yüzünden oldu. Gerçi ona da şerefsiz bir doktor söylemiş. 'Eğer sevişmezsen prostat kanseri olursun' demiş. Anam da o işler için yaşlı, babam Aksaray'daki genelevlere dadanmış. Hastalığı da oradan kapmış işte. Rus karılar yetmemiş babama, bir akşam da anama... Tövbe tövbe... Neyse işte zavallı anacığıma bulaştırmış hastalığı. İşin enteresanı babam taşıyıcıymış, ona bir şey olmadı, hastalık anamda patladı. Şimdi bu olayı düşmanlarım duyarsa yandım ben. Anama ne diyeceklerini siz tahmin edin artık." Yalvarırcasına baktı. "Ocağınıza düştüm amirim. Lütfen bu sırrımı saklayın. Ben de Gülseren'le ilgili ne biliyorsam anlatayım size."

"Annenin adı ne?" diye sordum, kontrol için gerekecekti.

"Zehra Dişbudak..."

Notumu alırken Ali açıkça tehdit etti Zeko'yu.

"O zaman en başından anlat bakalım şu meseleyi. Ama yalan dolan yok, saklama gizleme de yok. Ne olduysa hepsini duymak istiyoruz."

"Tamam, tamam" dedi ama burnundaki kâğıt peçeteler rahatsız ediyordu. Öfkeyle çekti çıkardı yarısına kadar kana bulanmış tamponları. Neyse ki burnunun kanaması durmuştu. Saatlerce oksijensiz kalmış gibi derin derin soludu.

"Oh be! Dünya varmış" dedikten sonra gıptayla Ali'ye baktı. "Sizde de ne kafa varmış amirim, az kalsın burnum beynime yapışacaktı."

Sözleriyle ilgilenmediğimizi fark edince toparlandı.

"Evet, şimdi bu üçü, yani Bayram, Duran ve Gülabi, gözü açılmamış enik gibiydiler yanıma geldiklerinde. Acayip saç tıraşları, dandik gömlekler, düdük gibi pantolonlar, böyle kırmızı, yeşil spor ayakkabılar... Yavşak yavşak da konuşuyorlar böyle. Ben bunları yanıma aldım, adam ettim. Gözlerini açtım, erkek olmayı, adam olmayı öğrettim."

Kendini tutamayıp bir kahkaha koyuverdi Ali.

"Maşallah çok güzel eğitmişsin. Eğitmekle kalmamış bir de ablasına göz koymuşsun."

Vakarla başını kaldırdı.

"O iş öyle olmadı amirim. Aklımın ucundan geçmiyordu Gülseren'e yazılmak. Valla diyorum, kız bana yürüdü. Allah rahmet eylesin Gülseren rahat bir kızdı. Güzeldi de..."

Acıyla yüzü buruştu. "Çok güzeldi. Acayip de zekiydi. Hani şeytana pabucunu ters giydirir derler ya işte öyle. Altı ay takıldık, kardeşinin ruhu bile duymadı. Ama altı ay sonra kızın hareketleri bir tuhaflaştı. Güya sevgilisiymişim gibi davranıyordu ama çok farklıydı. O zaman ben de işi sıkı tuttum, evinin önüne, işyerine gitmeye başladım. Bu lavuklar o zaman fark etti durumu. Bozuldular tabii. Çünkü şu Duran'la Bayram ibnesinin de gözü vardı kızda. Gülabi saf, ne döndüğünün farkında bile değil. Kışkırttılar çocuğu bana karşı. Bir de Satı nineleri var bunların. Karı manyak. Bir gün satırı kapıp çıktı karşıma. 'Gülseren nişanlıdır, onun kaderi bağlanmıştır, rahat bırak kızı' dedi. Anlayacağınız bütün sülaleyi aldık karşımıza. Kız da beni istemiyor, sonunda vazgeçtik işte..."

"Gülseren'in patronu öyle söylemiyor" diyerek yüzüne vurdum yalanını. "Olay çıkartmışsın atölyenin önünde. Kızı taciz etmişsin. Ancak sağlam bir sopa yedikten sonra elini ayağını çekmişsin oralardan."

Kıpırdandı oturduğu yerde.

"O Hasan denen sümsük herif de ayrı bir yavşak. Güzellikle anlattım adama, sevgilimle aramı düzeltmek istiyorum, bana bulaşma dedim, anlamadı. Kendini patron zannediyor dümbük, erkekliği tuttu. Çaresiz ben de okşadım biraz. Ama kahpe ya bunlar, bir anda bütün atölye çöktü başıma. Evet, bu piçlerle beraber saldırdılar bana. Bildiğin linç ettiler beni. Neyse uzun etmeyelim amirim, o günden sonra ben çekildim bu işten. Annemin hastalığı da o zaman çıkmıştı zaten. Yine de kolay olmadı tabii, insan birden kopamıyor sevdiğinden. Ama sonunda tuz bastım yarama, gönlümün sesini susturdum, unutmaya karar verdim." Durdu, kanlı gözleri yine nemlenmişti. "Ama keşke unutmasaymışım, keşke ara vermeseymişim, belki şimdi yaşıyor olurdu Gülseren."

Gerçekten üzgün görünüyordu. Zeko ahlaksız herifin tekiydi ama nedense inandırıcı geldi söyledikleri.

"Yeni bir sevgili bulduğunu ima ettin. Gerçekten var mıydı öyle biri?"

Çözülmemiş önemli bir problem karşısındaki matematikçi gibi düşünceli bir ifade geçti gözlerinden.

"Bence vardı. Gülseren'i biraz tanıyorsam kesinlikle vardı. Gözü yükseklerdeydi kızın, zengin biriyle evlenmek istiyordu. Aradığı koca ben değildim. Ama adam kim derseniz, bir şey söyleyemem. Dedim ya Gülseren zehir gibiydi. Yalan söylemekte o kadar ustaydı ki, değme oyunculara taş çıkartırdı. Ben dahil hepimizden gizledi sevgilisini."

"Hiç tahminin de mi yok?" diye üsteledi Ali.

"Yok, kimsenin günahını almayayım. Gülseren o atölyeden kurtulmayı kafasına koymuştu. Ne yapıp edecek, zengin birini bulacaktı. Bence bulmuştu da..."

Aklıma gelen ilk soruyu sordum.

"Peki, katil o sevgili olabilir mi?"

Alt dudağını sarkıttı.

"Bilmiyorum ki amirim, adamı tanımıyorum. Ama Gülseren gibi kadınlar, adamı kolaylıkla katil edebilir. Onu çok iyi biliyorum. Çünkü güzel olduğu kadar vefasız, güzel olduğu kadar bencil bir kızdı."

Kirpi Çetesi'nin üç elemanıyla konuştuklarımız şimdilik yeterliydi. Bakalım çetenin dördüncü üyesi, baş zanlı Gülabi ne anlatacaktı? Merkezden gelen ekibe üç şehir eşkıyasını teslim ettikten sonra, Zeynep'i aradım.

"Merhaba Zeynepcim, nedir Gülabi'nin durumu?"

Sıkıntılı geliyordu sesi.

"Merhaba Başkomserim hâlâ kendinde değil, birkaç saat daha sürer diyor doktorlar."

"Anladım, Gülabi'nin başına bir memur koy, sana ihtiyacım var. Öncelikle Gaziosmanpaşa'daki Karayolları Devlet Hastanesi'ne git. Sor bakalım Zehra Dişbudak adında bir AIDS hastası var mı? Daha da önemlisi oğlu Zekeriya Dişbudak dün gece hep hastanede miydi? Sonra Bağcılar'da Yörem İnternet Kafe'ye gitmeni istiyorum. Dün gece Duran Çanakçı'yla Bayram Şengezer orada mıymış? Bu iki bilgi hayati önemde. İşin bitince yeniden hastaneye dön, biz de oraya geliriz."

"Emredersiniz Başkomserim" diyerek kapattı Zeynep. Şimdi sesi daha dinç çıkıyordu.

Biz de Ali'yle birlikte Gülseren ile Gülabi'nin evine yöneldik. Çoğu az önce kavgayı izlemek için toplanan insanlardan oluşan kapının önündeki küçük kalabalığın arasından geçerek içeri girdik. Ev yoksulluk kokuyordu. Kireçle badanalanmış duvarlar bomboştu, ne bir dolap, ne bir resim görünüyordu. Birkaç adım atmıştık ki, koridorda on iki, on üç yaşlarında bir çocuk çıktı karşımıza. Ağlamaktan gözleri kan çanağına dönmüştü, kirli yanağında gözyaşı izleri vardı.

"Merhaba evladım" dedim üzgün bir sesle. "Başınız sağ olsun, Vehbi Bey burada mı?"

Ürkek bir ifade belirdi çocuğun yüzünde.

"Burada, burada... Babam içeride. Niye sordunuz ki?"

"Polisiz" dedim sesimi alabildiğine yumuşatarak. "Senin adın ne?"

Utanmayla karışık bir korku belirdi yüzünde.

"Gültekin. Benim adım Gültekin." Aklında bir soru vardı ama söyleyemiyordu. "Şey polis amca, doğru mu ablamı, abim mi öldürdü?"

Gültekin'in omuzuna dokundum.

"Soruşturuyoruz Gültekin, kesin konuşmak için erken." Arkadaki kapıya baktım. "Baban buralarda mı? Çağırır mısın konuşalım?"

Çocuk kararsız kaldı.

"Babam iyi değil, konuşamaz, ninemi çağırsam olur mu?"

"Çağır" demeye kalmadı arkadaki kapı aralandı, başında siyah başörtüsüyle, uzun boylu bir kadın dikiliverdi karşımıza. Kadının kırış kırış olmuş yüzündeki en belirgin yeri, kurbana da maktule de miras bıraktığı iri ela gözleriydi. İki yabancıyı evinde görünce suratı asıldı. Ama tenezzül edip bize sormadı.

"N'oldu Gültekin? Kimdir bu adamlar?"

Kadının yüzünde acının zerresi yoktu; sadece öfke vardı, kör, inatçı bir öfke. Bir an kadının torununun öldürüldüğünü, öteki torununun ise katil zanlısı olarak gözaltına alındığını bilmediğini düşündüm.

"Polis, Satı Nine, bu amcalar polismiş..."

Polis lafından hiç etkilenmedi. Güvensiz gözlerle bizi tepeden tırnağa süzdü; ne bir hoş geldiniz, ne bir buyurun, sadece o itici bakış.

"Torununuz" diye girdim lafa. "Gülseren..."

Gözlerindeki katı ifade bir an yumuşar gibi oldu ama sonra yine o soğuk, kaskatı maskeyi takındı.

"Gülseren'i değil, oğlumu anlatın bana. Gülabim neredir?"

Tavrı gerçekten sinir bozucuydu. Ali dayanamadı.

"Torununuzun başına gelenleri duymadınız mı?"

Satı Kadın kısılmış ela gözlerini Ali'ye çevirdi.

"Duymuşuz... Allah rahmet eylesin. Demek ki kaderi böyledir. Demek ki yazıcı böyle yazmıştır."

Ne sesi titremişti ne de gözlerinde bir damla yaş belirmişti.

"Bak Satı Kadın" dedim sakin bir sesle. "Bir insan öldü, senin öz torunun... Katil zanlısı da küçük kardeşi, o da öz torunun..."

Sarsılır gibi oldu ama yine dağılmadı.

"Allah'ın dediği olmuştur, Gülseren yanlış yola girmiştir. Sözümüzü dinlememiş, töreyi çiğnemiştir. Töreyi çiğneyen cezasını çekecektir. Bundan kurtuluş yoktur. Takdiriilahidir, olan olmuştur... Siz Gülabimden haber verin. Yavrum nerededir?"

"Gözaltında" diye söylendi yardımcım. "Sayenizde, ablasını öldürmekten tutuklanacak. Yıllarca hapis yatacak. İçeride başına kim bilir neler gelir?"

Nefretle baktı.

"Gülabime hiçbir şey olmayacaktır. O ki, törenin dediğini yapmıştır, o ki şeriatın lüzumatını yerine getirmiştir, Allahım onu koruyacaktır. Hem bilmediği yer değildir mapushana, girip çıkmıştır, yine girer yine çıkar. Zaten çok da kalmaz içeride. Daha on sekizinde bile yoktur Gülabim."

Kadın her şeyi düşünmüştü. Güya namusunu torununa temizlettirecek, reşit olmadığı için de çocuk kısa sürede hapisten çıkacaktı.

"Ama sen reşitsin" dedi manidar bir sesle Ali. "Azmettirmek, cinayet işlemek kadar büyük bir suçtur."

Bu kadında korkacak göz yoktu.

"Ben, kimseyi azmettirmemişem. Gülabi, ablasının yaptığı ahlaksızlıkları görmüştür ve de kendine yakışanı yapmıştır."

Sinirime hâkim olmaya çalışarak ben de girdim lafa.

"Komşuların öyle söylemiyorlar ama, Gülabi'yi sen azmettirmişsin."

Kısık bakışları sokaktaki evlerin pencerelerini taradı.

"İftiradır." Yüzünde ilk kez çaresizlik belirmişti. "Hepsi iftiradır." Sesi boğuklaşmıştı. "Onlara göre hava hoştur. Bizim acılarımızı seyredip keyiflenmektedirler. Birbirlerine anlatıp eğlenmektedirler." Ela gözleri nemlendi. "Kim torununun öldürülmesini ister, kim torununun hapse girmesini ister... Lakin geride dört evladım daha vardır benim. Onları kurtarmam lazımdır. Hepsini öldürecekler. Evet, hepsini vuracaklar..." Sesi yeniden gür çıkmaya başlamıştı. "Gülseren'e anlatmışam, 'Aklını başına al' demişem, 'Senin kaderin bellidir. Sen Şirazların küçük oğlu Serhat'la evleneceksin' demişem. Günler, geceler boyunca yalvarmışam. 'Sen kızsın, başının dikine gidemezsin' demişem. Dinlememiştir. Onca yıllık ninesini saymamıştır, bizi insan yerine koymamıştır. Kim olduğu, ne olduğu belli olmayan bir soysuz için aşiretini, ailesini ve de namusunu satmıştır."

Vaka gitgide daha ilginç bir hal alıyordu. Soruşturmaya şu düşman aileden başlamak mantıklı olurdu.

"Şirazlar kim?"

"Şirazlar kanlımızdır. Çok eski bir davadır. Onlar bizden vurmuştur, biz de onlardan. Şehre gelmişiz ama bitmemiştir. En son bizimkiler onların dayılarından birini öldürmüştür. Artık sıra onlara gelmiştir. İşte bu davaya son verelim demişiz. Köydeki şıhımız, Settar Efendi Hazretleri'ni araya koymuşuz. Onun da dirayetiyle, Gülseren'i, Şirazlar'ın küçük oğlu Serhat'a vermişiz. Cana karşı can, kana karşı kan. Böylece dava sona erecektir. Böylece sulh olacaktır. Bu dediğim on sene evveldir. Ama şimdi vakit gelmiştir. Kızı onlara vermemiz lazımdır. Ama Gülseren istememiştir. 'Bir sevdiğim var. Ben onunla evleneceğim' demiştir."

Yardımcım inanmamıştı.

"Bu devirde kan davası mı olur? Bitti o işler. Kendi suçuna kılıf uydurmaya çalışma."

Gözleri kinle parıldadı Satı Kadın'ın.

"Ne kılıfıdır, ne uydurmasıdır! Hiçbir şey bitmemiştir. Her sene onlarca insan öldürülmektedir bizim orada." Dudakları titremeye başlamıştı. "Bitmemiştir, hiç de bitmeyecektir. Gücü yeten gücü yeteni boğacaktır." Kendisini anlayacağımı düşünmüş olacak ki bana anlatmaya başladı. "Kıyacaklar, çocuklarıma tek tek kıyacaklar. Onlar insafsızdır, onlar merhametsizdir. Şirazlar'ın arkası sağlamdır. Her sene it eniği gibi üremektedirler." Eliyle Gültekin'i gösterdi. "Aha bunun gibi dört yavrum daha vardır benim. Onları kurtarmam lazımdır."

Ali zerrece etkilenmemişti kadının sözlerinden.

"O yüzden mi Gülabi'yi azmettirdin?"

İsyan edercesine başını kaldırdı kadın, geriye doğru kayan siyah başörtüsünün altından kar beyazı saçları göründü, ellerini beline dayayarak bağırmaya başladı.

"Ben kimseyi azmettirmemişem. Ben yapmamışam... Niye iftira etmektesin? Zaten içim yanmaktadır, bir de başıma sen mi tebelleş olacaksan! Ben kimseyi öldürtmemişem. O çocukları kim büyütmüştür? Ben, ben..." Nasırlı ellerini uzattı. "Onları bu eller büyütmüştür. Onların karınlarını bu eller doyurmuştur." Bir an korktum Ali'nin üstüne atlayacak, yüzünü gözünü tırmalayacak diye ama yapmadı. Derin derin soludu, küçümseyen bir bakış attı oğlu yaşındaki yardımcıma. "Ama sen, öyle sanasan. Satı Kadın yollamıştır Gülabi'yi diyesen. Yetmezse kelepçe vurasan bileklerime, alıp götüresen beni karakola. Gitmediğimiz yer değildir. Lakin ben kimseyi azmettirmemişem." Sustu, ama öfkeden bedeni zangır zangır titriyordu. Biraz sakinleşince, sağ eliyle kapıyı gösterdi. "De, hadi, de hadi savuşup gidin evinize." Bizimle işi bitmiş gibi çocuğa döndü, elindeki parayı uzattı. "Gültekin, yavrum, gözümün nuru, sen de bakkala gidesen, çay, şeker alasan. Misafir çoktur, evdekiler çoktan tükenmiştir."

Yardımcım, kadını gözaltına alalım mı, dercesine bakıyordu. Bunun hiçbir yararı yoktu. Çıkalım işareti yaptım.

"Başınız sağ olsun" deyip kapıya yöneldim. Tek söz etmedi Satı Kadın. İçinde gitgide büyüyen bir acının yanı sıra aklını kurcalayan dehşetengiz sorular vardı. İki torununu feda ederek öteki torunlarının hayatını kurtarabilmiş miydi yoksa Şirazlar Gülseren'in ölümünü yeterli bulmayıp yeni canlar mı isteyeceklerdi? Bunu anlamak için Satı Kadın'ın kanlıları Şirazlar'la konuşmak zorundaydık.

Şirazlar, Esenler'de merkeze yakın, sırtını bir okula dayamış sekiz katlı, çamur kırmızısı renginde bir apartmanda oturuyorlardı. Dede, nine, anne, baba, kardeşler, çocuklar, tüm sülale bu binadaydı. Apartmanın altındaki geniş manav dükkânının üstünde de Şiraz Pazarı yazıyordu. Herhangi bir dairenin kapısını çalmak yerine manava yöneldik. Bir poşete patates dolduran kıvırcık saçlı gence yaklaştı Ali.

"Serhat Şiraz'la konuşacaktık."

İşini sürdürürken, başıyla içerideki kasayı gösterdi.

"Orada..."

Yardımcımla içeri baktık, kasanın başında dört kişi ayak üstü muhabbet ediyordu.

"Hangisi oğlum?" diye azarladı Ali. "Hangisi Serhat, doğru dürüst göstersene lan."

Kötü kötü baktı kıvırcık, sonra o sinirle içeriye seslendi.

"Serhoş, lan Serhoş bak bu adamlar seni soruyor."

Dört kişinin içinde en zayıfı bize döndü. Tipimizi yadırgamıştı. Yüzündeki endişeyi saklamaya çalışarak seslendi.

"Evet, ne istiyorsunuz?"

Yirmilerinde gösteriyordu. Sesi bir çocuğunki gibi inceydi. Yoksa bir kadınınki gibi mi demeliyim?

"Serhat Şiraz sen misin?" diye gürledi Ali.

Narin bedenini bize çevirdi, ölçülü adımlarla yaklaştı.

"Evet, Serhat benim, siz kimsiniz?"

Uzun kirpiklerinin arkasındaki gözleri siyah birer elmas gibi ışıldıyordu, biraz çarpık burnunu saymazsak, kalın dudakları yüzüne bir genç kız havası veriyordu.

"Kızı bununla mı evlendireceklermiş?" dedi alaycı bir sesle Ali. "Eşcinsel bu ya!"

Serhat söylenenleri duymuş ama anlamamıştı.

"Ne, ne dediniz?"

"Yok, yok bir şey, biz polisiz" dedim ciddi bir ifadeyle. "Sizinle konuşmamız lazım."

Pürüzsüz yüzündeki endişe paniğe dönüştü.

"Dün geceki olayla benim hiçbir ilgim yok amirim. Yasin Abi yaptı."

Sesi korku içinde titriyordu. Ali de benim gibi dikkat kesilmişti. Telaşla savunmayı sürdürdü Serhat.

"Evet, Yasin Abi'nin marifeti. Bıçağı saplayan oydu."

"Yasin de kim?" diye azarladı Ali. "Ne işi vardı atölyede?"

Kalın dudağı hafifçe aşağıya kaydı Serhat'ın. Uzun kirpiklerini kırpıştırdı.

"Yok, atölye değil barın adı, Kız Kurusu... Kız Kurusu Bar'daydık..."

Ortalıkta bir yanlış anlaşılma vardı.

"Ne barı Serhat?" diye sordum. "Ne kız kurusu? Neden bahsediyorsun?"

İnce kollarını yana açtı.

"Kız Kurusu Bar işte, Bakırköy'de, sahilde. Dün gece oradaydık. Herifin biri salça oldu, Yasin Abi de sapladı bıçağı."

İkimizin de hâlâ şaşkınlıkla baktığını fark edince, aptalca bir gülüş döküldü dudaklarından.

"Yasin deyince anlamadınız tabii. Bardakiler Yasemin diye biliyor Yasin Abi'yi, Kalender Yasemin. Aslında hiç suçu yok onun. Herif çok üstüne geldi. İlla otele gidelim diyor. Yasemin Abla orospu mu, öyle her önüne gelenle gitsin. İşi var gücü var, Esenler'in göbeğinde muhasebecilik yapıyor. Kabul etmedi tabii. Ama öteki herif öküzün teki. Israr üstüne ısrar, sonunda Yasemin Abla'ya dokunmaya kalktı. Yasemin Abla kalender falan ama daha fazla dayanamadı, çektiği gibi bıçağı sapladı herife." Birden sustu. Böyle iştahla anlatarak saldırı olayını onaylıyor gibi görünmekten korkmuştu. "Yanlış anlamayın, yani Yasemin Abla'yı yakaladığınızda bunu da göz önünde bulundurun diye anlatıyorum."

Sessizce güldüm.

"Yok, evladım, yok anlamayız. Biz Kalender Yasemin'in peşinde değiliz, başka bir meseleyi konuşacağız."

Özenle inceltilmiş kaşlarını çattı.

"Ne? Ne meselesi? Benim pis bir işim yok amirim. Biz kendi halinde insanlarız. Uyuşturucu falan yok bizde. Bakın burada namusumuzla ekmeğimizi kazanıyoruz." Caddedeki öteki dükkânlara baktı. "Onlar gibi değilim diye iftira ediyorlar."

Uzatmasına izin vermedi Ali.

"Gülseren'i tanır mısın? Sizin köylünüzmüş..."

Hatırlamaya çalıştı, sonra gülmeye başladı.

"Şu benim yavuklum olan Gülseren mi?"

Ali'nin suratı asıldı.

"Niye gülüyorsun? Neymiş komik olan?"

Başını hafifçe geriye atarak utanmış gibi sağ eliyle ağzını kapadı.

"Ya kusura bakmayın amirim ama zavallı kızla beni evlendireceklerdi. Benimle diyorum amirim. Baksanıza, benimle. Nasıl olacaktı o iş?"

Yerden göğe kadar haklıydı ama Satı Kadın'ın sözleri hâlâ kulaklarımızdaydı.

"Ama kan davanız varmış? Gülseren'i sana vererek..."

Bu kez Serhat kesti benim sözümü.

"Vardı amirim, benim küçük dayım Mehdi'yi öldürmüşler yıllar önce. Çocuktum ben o zamanlar. Köyün Şıh'ı Settar Efendi de kan akmasın diye kendince bir çözüm bulmuş. Güya onların kızlarını, bana verecekler ama bizimkiler zaten vazgeçmişlerdi, yetişkin bekâr erkek kalmamıştı ki sülalede. Herkes evli barklı, herkesin çoluğu çocuğu var. Bıkmışlar zaten kan davasından. Laf aramızda bizim Mehdi Dayı da pek sağlam ayakkabı değilmiş. Ama zayıf olduklarını belli etmemek için kabul etmişler Şıh'ın teklifini. Öyle bir komedi işte."

Serhat'ın rahatlığı Ali'yi germişti.

"Komedi falan değil, bu yüzden bir insan öldü."

Kara gözleri iri iri açıldı genç manavın.

"Evet" diye sözlerini sertçe sürdürdü yardımcım. "Senin yavuklum dediğin kızı dün muhtemelen bu sebepten öldürdüler. Gülseren'in bir sevgilisi varmış, ninesi de sen töremizi bozdun diye öteki torununa bıçaklatmış kızı."

Şoka uğramış gibiydi Serhat.

"Üzüldüm ya, yazık olmuş kıza." Biraz düşündükten sonra endişeyle söylendi. "Ama bizim hiçbir suçumuz yok. Ailem beni biliyor, çok sopa yedim, çok iş geldi başıma ama kabul ettiler sonunda. Kimse beni o kızla evlendirmeye..." Duraksadı. "Kadife Nine..." Gözleri yüzümde sabitlendi. "Kadife Nine, bu işi o sıcak tutmuştur. Onlarda da deli bir kadın vardı... Adını unuttum şimdi."

"Satı Kadın mı?"

"Evet, evet işte o... Kadife Nine'nin kocasını, bu Satı Kadın'ın kocası öldürmüş. Nefret ediyorlardı birbirlerinden. İşte bu iki bunak kocakarı kendilerince töreyi canlı tutmak için intikam oyunu oynuyorlardı aralarında. Yazık, çok yazık olmuş kıza. Bak şimdi üzüldüm ya."

"Nerede bu Kadife Nine?"

"Nerede olacak köyde. Bahar geldi mi soluğu orada alır. Kocasının, iki oğlunun, beş kardeşinin mezarları köyde, onların yanında huzur buluyormuş."

O sırada çalmaya başladı telefonum. Arayan kriminoloğumuzdu.

"Alo, alo Zeynep, nedir vaziyet?"

"Hem hastanedekilerle hem de internet kafedekilerle konuştum Başkomserim. Zanlıların söylediklerini doğruluyorlar. Zekeriya Dişbudak bütün gece annesinin başucundaymış. Bayram Şengezer'le Duran Çanakçı da Yörem İnternet Kafe'de bahis oynamış sabaha kadar. Sadece bir kişi değil, en az üç kişi onayladı ifadelerini."

Sevinsem mi, üzülsem mi bilemedim. Bu durumda elimizde sadece Gülabi kalıyordu, tabii bir de şu meçhul sevgili.

"Anladım Zeynep, o zaman hastanede buluşalım, Gülabi de ayılmak üzeredir."

"Tamam Başkomserim, ben hastaneye intikal ediyorum o zaman."

"Bizim de işimiz bitti, orada buluşalım Zeynepcim."

Telefonu kapattıktan sonra Serhat'ı da manavında gündelik dertleriyle baş başa bırakıp emektara doğru yollandık...

"Nasıl yani, zavallı kız boş yere mi öldü şimdi?" diye kendi kendine söylendi Ali, ben arabamı çalıştırırken. "Ortalıkta bir sebep bile yokmuş."

Döndüm, yadırgayan gözlerle baktım.

"Gerçekten de Serhat'la evlenecek olsaydı, kız boşa ölmemiş mi olacaktı Alicim? Nasıl mantık yürütüyorsun böyle."

"Yok, Başkomserim öyle demek istemedim aslında."

Onun saçma sapan gerekçelerini dinleyecek halim yoktu.

"Benden sana baba tavsiyesi, sakın bu konuyu Zeynep'in yanında açma, tartışmanın sonu kötü bitebilir."

"Tamam Başkomserim, açmam."

Anladı mı, alındı mı kestirmek zordu, hastaneye gidene kadar koltuğunda öylece oturdu, hastaneye varıncaya kadar da bir daha ağzını açmadı. Zeynep daha erken gelmişti, kapıda bekliyordu.

"Gülabi'yi ikinci kata almışlar Başkomserim. Az önce indim yanından. Biraz sersemliği var ama kendisine söylenenleri anlıyor, rahatça konuşabilir."

İçeri girerken o bildik ecza kokusu karşıladı bizi. Gülabi pencerenin yanındaki yatakta yatıyordu, serumu hâlâ bitmemişti. Girdiğimizi gören katil zanlısı, siz de kimsiniz dercesine ürkekçe baktı. Yatağın yanındaki iskemleye çöktüm.

"Ben Nevzat evladım, Başkomser Nevzat..."

Başkomser lafını duyunca zaten solgun olan yüzü kireç gibi oldu.

"Ben uyuşturucu satmıyorum Başkomserim, dolabımda buldum... Aslında bonzai içmem, tamam esrar falan sararım da hap işi yok bende. Ama bilirim ne olduğunu. Şeytana uydum, içtim. Deneyeyim dedim ama Allah Kur'an çarpsın, Başkomserim ben bonzai satmıyorum."

Anlayışla başımı salladım.

"Biz narkotikçi değiliz Gülabi. Biz cinayet masasındanız. Ne içtiğin bizi ilgilendirmiyor."

Rahatlayacak gibi oldu ama biraz düşününce daha büyük bir belaya bulaşmış olabileceğini anladı.

"Ci... cinayet masası mı? Ne oldu ki?"

Üçümüzden de ses çıkmayınca bir daha sordu.

"Biri mi öldürüldü?"

Elbette Ali her zamanki gibi bodoslamadan daldı.

"Ablanı niye öldürdün?"

Dehşet içinde söylendi.

"Gülseren, Gülseren Ablam öldü mü?"

Numara mı yapıyordu bu oğlan diye düşünürken aklımı tümüyle karıştıran şu sözler döküldü kanı çekilmiş dudaklarından.

"Demek sonunda yaptım o işi ha! Demek kıydım ablama." Ve sessizce ağlamaya başladı, elleriyle yüzünü kapamak istedi, serumun iğnesi elinden fırladı, yatağın üstü kan içinde kaldı. Zeynep hemen hemşireyi çağırdı. Gelen kızcağız kanı durdurdu, iğneyi yerine taktı. Ama ne elinin kanamasına ne yatağın kirlenmesine aldırıyordu Gülabi.

"Demek öldürdüm Gülseren'i. Allah belamı versin benim. Demek uydum o cadının sözlerine."

Üçümüz de şaşkınlık içindeydik. Çocuk ne suçunu saklamaya çalışıyor, ne kendini korumak için yalan söylemeyi seçiyordu. Emin olmak için üzerine gitti Ali.

"Niye uydun ninenin sözlerine?"

"Gece gündüz beynimi yiyordu. 'Ablan orospu oldu' diyordu. 'Gördüğü her erkeğin altına yatıyor' diyordu. En son dün sabah kahvaltı ederken Gülseren Ablam'ın midesi bulandı. Kendini tuvalete zor attı. Ninem kulağıma eğildi, 'Görüyor musun, ablan hamile kalmış. Bizi rezil edecek bu kız. Bir erkek olup cezasını veremedin şunun' dedi. Hakikaten de Gülseren son günlerde sık sık kusuyordu."

Kimsenin fark etmediğini Satı Kadın fark etmiş olabilir miydi? Zeynep'e baktım. Onun da aklından aynı kuşku geçmişti.

"Otopside anlarız Başkomserim, eğer hamileyse kesinlikle öğreniriz."

Yeniden zanlıya döndüm, birkaç saat önce arkadaşlarına sorduğum soruyu yönelttim.

"Gerçekten de ablanın bir sevgilisi var mıydı?"

Yanıtlamadan önce derin derin nefes aldı, sonra başını salladı.

"Önce Zeko diye biri vardı. Aslında arkadaşımızdı Zeko, abimizdi. Niyeti kötüymüş, yapmaması gerekeni yaptı, ablama asıldı. Belki başlarda ablamın da gönlü vardı, biraz da bizim zorumuzla bıraktı. İyi de yaptı, yaramaz adamdı. Sonra başka bir sevgilisi oldu. Zengin bir adamdı, ablama giysiler, ayakkabılar, çantalar, parfümler alıyordu. Bir keresinde bana da bir gömlek almıştı. Hasan Abi'nin verdiği maaş belli, nerede Gülseren'de o para?"

Konu Zeynep'in de ilgisini çekmişti.

"Nasıl biriydi?" diye sordu. "Adamı gördün herhalde?"

Kesin bir tavırla başını salladı.

"Hayır, görmedim."

Şu gizemli erkek arkadaş meselesi giderek ilginç bir hal alıyordu, kriminoloğumuz da işin peşini bırakmadı.

"Görmek mi istemedin, ablan mı tanıştırmadı?"

Adeta gururla söylendi.

"Görmek istemedim." Düşündü. "Ablam da tanıştırmadı." Kafasını toparlamaya çalıştı. "Bir keresinde, 'Bazı sıkıntılar var, onları halledince seni tanıştıracağım' demişti.

Zaten ben de adamla tanışmak istemiyordum. Ne zaman ki evlenirsiniz, o zaman tanışırım dedim."

Kurcalamaya değer bir konuydu, kriminoloğumuz da kazımayı sürdürdü.

"İsmini de mi söylemedi?"

Sıkılmaya başlamıştı Gülabi.

"Yok, ne ismini söyledi, ne fotoğrafını gösterdi. Adamı döveceğimden korkuyordu herhalde..."

Daha fazla üstüne gitmenin anlamı yoktu, yeniden cinayet anına dönsek iyi olacaktı.

"Peki Gülabi, şimdi sana zor bir soru soracağım" dedim babacan bir sesle. "Gerçekten zor bir soru ama bunu sormam lazım. Dahası, ne kadar zor olursa olsun sen de bu soruyu cevaplamak zorundasın. Bize Gülseren'i nasıl öldürdüğünü anlatır mısın?"

Gözleri doldu, ardı ardına yutkundu, çaresizlik içinde başını salladı.

"Hatırlamıyorum ki, hiçbir şey hatırlamıyorum. Son aklımda kalan, Hasan Abi'nin, elimi sıkıp atölyeden ayrılışı. Saat sekiz falan olmalı. El ayak çekilince de o zıkkım bonzaiden içtim. İşte hepsi bu."

Yalan söyler gibi bir hali yoktu, o zaman uyuşturucuyu dolaba kimin koyduğu önem kazanıyordu.

"Bonzaiyi dolapta buldum diyorsun" diye anlamaya çalıştım. "Kilitli değil miydi dolap?"

"Kilitliydi. Ona şaşırdım zaten. Benden başka kimse bonzaiyi dolaba koyamazdı."

"Başka kimde vardı anahtar?"

Omuz silkti.

"Bilmiyorum ki, bana Hasan Abi vermişti işe girdiğimde."

Odaya bir suskunluk çöktü, gözlerimizdeki tereddüdü görünce adeta yalvarırcasına açıkladı.

"Valla yalan söylemiyorum Başkomserim, valla hatırlamıyorum." Gözlerinden yaşlar akarken boynunu büktü. "Tamam, ben öldürmüşümdür ablamı. Başka kim öldürecek ama hatırlamıyorum işte."

Aslında dava çözülmüş görülüyordu, zanlı suç mahallinde bulunmuştu, üstelik cinayet aleti yanındaydı, öldürmek için kendince sebeplere sahipti ama nedense içimde bir eksiklik, bir yarım kalmışlık duygusu vardı. Belki de şu erkek arkadaşın kim olduğunu bilmediğimizden.

"Gülseren'in cep telefonundaki aramaları incelememiz gerek" dedim hastaneden çıkarken Ali'ye. "Şu gizemli sevgili kimmiş, onu bulmamız lazım."

"Hemen ilgilenirim Başkomserim. Yarın sabah da sonucu bildiririm."

Gülabi'yi görevli memurlara teslim ettiğimiz için bizimle gelen Zeynep'e döndüm.

"Bıçağın üstündeki kanla, maktulünki uyuşuyor mu, ondan da emin olmalıyız Zeynepcim. Otopsi meselesi önemli. Gülseren gerçekten hamile miydi, onu da bilmeliyiz."

"Emredersiniz Başkomserim, şimdi gidiyorum laboratuvara."

Yardımcılarımdan ayrıldıktan sonra arabama yürüdüm, nemli bir soğuk çökmüştü hastanenin bahçesine. Köşede bir cenaze arabası bekliyordu, yaşlı bir adam banka oturmuş sessizce ağlıyordu, içim sızladı daha fazla bakamadım, aracıma bindim.

Akşam olduğunu kontak anahtarını çevirirken fark ettim. Arabaların stop lambaları belirginleşmeye başlamıştı. Daha iyi bir yaşam için her gün yüzlerce insanın göç ettiği ama sonunda bir parça ekmek için onurundan, şerefinden hatta canından olduğu bu yağmalanmış şehrin, her gün yüzlerce taşıtın katılmasıyla tam bir keşmekeşe dönüşen o Allah'ın belası trafiğine daldım. Niyetim eve gitmekti, direksiyonu Balat'a doğru kırarken çalmaya başladı telefonum. Kadim sevgilim arıyordu. Sevinçle açtım.

"Alo Evgenia, nasılsın?"

"İyi değilim Nevzat..."

Sesi gerçekten berbat geliyordu.

"Ne oldu, ne var Evgenia?"

"Azez" dedi çaresiz bir sesle. "Azez'i anaokulundan atmak istiyorlar."

Şaşkınlıkla homurdandım.

"Nasıl? Kim atmak istiyor?"

"Okul müdürü..." Sıkıntıyla iç geçirdi. "Buraya gelsene Nevzat. Yüz yüze konuşalım şu meseleyi."

"Tamam canım, tamam, hemen geliyorum."

Öfkeyle gaz pedalına dokundum. Ana caddeden ara sokaklara geçtim, bildiğim bütün kestirme yolları kullandım, o akşam trafiğinde yarım saatte ulaştım Kurtuluş'a. Tatavla'dan içeri girdiğimde ilk kez şarkı duymadım. Sanki meyhanede yas vardı. Evgenia'yı içerideki büyük masanın başında buldum, Azez'e yazmayı öğretiyordu. Beni görünce gülümsedi ama gözlerindeki ışıltı birkaç saniye sürdü. Önce Evgenia'yı öptüm, sonra Azez'i kucağıma alıp havaya kaldırdım.

"Ders mi çalışıyormuş benim tatlı kızım?"

"Evet" dedi Azezcim. "Annem yazmayı öğretiyor bana."

Evgenia'nın kederi biraz dağılır gibi oldu.

"Bak ne yazdı Nevzat."

Karabiberimin yanağına kocaman bir öpücük kondurduktan sonra kâğıda baktım.

Eğri büğrü harflerle yazılmış, 'Baba' kelimesini okudum. Yeniden sarıldım küçük kızıma.

"Teşekkürler Azezcim" dedim nemlenen gözlerimi saklayarak. "Teşekkürler evladım." Derin bir nefes aldım. "Ama anne yazmayı da öğrenmelisin."

Tatlı tatlı güldü Evgenia.

"Onu yazıyor zaten Nevzat, şimdi baba yazmayı da öğrendi. Artık kendi adını yazmayı öğrenecek." Azez'i kucağımdan indirdi, iskemlesine oturttu. "Evet, Azezcim, şimdi kalemi alıyoruz elimize. Başlıyoruz yazmaya. Neyle başlıyorduk..."

Kalemin arkasını dişlemeye başlamıştı kızımız.

"A" diyebildi sonunda.

"Aferin" diye başını okşadı Evgenia. "Hadi o zaman sen biraz çalış, biz de babanla sohbet edelim. Olur mu?"

Başını hızı hızlı öne salladı. Evgenia'yla bahçeye yürüdük.

"Azez'i almaya gittim bu akşamüstü. Müdür, beni odasına çağırdı."

"Eralp denen adam mı? Şu altın çerçeveli gözlükleri olan... Sağ gözü tikli adam."

"Evet, işte o herif."

Evgenia çok sinirlenmiş olmalıydı yoksa kimseye herif diye hitap etmezdi.

"Azez'i de yanıma alacaktım. 'Çocuk sınıfta beklesin' dedi. Tek başıma girdim odasına. 'Kusura bakmayın ama kızınızı almanızı istemek zorundayım' dedi. Önce anlamadım. 'Nasıl, ne diyorsunuz?' diye sordum. 'Açık değil mi Evgenia Hanım' diye çıkıştı. 'Çocuğunuz öteki çocuklarla uyum sağlayamıyor. Veliler durumdan rahatsız. Kızınızı okulumuzdan almanızı söylemek zorundayım' dedi. Bir an ne söyleyeceğimi bilemedim. 'Niye? Ne olmuş ki?' dedim. 'Daha ne olsun, kızınız öteki çocukların gelişimini engelliyor' diyerek kestirip attı. 'Lütfen bir daha çocuğunuz okula gelmesin.' O anda kan beynime sıçradı. 'Bunu yapamazsınız, zaten korkunç şeyler yaşadı yavrucak, bir travma da siz yaşatamazsınız. Sizi şikâyet ederim' dedim. Hiç umursamadı, zalim bir tavırla yüzüme baktı. 'Bildiğiniz yere şikâyet edin, zaten bıktık bu Suriyelilerden. Çok seviyorsanız özel öğretmen tutun.' Kendimi tutmasam parçalayacaktım herifi. Ne yapayım, çaresiz aldım Azez'i, buraya getirdim. Sonra da seni aradım işte."

Aslında benim de kan beynime sıçramıştı, şeytan kalk git, bul şu herifi, eşek sudan gelinceye kadar döv diyordu, elbette yapmadım. Onun yerine uzanıp sevgilimin alnına sımsıcak bir öpücük kondurdum.

"Üzüldüğün şeye bak Evgenia. Kimse kızımızı o okuldan atamaz. Yarın Azez'i ben okula götüreceğim. Ama bak sabahtan beri lokma koymadım ağzıma, hadi şu enfes yemeklerinden hazırla da midem şenlensin. Evgenia karşı çıkacaktı ki, elinde defteriyle Azez fırladı içeriden.

"Yazdım, annecim yazdım, adımı yazdım."

İkimiz de tatlı serçemizin elindeki kâğıda baktık. Eğri büğrü yazılarla 'Azez' yazıyordu.

Elbette o gece Evgenia'da kaldım, Azez yatağımızda sızıp kalmıştı. 'Bu akşam yanınızda uyumak istiyorum' demişti. Kaldırmadık, aramızda uyumuştu küçük melek. Uykusunda iki kere çığlık atıp uyanmıştı.

"Hep böyle" demişti Evgenia. "Her gece çığlık atarak uyanıyor. Azalmaya başlamıştı, son günlerde yeniden arttı. Kim bilir okulda neler yaşıyor yavrucak?"

Öfkemi içime gömüp usulca başımı salladım.

"Merak etme Evgenia, yarın bu sorunu tamamen çözeceğim."

Sabah erkenden kalktık, Evgenia bizden önce uyanmış, kahvaltıyı hazırlamıştı bile. Karnımızı doyurduktan sonra Azez'i emektarıma bindirip okulun yolunu tuttum. Evgenia gelmek için ısrar etse de, tek gitmemin daha doğru olacağına ikna ettim onu. Okula girince, önce Azez'i sınıfına götürdüm. Sınıf öğretmeni olan Funda Hanım bizi görünce sevindi. Azez'in saçlarını okşadı.

"Merhaba tatlım" dedi sevgi dolu bir sesle. "Nasılsın bugün bakalım?"

Utangaç fısıldadı benim minik kuşum.

"İyiyim öğretmenim."

Anladım ki sorun öğretmende değil, okulu yöneten müdürdeydi. Azez'i iki yanağından öptüm, "İyi dersler" dileyip Eralp denen adamın odasına yöneldim. Masasında oturmuş sabah kahvesini höpürdetiyordu. Beni görünce toparlandı, hatırlamaya çalıştı.

"Nevzat" diye hafızasını tazeledim. "Başkomser Nevzat."

Ağzı kulaklarına yayıldı.

"Evet, öğrencilerimizden birinin velisiydiniz değil mi?"

"Azez'in" dedim harflerin üzerine basa basa. "Okuldan atmak istediğiniz öğrencinin velisiyim."

Suratı allak bullak oldu, sağ gözündeki tik hareketlendi.

"Öyle mi? Buyurun oturun, olayı izah edeyim."

Şöyle bir baktım gösterdiği koltuğa, elimin tersiyle istemiyorum hareketi yaptım.

"İzahat istemeye gelmedim Eralp Bey. Tam olarak isminizi, soy isminizi ve TC kimlik numaranızı söyler misiniz lütfen."

Rengi attı.

"Ne? Niçin istiyorsunuz Nevzat Bey?"

"Suç işlemeye meyilli bir şahıssınız, yani şüphelisiniz. Belki de suç işlediniz. Daha önce ne tür olaylara bulaştınız, onları öğrenmek için bu bilgiler lazım. Bakmayın öyle yüzüme, GBT'nizi kontrol ettireceğim. Siz ırkçısınız. Irkçılık evrensel bir suçtur. Bu suçtan ceza alıp almadığınızı sorduracağım. Ve mümkünse size işten el çektireceğim..."

Panik içinde kıvranmaya başladı, gözündeki tik kalp gibi atmaya başladı.

"Ama bakın izah edeyim."

"İzah edecek bir şey yok. Sizin gibi insanların eğitim camiasında olmaması gerekir. Böyle yaptığınızda çocuklara çok kötü örnek olursunuz..."

Adam ayağa fırladı.

"Lütfen, lütfen Nevzat Bey, beni yanlış anladınız. Kimseyi sokağa atmıyoruz. Ben sorunlar var dedim. Daha doğrusu velilerimiz öyle söyledi. Kızınız uyum sorunu yaşıyormuş. Bu da öteki çocukları tedirgin ediyor."

"O zaman insan gibi bizi çağırıp meseleyi nasıl çözeriz diye sormanız gerekirdi. Ama siz annesi babası savaşta ölmüş, zavallı bir çocuğu kovmayı tercih ettiniz."

Ne diyeceğini bilemedi, ardı ardına yutkundu.

"Hayır, bakın, büyük bir yanlış anlaşılma var."

"Yanlış anlaşılma yok, bizden para aldınız, bizimle bir sözleşme imzaladınız. Ne ticaretin kurallarına ne insanlığın kurallarına uydunuz! Sizi mahkemeye vereceğim ama daha önce basına açıklama yapacağım. Sizin gibi vicdansızları herkesin tanıması gerekiyor."

Müdür müsveddesi olan adam karşımda titremeye başlamıştı.

"Yapmayın, lütfen yapmayın. Kızınızı kimse atamaz buradan. Buna asla izin vermem. Uyum sorunlarını da çözeriz. Gerekirse özel öğretmen tahsis ederim. Öteki velilerle de konuşurum. Lütfen Nevzat Bey, tatsızlığa gerek yok..."

Duraksadım, gözlerimle tarttım adamı.

"Ya yine aynı davranışı gösterirseniz? Sadece benim kızıma değil, ya başka bir göçmen çocuğuna da aynı acımasız uygulamayı yaparsanız?"

Ellerini çaresizce sağa solla salladı.

"Hayır, yapmam. Valla yapmam. Bir hataydı, öteki velilerin kurbanı oldum. Asla yapmam Nevzat Bey, affedersiniz."

Kararlılıkla gözlerinin içine baktım.

"Benden değil, eşimden af dileyeceksiniz. Ancak o zaman bırakırım yakanızı."

Neşeyle cıvıldadı.

"Tabii, derhal, derhal Nevzat Bey. Hanımefendinin telefonu bizde var, derhal arayacağım... Sizden de çok özür dilerim, buraya kadar zahmet edip geldiniz."

Daha fazla sıkıştırmanın manası yoktu, hoşça kalın falan demeden ayrıldım anaokulundan. Arabama atladım, merkezin yolunu tuttum. Bakalım bizimkiler Gülseren cinayetiyle ilgili hangi bilgilere ulaşmışlardı. Bahçeye girerken çaldı telefonum. Arayan Evgenia'ydı.

"Alo Nevzat" dedi muzaffer bir sesle. "Eralp aradı, özür diledi. Azez kalacakmış okulda. Sağ olasın Nevzatcım, çok teşekkür ederim."

"Niye teşekkür ediyorsun Evgenia, yapmam gerekeni yaptım. Azez bizim kızımız değil mi, onu korumayıp da ne yapacaktım? Sana yapılan saygısızlığı sineye mi çekecektim? Asıl ben sana teşekkür ederim, kızımıza yapılan bu haksızlığı zamanında söylediğin için."

"İşte bunun için seviyorum seni. Adam gibi adam olduğun için."

"Buna itiraz etmem bak, eğer sen beni seveceksen, ben de adam gibi adam olmaya çalışırım hep."

Telefonu kapatırken kendiliğinden bir gülümseme gelip yerleşti dudağıma. Öyle ki koridorda karşılaştığımız Ali bile dayanamayıp sordu.

"Hayrola Başkomserim güzel haber nedir?"

Yüz göz olmadım köftehorla.

"Haberler sizde Alicim, Zeynep nerede? Buldunuz mu bir şeyler?"

Yürürken bana ayak uydurdu.

"Zeynep odasında, gelir şimdi. Gülseren'in cep telefonunda ne bilinmeyen bir numara ne de soruşturmada adı geçmeyen bir şahıs var. Dün kardeşi Gülabi, babası Veli, patronu Hasan ve ninesi Satı Kadın'la konuşmuş. En son, akşam 19:45'te atölyedeki sabit telefondan biri Gülseren'i aramış. Muhtemelen Gülabi'dir. Saat 22:18'de ise Gülseren, Gülabi'yi aramış ama telefon açılmamış."

Çok önemli bilgilerdi bunlar.

"Atölyeden arayan Gülabi olmayabilir Ali, belki de katildir. Son bir haftanın telefon aramalarına baktın mı?"

"Son on beş güne baktım Başkomserim, Duran, Bayram hatta Zeko bile var, hepsi bildiğimiz kişilerin telefonları... Bir de bankaların, telefon şirketlerinin, hastanelerin çağrı merkezleri var. Maktul onlarla konuşmuş sadece."

"Yani telefondan bir yere ulaşamadık diyorsun."

"Şimdilik öyle Başkomserim. Belki atölyeye yeniden gitmeliyiz. Oradaki işçilerle konuşmalıyız..."

Aklımdan geçeni dile getiriyordu. Odamın kapısında karşıladı bizi kriminoloğumuz.

"Günaydın Başkomserim."

"Günaydın Zeynepcim, buldun mu işe yarar bir şeyler?"

İçeri girmem için bana yol verirken, "Bıçağın üzerindeki kan, maktulünkiyle aynı," diye açıkladı. "Sapındaki parmak izleri de Gülabi'ye ait. Elimizdeki bulgular çocuğu gösteriyor."

Geçip masama otururken sordum.

"Otopsi sonuçları çıktı mı?"

Saatine baktı.

"Şu sıralar yapılıyor olmalı. Öncelik var diye başını yedim adli tıpçıların. Sağ olsun Doktor Tülin Hanım öne aldı Gülseren'in otopsisini. Bir saate kalmaz çıkar sonuçlar."

Elimle masanın önündeki koltukları gösterdim.

"Otursanıza çocuklar..."

Zeynep her zamanki yerine geçti, Ali de genellikle yaptığı gibi ayakta kalmayı yeğledi.

"Eğer kız hamileyse, elimizde sağlam bir cinayet nedeni daha olacak. Ama erkek arkadaşının kim olduğunu öğrenemezsek bu bilgi hiçbir işimize yaramaz." Yardımcıma baktım. "Gülseren'in telefonunda tanımadığımız birinin adının olmaması ilginç. Erkek arkadaşının kimliğine oradan ulaşabiliriz diye umuyordum. Ama artık bu mümkün değil. Konuşmak için telefon kullanmamış olabilirler mi?"

Sorumu yadırgamıştı Zeynep.

"Çok saçma olurdu, bir ilişkiden söz ediyoruz Başkomserim, casusluk faaliyetinden değil."

"Yasak bir aşksa?" diye akıllıca bir tahminde bulundu Ali. "Sevgilisinin tanınmasını istemiyorsa?"

Pek mantıklı gelmedi kriminoloğumuza.

"Yasak ilişki de olsa sevgilisiyle konuşmayacak mı bu kız? Yok Alicim mutlaka telefonla da görüşüyorlardır. Ne bileyim mesajlaşıyorlardır... Belki de aradığı insanlardan biriydi sevgilisi. Duran, Bayram, belki de Zeko..."

Sözünü Ali tamamladı.

"Belki de patronu Hasan. İçlerinde en varlıklısı o..."

Bu kez hak verdi Zeynep.

"Üstelik adam evli, galiba üç de çocuğu var. Yani ilişkisinin gizli kalmasını istemek zorunda."

Şimdi bir yerlere varıyorduk galiba.

"Haklı olabilirsiniz arkadaşlar" diye onayladım gizli bir neşeyle. "Hasan ısrarla Gülseren'in çok temiz bir kız olduğunu söyleyip duruyordu. Hatta bir sevgilisi olduğunu bile tam olarak kabul etmedi. Hatırlayın, Gülabi bir sevgilinin varlığından emin gibiydi, Satı Kadın daha da ileri gitmiş Gülseren'in hamile olduğunu söylemişti, Zeko da başka bir adamın varlığından söz ediyordu. Bu konuda müphem konuşan tek kişi Hasan'dı."

Ali ilk karşılaştığımızda söylediği öneriyi yineledi.

"Atölyeye gitmeliyiz Başkomserim, bence aradığımız ipucu orada."

Doğru söze ne denir? Toparlanırken kriminoloğumuza döndüm.

"Sen burada kal Zeynepcim, şu otopsi meselesini takip et. Öğrenir öğrenmez bize haber ver olur mu?"

Bizimle gelmediği için biraz burukça söylendi.

"Emredersiniz Başkomserim.

Öğle trafiğinde bir saat kadar çile doldurduktan sonra ulaştık Merter'e. Atölyenin önüne gelince, arabamı dün sabahki yerine, türbe yeşili Mercedes'in yanına çekerken, "Aman dikkat Başkomserim" diye uyardı Ali. "Arkada biri var."

Son anda, fötr şapkalı bir adam gördüm, hemen bastım frene. Adam da neye uğradığını şaşırmıştı. Korkuyla doğruldu, iri iri açılmış gözlerini bize dikerek beklemeye başladı.

"Ne yapıyorsun ya!" diye bağırarak indi Ali. "Az kalsın arabanın altında kalacaktın..."

Af dileyen gözlerle baktı adam.

"Özür dilerim, çok özür dilerim kabahat bende."

Arabadan indiğimi görünce bu kez bana döndü.

"Sizden de çok özür dilerim. Mercedes'e bakıyordum, geldiğinizi fark edemedim bile."

Adamın tuhaf bir hali vardı. Önce anlayamadım. Yetmişli yaşlarında olmalıydı. Koyu mavi, kruvaze bir ceket, yakası kolalı beyaz bir gömlek, duble paça lacivert pantolon, dudaklarının üzerinde ince bıyık, başında bej rengi fötr şapka. Sanki eski Yeşilçam filmlerinden çıkmış gibiydi.

"Ah kendimi tanıtmaya unuttum" dedi saygıyla şapkasını kaldırarak. "Bendeniz Yesari, Yesari Sırmazade. Tekrar çok özür dilerim. Geldiğinizi görmedim."

O kadar nazikti ki gülümsedim.

"Ben de Nevzat, Başkomser Nevzat." Yardımcımı gösterdim. "O da Ali, Komiser Ali."

Bir an kuşkuyla baktı.

"Trafikten değilsiniz herhalde..." Birden bir kahkaha koyuverdi. "Ne kadar aptalım. Küçük bir kaza için bir başkomiserle komiserin buraya gelecek hali yok ya." Neden bahsettiğini anlamadığımızı fark edince yanında dikildiği yeşil Mercedes'in göçmüş kaportasını gösterdi. "Geçen gece ben çarpmıştım bu arabaya, ne kadar zarar verdim diye bakıyordum. Aslında dün gelmem gerekirdi ama bir gece önce çok içmişim, ancak toparlayabildim..."

O anda adam hakkında kesin bir kanaate sahip oldum. Yesari Sırmazade adındaki bu adamcağız, nesli çoktan tükenmiş, öyle olduğu için de artık bir tür meczup olarak gördüğümüz İstanbul beyefendilerinden biriydi. Ama çenesi biraz düşük olmalıydı ki, cevap vermemi beklemeden anlatmayı sürdürdü.

"Üzerinize afiyet, akşam Kabataş Erkek Lisesi'nden arkadaşlarla buluştuk. Hoşbeş derken içkiyi fazla kaçırmışım. Biliyorum araba kullanmamalıydım. Basiretim bağlandı, bindim arabaya. Benimki de eski Amerikan arabalarından, 68 model Chevrolet... Bilirsiniz, geniş kasa, ful aksesuar, uzun kuyruk... Yolda gelin gibi süzülür." Muzip güldü. Eliyle arkadaki atölyeyi gösterdi. "Hasan Bey'e söylemedim ama benim arabada çizik yok. Nerede o eski arabalar Nevzat Bey? Yenilerin en iyilerinin bile kaportaları teneke gibi, bir dokunsan eğiliyorlar."

Konuşmasam ayıp olacaktı.

"Mercedes, Hasan Bey'in mi?"

"Evet, Hasan Bey'in." Yüzünü buruşturdu, Mercedes'e baktı. "Ama bu renk hiç olmamış. Orijinal renginde tutsana arabayı be adam. Ama, günahını almayayım gönlü zenginmiş Hasan Bey'in. Düşünün gecenin bir yarısı adamın biri arabanıza çarpıyor. Öyle çizik falan değil, gördüğünüz gibi kaportayı içeri geçiriyor. İnsanlar cinayet işler bu yüzden. Ama Hasan Bey hiç dert etmedi. 'Önemli değil, benim sigorta halleder' dedi. Biraz da acelesi vardı galiba. Ama olur mu efendim? Ben borçlu yaşayamam. Öyle derdi rahmetli babam Halil Rıfkı Bey, 'Hatayı yapan cezasını çekmeli. Aksi takdirde hatayı alışkanlık haline getirir.' O sebepten başımın ağrısı geçer geçmez, derhal kaza mahalline geldim. Neyse Hasan Bey de atölyedeydi. Anlaştık, el sıkıştık. Bu da bana ders olsun, bir daha içkili araba kullanmayacağım efendim. Allah'tan kimsenin burnu kanamadı. Gecenin bir vakti hastane köşelerinde sürünecektik yoksa."

Hasan atölyeden akşam sekizde çıktım dememiş miydi?

"Kaza ne zaman oldu demiştiniz?" diye atıldım.

"Durun, durun tam saatini vereyim." Büyük bir ciddiyetle düşündü.

"Bakırköy'deki meyhaneden 23:45'te çıktım. Çok iyi hatırlıyorum, çünkü karşımda devasa bir saat vardı. Şu eski, antika saatlerden. Eve giderken güya arka yoldan geçecektim, karıştırdım bu sokak aralarına düştüm. Saat 24:00 olmalı, üç aşağı beş yukarı yani."

Çok önemli bir ayrıntıdan bahsediyordu, belki de bütün soruşturmanın kaderini değiştirecek bir ayrıntıdan, emin olmak için sordum.

"Yanılmış olamazsınız değil mi, Yesari Bey?"

Kafası karışmaya başlamıştı ama nezaketini bozmadı.

"Yaş kemale erdi ama henüz aklımız yerinde Nevzat Bey. Kaza olduğunda vakit gece yarısıydı." Kuşku dolu bir ışık geçti gözlerinden. "Hem ne önemi var ki efendim?"

Şimdi bu adama anlatacak halim yoktu.

"Haklısınız, hiç önemi yok, merak işte." Elimi uzattım. "Sizi tanıdığıma sevindim. Rica etsem telefon numaranızı bize verir misiniz?"

Sevimli yüzü gerildi.

"Hasan Bey'le hallettik meseleyi. Ama ehliyetime el koymak istiyorsanız..."

Rahatlatmak için gülümsedim.

"Trafikçi olsaydık yapardık ama biz cinayet masasındanız, kaygılanmanız için hiçbir neden yok. Ama sizin tanıklığınıza başvurabiliriz."

"Cinayet mi?"

Ali adama doğru bir adım attı.

"Baba, uzatma işte. Ver şu telefon numaranı. Seninle ilgili bir durum yok dedik ya."

Yesari Bey anında uydu yardımcımın emrine. Telefon numarasını Ali'ye yazdırdı.

"İyi günler" diyerek ayrıldık yanından. Kapıdan girerken, "Galiba katili bulduk Başkomserim" diye keyifle mırıldandı yardımcım. "Adam gözümüzün önünde duruyormuş."

Haklı olabilirdi ama hâlâ elimizde somut bir delil yoktu. Sadece Yesari Bey'in ifadesiyle Hasan'ı katil ilan edemezdik. Ama merdivenleri tırmanırken kafamdaki resmin eksik parçalarının tek tek yerine oturduğunu hissediyordum. Gözümüzün önündeki hakikati göremediğimiz için kendimizi suçlayacak halimiz de yoktu, çünkü ayrıntılar çok sonra ortaya çıkmıştı. Kapıdaki görevliye Hasan Bey'i göreceğiz dedikten sonra, bu sabah zavallı Gülseren'in düştüğü yere gittik. Zemini temizlemişlerdi, belli belirsiz bir kan lekesi kalmıştı betonda ama birkaç gün içinde o da kaybolur, atölyedekiler rutin hayatlarına dönerlerdi. Ne düşündüğümü anlamış gibi sıkıntıyla iç geçirdi Ali. Geldiğimizi haber alan atölyenin patronu odasının kapısında karşıladı bizi. Gözlerindeki tedirginliği gizlemeye çalışsa da pek beceremiyordu. Rahatlatmakta yarar vardı.

"İyi akşamlar Hasan Bey" diyerek elimi uzattım. "Dosyayı kapatıyoruz, Gülabi suçunu itiraf etti." Cümlemi tamamlayınca ışıklı gözlerindeki endişe bulutları tümüyle dağıldı. "Yazacağımız rapor için bir iki teknik ayrıntı kaldı, onları soracaktım size."

Hevesle önce benim, sonra da Ali'nin elini sıktı.

"Tabii, tabii buyurun Nevzat Bey! Siz de hoş geldiniz, şöyle buyurun."

Gösterdiği koltuklara oturduk.

"Ne ikram edeyim? Vakit öğleyi geçiyor, acıktıysanız, şahane Adana kebap yapan bir yer var. Bir dürüm yapıyorlar parmaklarınızı yersiniz."

Bir an morgdaki soğuk dolapta yatan genç kızın kanlı bedeni geldi gözlerimin önüne ama hemen kovdum bu görüntüyü.

"Çok teşekkür ederiz" dedim suratıma resmi bir gülümseme yerleştirerek. "Karnımız tok Hasan Bey." Masanın üzerinde duran sürahiyi gösterdim. "Ama bir bardak suyunuzu içerim."

Yardımcıma baktı.

"Siz Ali Komiserim, çay söyleyeyim mi? Ya da başka bir şey?"

Sağ elini kaldırarak istemediğini belirtti yardımcım. Hasan sürahiden bir bardak su doldurup uzattı. Bardağı aldım, birkaç yudum içtim. Kendisine de bir bardak su doldurdu, sonra karşımızdaki koltuğa çöktü, güya meraklı bir tavırla sordu:

"Niye öldürmüş ablasını? Onu da söyledi mi Gülabi?"

Ali sesini çıkarmadı.

"Sizin de anlattığınız gibi saçma sapan bir kıskançlık yüzünden" diye tezgâhı kurmaya başladım. "Kıskançlık da değil, şu töre bağnazlığı diyelim. İnsanlar bu şehre geliyor ama ne yazık ki ilkel geleneklerinden kurtulamıyorlar. Şehirli olmak zaman alıyor Hasan Bey." Bir anıyı hatırlamış gibi belli belirsiz gülümsedim. "Mesela az önce yanınıza gelen beyefendi. Kim bilir kaç yıllık İstanbullu. Aşağıda arabanıza bakıyordu. Adı neydi..."

Hiç kuşkulanmadan, "Yesari Sırmazade" dedi gülümseyerek. "Evet, çok matraktı. Chevrolet'si gibi antika bir adam. Arabama çarpmıştı, bütün masrafları kendisi karşılamak istiyor. Sigorta öder dedim, yok illa ben ödeyeceğim diye tutturdu."

Elimdeki bardağı masanın kenarına koyarken önemsiz bir konuymuş gibi sordum.

"Bu sabah mı çarpmıştı arabanıza?"

"Hayır" dedi ama duraksadı, sanırım kuşkulanmaya başlamıştı. "Hayır, bu sabah değil, geçen akşam. Atölyeden çıkarken."

Anında soktu lafı Ali.

"Cinayetin işlendiği gece mi?"

Tokat yemiş gibi sarsıldı, elbette belli etmemeye çalıştı.

"Evet, o talihsiz akşam."

Hatırlamak ister gibi alnımı kırıştırdım.

"Saat sekiz gibi o zaman. Öyle demiştiniz."

İnkâr edecek hali yoktu.

"Evet, evet, işte o saatlerde, atölyeden çıkarken..."

"Saat sekiz gibi" diye tekrar ettim. "Gülabi de öyle demişti. En son saat sekizde görmüş sizi, atölyeyi ona bırakıp çıkmışsınız."

Bakışlarımdan rahatsız olmuştu. Yapacak başka bir iş bulamayınca, su bardağına uzandı, birkaç yudum içti.

"Ama mesele şu ki, arabanıza çarpan Yesari Bey kazanın gece yarısı olduğunu söylüyor."

Az önce kaybolan endişe önce bakışlarına sonra bütün yüzüne yayıldı, rengi attı, omuzları çöktü ama kendini bırakmadı, sesini yükselterek inkâr etti.

"Yok, yalan söylüyor..."

Sakince sordu Ali.

"Niye yalan söylesin koca adam?"

Gözleri umutsuzca kıpırdandı.

"Yani yanlış hatırlıyor. Zil zurna sarhoştu zaten."

Buz gibi bir ifadeyle süzdüm atölye sahibini.

"Doğru, içmiş ama akşamüzeri gelip kaza yaptığı yeri bulacak kadar da kendindeymiş." Usulca eğildim, gözlerinin içine baktım. "Artık inkâr etmeyin Hasan Bey, o kızı siz öldürdünüz."

Oturduğu yerde irkildi.

"Ne, ne... Ben, ben kimseyi öldürmedim. Gülabi öldürmüş, siz söylediniz ya. Töre için..."

Öfkeyle iç geçirdim.

"Gülabi'nin uyuşturucu bağımlısı olduğunu biliyordunuz, dolabına bonzaiyi siz koydunuz. Evet, başka kimse koyamazdı. Çünkü anahtar bir sizde, bir de Gülabi'de vardı. Sonra atölyedeki telefondan Gülseren'i aradınız, gece atölyeye çağırdınız. Uyuşturucuyu gören Gülabi'nin, kendine hâkim olamayacağını biliyordunuz. Öyle de oldu, çocuk uyuşturucu madde aldıktan sonra kendinden geçti, sonra da atölyeye gelen Gülseren'i kardeşinin bıçağıyla öldürdünüz."

Rahat görünmeye çalışıyordu, hatta gücünü toplayıp alay etmeye bile kalkıştı.

"Güzel senaryo."

Ciddiyetimi hiç bozmadım.

"Güzel değil ama gerçek. Kanlı bir gerçek. Sizin sebep olduğunuz kanlı ve korkunç bir gerçek."

Öfkeyle kesti sözümü.

"Büyük bir yanlış yapıyorsunuz, Gülseren'i neden öldüreyim ki?"

Artık emin olduğum ihtimali yüzüne karşı haykırdım.

"Çünkü, onunla ilişkiye girmiştiniz."

Kalın kaşları çatıldı.

"Dikkatli konuşun, ben evli bir adamım, üç de çocuğum var."

Daha fazla dayanamayan Ali ayağa kalktı.

"Onu kızla ilişkiye girmeden önce düşünecektin Hasan Efendi. Taze et cazip geldi değil mi?"

Öfkelenmiş gibi yaptı.

"Ne biçim konuşuyorsunuz, lütfen kendinize gelin."

"Sen kendine gel lan, bir de utanmadan karşımıza geçmiş yalan söylüyorsun."

"Tamam Ali, tamam" diye yatıştırdım yardımcımı. "Bağırmana gerek yok. Her şey gün gibi ortada." Zanlıya döndüm. "Öyle değil mi Hasan Bey. Kızın güzelliğine dayanamadınız, ilişkiye girdiniz. Çok hoşunuza gitmişti, kendinizi genç hissetmeye başladınız. Fakat büyük bir terslik oldu, Gülseren hamile kaldı. 'Çocuğu aldır' dediniz, yapmadı. Çünkü sizinle evlenmek istiyordu. Ama eşinizden boşanamazdınız. Çocuklarınızdan ayrılamazdınız. Öte yandan Gülseren'in ailesinden çekiniyordunuz, kan davasını biliyordunuz, töreyi biliyordunuz. Sizi öldürmelerinden korktunuz. O yüzden acımasızca bıçakladınız kızı."

Dili damağına yapışmış olmalı ki ardı ardına yutkundu.

"Saçma" diyebildi sonunda. "Düpedüz iftira. Elinizde hiçbir kanıt yok. Kafayı yemiş, sarhoş bir adamın sözleriyle beni katil ilan edemezsiniz. Hiçbir hâkim rıza göstermez buna. Daha fazla konuşmayı reddediyorum. Susma hakkımı kullanıyorum."

O anda çalmaya başladı telefonum, arayan Zeynep'ti. Açtım.

"Alo Zeynep? Evet, belli oldu mu otopsi sonuçları... Hamile mi? Üç aylık mı? Tamam, ceninden kan örneği almamız lazım." Bakışlarımı Hasan'a diktim. "Sanırım babasını bulduk."

Telefonu kapatırken de gözümü zanlıdan ayırmadım.

"Susma hakkınızı kullanmak istiyordunuz değil mi Hasan Bey, elbette bu sizin yasal hakkınız, istediğiniz kadar susabilirsiniz. Ama öldürdüğünüz çocuk sizin yerinize konuşacak. Evet, artık inkâr etmeniz boşuna, Gülseren'in hamile olduğu kanıtlandı. Şimdi de karnındaki çocuğun sizden olduğunu kanıtlayacağız. Bunu önlemeniz mümkün değil. Haklıydınız, hâkimler sadece Yesari Sırmazade'nin ifadesini yeterli bulmayacaklardı ama artık sizi mahkûm ettirecek çok güçlü bir kanıt var. Bıçaklayarak öldürdüğünüz kendi öz çocuğunuz."

Çenesi titremeye başlamıştı, başını ellerinin arasına aldı bir süre öylece kaldı.

"Beni, o ayarttı Nevzat Bey" diyebildi sonunda. "Beni, Gülseren ayarttı. Bakmayın çok genç olduğuna, çok kurnazdı. Ben, onu öz kızım gibi görüyordum Nevzat Bey. Kötü bir niyetim yoktu. Allah belamı versin, kötü bir niyetim yoktu. Allem etti kallem etti, aklımı başımdan aldı, beni yoldan çıkardı. Yapmamalıydım, biliyorum ama yaptım. O da bunu kullandı. Evet, bilhassa hamile kaldı. 'Çocuğu aldır, ne istersen yaparım' dedim. 'Sana ayrı ev açarım' dedim. 'Yok' dedi. 'Benimle evleneceksin' dedi. Gözü yükseklerdeydi. Her şeyi, hepsini istiyordu. Çaresiz kaldım. İnanın bana çaresiz kaldım..." Elleriyle yüzünü kapadı. "Allah'ım ne yaptım, ne yaptım ben!" diye boğuk boğuk söylendi. Sonra ellerini çekti. "Biliyorum artık ne desem boş. Ama çok pişmanım, evet çok pişmanım. Keşke o kızı hiç işe almasaydım. Keşke ona uymasaydım. Beni kandırdı, beni kullandı, çünkü gözü paramdaydı. Siz de erkeksiniz Nevzat Bey, bilirsiniz bu işleri, anlayış gösterin..."

Tiksintiyle baktım yüzüne.

"Rezil bir katile anlayış gösteremem Hasan Bey. Aşkı anlarım, sevmeyi anlarım, insanların hata yapmasını da anlarım ama canavarlığı anlamam. İnsanların hayatını mahvetmeye rıza gösteremem. Kendinizi kurtarmak için gencecik bir kızı katlettiniz, onunla birlikte kendi çocuğunuzu da öldürdünüz, suçu da masum bir gencin üzerine yıkmaya kalktınız. Bir de utanmadan benden anlayış bekliyorsunuz. Yok, Hasan Bey, sizin gibi insanlara asla anlayış gösteremem. Cezanızı çekeceksiniz." Tepeden tırnağa süzdüm. "Ama korkarım alacağınız ceza da bir işe yaramayacak. Bir alçak olarak geldiğiniz bu dünyadan bir alçak olarak gideceksiniz."

Sergey Nikolayeviç Jerkovski'ye Ne Oldu?

Cinayet soruşturması sadece bir katili bulma faaliyeti değildir. Sayıları kişilerden, işlemleri olaylardan oluşan karmaşık bir matematik problemini çözmek de değildir. Doğrudan insanı anlama uğraşı, yaşamak için doğru yöntemi bulma çabasıdır. Bunca yıllık mesleğimde çözdüğüm ya da çözemediğim her vaka, bana hayat hakkında çok kıymetli bilgiler kazandırmıştır. İnsan en iyi kendi deneyimleriyle öğrenir derler ya, doğrudur. Ama öğrenmek, bilmek değildir. Bazen bizzat bildikleriniz bile sizi yanıltabilir. Cinayetleri çözümlerken bize büyük kolaylıklar sağlayan neden sonuç ilişkisi bazen gerçeği görmemizi engelleyen kara bir perdeye dönüşür. Prof. Dr. Sergey Nikolayeviç Jerkovski'nin kaybolması da böyle vakalardan biriydi. Jerkovski tıp alanında çalışan bir Rus bilim adamıydı. Kanser hastalığını önlemek için yaptığı önemli incelemelerle adını tüm dünyaya duyurmuştu. Hatta kimi ciddi tıp dergilerinde kanseri önleyecek bir ilacı geliştirdiği bile iddia ediliyordu. İşte bu önemli bilim adamı mayıs ayında Uluslararası Onkoloji Konferansı için geldiği İstanbul'da sırra kadem basmıştı. Aslında bizim cinayet büro bu tür vakalara bakmazdı ama olayın iki kişinin ölümüyle bağlantısı açığa çıkınca bu trajediye müdahil olmak zorunda kalmıştık.

Jerkovski'nin kaybolmasına neden olan facia, Beykoz sırtlarındaki bir villada meydana gelmişti. Hani şu ormanlık arazileri yalan dolanla ele geçiren paragözlerin, canım ağaçları acımasızca keserek siteler yaptıkları bölge. Derin bir vadinin üzerindeki viyadüğün hemen bitiminde yer alıyordu villa. Tel örgüler, uzun duvarlarla çevrili sitelerden birkaç kilometre uzakta, tek başına bir kale gibi dikiliyordu küçük tepenin üzerinde. Sitelerdeki evlerin fiyatları dudak uçuklatıyordu, kim bilir bu villa kaç milyon liraydı? Yakında evlenmeyi düşünen Ali, umutsuzca villalara bakarken, birden bizim emektarın kaydığını fark ettim. Direksiyona sımsıkı sarıldım ama sanki büyük bir güç bizi viyadüğün kenarındaki refüjlere çekiyordu. Neyse ki çok hızlı değildim, neyse ki yolda başka araç yoktu, demirlere bir metre kala durmayı başarabildim. Eğer duramasaydım korkulukları parçalayarak viyadükten aşağıya uçmamız işten bile değildi.

"Sizin kusurunuz yok Başkomserim" dedi yan koltukta oturan Ali. "Yolda sıkıntı var." Eliyle ön camdan asfaltı gösterdi. "Bakın, bizden önce de kaza olmuş."

İşaret ettiği yerde oto lambası parçaları gözüme çarptı. Asfalttaki lastiklerin izi oturduğum yerden bile görülebiliyordu. Yeniden gaza basarken, direksiyonu daha sıkı kavradım. Elli metre kadar gittikten sonra ana yoldan çıktık ve cinayet mahalli olduğu bildirilen mekânın önüne geldik. Arabamı villanın park yerine, beyaz Volkswagen Golf'ün yanına bıraktım. Kapıdan içeri girince, özenle düzenlenmiş geniş bir bahçe karşıladı bizi. Erguvanlar çoktan açmıştı, manolyalar, kestane ağaçları, çınarlar... Yüzme havuzu henüz doldurulmamıştı ama masa ve iskemleler dışarı çıkarılmış. İki katlı villanın taş merdivenlerinin önünde durmuş etrafı incelerken duydum Zeynep'in sesini.

"Buradayız Başkomserim, kurban burada yatıyor."

Anında ışıdı bizim köftehorun yüzü. Kolay değil, sevgilisini görmüştü. Hemen tırmanmaya başladı merdivenleri. Kriminoloğumuzun da ondan farkı yoktu, sanki cinayet mahallinde değil de çay bahçesindeymişiz gibi Ali'yi gülümseyerek karşıladı, belki birkaç tatlı söz de edecekti ki, başkomserinin bakışlarını yüzünde hissetti. Aslında kınamıyordum ama Zeynep o ciddi tavrını takındı hemen.

"Evet, Başkomserim" diye toparlandı. "Olay burada gerçekleşmiş. İşte maktul orada. Aslına bakarsanız biz de yeni intikal ettik. Ama Şefik daha önce gelmiş."

Kapının biraz gerisinde yatıyordu kadın. Kısa kollu, papatya sarısı elbisesi, göğsünden bacaklarına kadar koyu bir lekeyle kaplanmıştı. Sırtüstü düştüğü beyaza boyanmış ahşap zeminin üzerinde de kurumaya yüz tutmuş küçük bir kan gölü vardı. Olay yeri incelemenin acar komiseri Şefik başında bonesi, ellerinde eldivenleri, ayaklarında galoşlarıyla kurbanı inceliyordu.

"Bıçakla mı öldürülmüş?"

Şefik'e mi sormuştum yoksa kendime mi? Üstüne alındı tuhaf giysili komiser, gözlerini cesetten kaldırdı.

"Bıçakla değil Başkomserim, tabancayla..." Yeniden maktule baktı. "Tespit edebildiğim kadarıyla altı kurşun yarası var. Katil nefret ediyor olmalı kadından, belli ki bir tutku cinayeti..."

İlk o zaman baktım maktulün yüzüne, çekici bir kadındı, bir erkek gibi kesilmiş kısa siyah saçları ince uzun yüzüne çocuksu bir hava katıyordu. Kalemle çizilmiş gibi düzgün kaşlarının altındaki kömür karası gözleri donuklaşmıştı ama bu katı ifade bile bozamıyordu güzelliğini.

"Katil profesyonel biri değil." Zeynep'ti açıklamayı yapan. "Altı kovanı da bulduk, hiçbirini toplamamış. Eğer silahı ruhsatlıysa yakalamamız an meselesi."

Maktulün ağır ağır sararan yüzüne bakmayı bırakıp kriminoloğumuza döndüm.

"Adı neymiş kadının?"

Nedense kurbana değil de karşı duvarda asılı fotoğrafa çevirdi bakışlarını.

"Leyla, Leyla Baturgil..."

Ben de fotoğrafa baktım. Kırlık bir yerde çekilmişti, muhtemelen bir piknikte. Kurbanı hemen seçtim, fotoğrafın sağ tarafındaydı. Kucağında dünyalar tatlısı bir kız çocuğu tutuyordu. Beş, bilemedin altı yaşında olmalıydı kız; sarışındı, kopça gibi minicik bir burnu, deniz mavisi iri gözleri vardı. Kızın sol tarafında ise çirkin ama derin bir şefkatle bakan esmer bir adam duruyordu. Kızın babası diyecektim ama hiç mi hiç benzemiyordu. Üstelik Leyla'dan en az yirmi yaş daha büyük gösteriyordu. Yine de sordum.

"Kızıyla kocası mı?"

Hazırlıksız yakalanmış gibi gözlerini kaçırdı Zeynep.

"Birazdan öğreniriz Başkomserim, dediğim gibi yeni geldik." Eliyle kapının yanındaki valizi gösterdi. "Ama kadın yolculuğa çıkacakmış. Baksanıza pardösüsü valizin üzerinde duruyor. Dışarıdaki beyaz Volkswagen Golf'ün bagajında da valizler var. Araba kadının."

Valize baktım, oldukça büyüktü, uzun sürecek bir yolculuk için hazırlanmıştı.

"Belki de taşınıyordu." Ali de başlamıştı fikir yürütmeye "Belki de bu yüzden öldürüldü. Kocasını terk ettiği için."

Hepimizin aklına geleni dillendiriyordu ama ben küçük kızı düşünüyordum. Sahi o yavrucak neredeydi? Merdivenlere yürüdüm, beyaza boyanmış ahşap basamaklardan dubleks binanın ikinci katına çıktım. Merdiven başında üç kapı vardı. Aralık olanından küçük bir yatak görünüyordu, oraya girdim. Pembeler, kırmızılar, maviler... Yastığın üzerinde oyuncak bir bebek. Kızım Aysun'un odasından çok Azez'inkine benziyordu. Öyle ya çocuklar için alınan eşyaların bile zamanı geçiyordu. Acı bir his kıpırdandı içimde, büyümesine izin vermedim. Geniş dolabın kanadını açtım. Küçük bir kız çocuğunun rengârenk giysileri dışında hiçbir şey yoktu. Gözlerim odayı taradı yeniden. Oraya sığması imkânsızdı ama yine de eğilip yatağın altına baktım. Elbette yoktu. Pencere kenarındaki masanın üzerinde duran rengârenk defterlere yaklaştım. En üstteki pembe kapaklı defterin sağ üst köşesine yapıştırılmış bir etikette inci gibi bir el yazısıyla Samara Baturgil yazıyordu. Defterin sayfalarını karıştırırken bir fotoğraf düştü masanın üzerine. Anne yoktu, Samara ile aşağıdaki fotoğrafta gördüğüm şahıs, siyah bir BMW'nin önünde sevgiyle sımsıkı sarılmışlardı birbirlerine. Adamın üzerinde Süperman tişörtü vardı. Fotoğrafın arkasını çevirdim, yine o inci gibi yazı çıktı karşıma. "Babaların en tatlısı Mazlum Baba." Demek adam, gerçekten de kızın babasıydı, yani kurbanın kocası. Çıkmadan son bir kez daha baktım odaya, kız kesinlikle burada değildi. Yeniden merdiven başına geldim, iki kapıdan soldakini açtım. Kocaman bir yatak odası belirdi gözlerimin önünde, yerde ipek halılar, içeride kapısı açık bir yetişkin banyosu ama ne yazık ki küçük Samara burada da yoktu. Yeniden sofaya çıktım. O anda bir fısıltı duyar gibi oldum. Pencere aralıktı, rüzgâr diye düşündüm. Pencereyi kapattım aynı fısıltı bir kez daha çalındı kulağıma. Üçüncü odanın kapısına yaklaştım. Yanılmamıştım, ses buradan geliyordu.

"Korkma Minnoş" diye mırıldanıyordu. "Korkma, yine kavga ettiler. Korkma Minnoş, yine barışırlar..."

Kapıyı ittim, küçük bir odaya girdim. Her tarafta dolaplar, çekmeceler, her tarafta giysiler. Sanırım gardırop olarak kullanıyorlardı burayı. Ama ben içeri girince ses kesildi. Birkaç adım attıktan sonra gördüm onu. Büyükçe ahşap bir sandığın arkasında kırmızı bir halının üzerinde oturuyordu, kucağında oyuncak beyaz bir tavşan vardı. Beni fark edince irkildi, ıslak mavi gözleri endişeyle iri iri açıldı. Gülümsedim.

"Merhaba Samara, Minnoş'la mı konuşuyordun?"

Samimiyetim aklını karıştırmıştı, usulca yaklaştım.

"Sen, annemin arkadaşı mısın?"

Neden babamın değil de annemin demişti, ürkütmemek için sormadım, yanına diz çöktüm.

"Evet, annenin arkadaşıyım, ben Nevzat. Nevzat Amcan. Nereden bildin annenin arkadaşı olduğumu?"

Ne var bunu bilmeyecek der gibi baktı.

"Annem söyledi, gelip bizi alacakmışsın, birlikte uçağa binecekmişiz..."

Parmağımı uzatıp Minnoş'un burnuna dokundum.

"Binecektik ya. Baban da gelecek miydi bizimle? Bu konuda..."

Sözlerimi dışarıdan gelen siren sesleri bastırdı. Cesedi almak için gelen ambulans olmalıydı. Küçük kız telaşla kapıya baktı, minicik bedeni titremeye başladı. Minnoş'u bırakıp elleriyle kulaklarını tıkadı. Neyse ki ses çok sürmedi. Samara ellerini kulaklarından çekerken adeta korkuyla sordu:

"Bitti mi?"

"Bitti bitti... Niye o kadar korktun ki? Sadece ses, bilirsin bazı arabalar böyle sesler çıkartır..."

Sarı kaşları çatıldı, hırçın bir sesle bağırdı.

"Onu sormuyorum ki, annemle babamın kavgası bitti mi?"

Hadi bakalım, cevap ver çocuğun sorusuna.

"Bitti, bitti de..." Elbette sürdüremedim. Böyle durumlarda en iyi geçiştirme yöntemi yanıtlamak değil sormaktı. "Niye kavga ettiler ki?"

Bakışları kapıya gitti geldi.

"Biz seninle uçağa binecektik ya..." Artık kısık sesle, adeta fısıltıyla konuşuyordu. "Annem kimseye söyleme dedi, babama sürpriz yapacakmış. Bavulları topladık, seni beklemeye başladık. Ama babam sürprizi bozdu. Babam arabasıyla gelince annem beni buraya getirdi. 'Bekle, ne olursa olsun, buradan çıkma' diyerek aşağıya indi. Sonra babam bağırmaya başladı, annem de ona bağırdı, sonra çok gürültü oldu, sonra patlamalar oldu. Sonra..." Sanki olanı biteni şimdi kavramış gibi yüzü karıştı, gözlerinden yaşlar süzülmeye başladı. "Annem, annem nerede? Annemi istiyorum..."

Sarılsam mı, konuşsam mı ne yapacağımı bilemedim, tam da o anda Hızır gibi yetişti Zeynep.

"Ah canım, gel bana" diyerek kollarını açtı. Tuhaf şey, Samara hiç yadırgamadı bu çağrıyı. Ağlamayı sürdürse de kriminoloğumuzun kollarına bıraktı kendini. Kucakladığı gibi bağrına bastı çocuğu Zeynep. Yaklaştım, kızın saçlarını okşamak istedim ama dokunur dokunmaz öfkeyle çekti başını. Beni annesiyle babasının kavga etmesine neden olan kişi zannettiği için mi? Yoksa babasının annesini öldürdüğünü hissettiği için mi?

"Başkomserim..." Başımı kaldırınca Ali'yi gördüm. "Biraz gelir misiniz?" Elinde bir cep telefonu tutuyordu. "Önemli bir mesajlaşma var."

Doğrulurken Zeynep'le bakıştık.

"Biz hastaneye gitsek iyi olacak" dedi alçak bir sesle, gözleriyle kızı işaret ederek. "Psikiyatrın görmesinde yarar var."

Derinden bir iç geçirdim.

"İyi olur ama biraz oyalan, maktulü kaldırsınlar. Öyle görmesin kadını. Ambulans gittikten sonra çıkarsınız."

Gözlerinden bir keder bulutu geçti.

"Tamam Başkomserim." Yeniden kıza döndü. "Bu tavşanın adı nedir bakalım?"

Samara burnunu çekerek pembe gözlü Minnoş'u anlatmaya başlarken, kapının önünde dikilen yardımcıma yaklaştım.

"Maktule adamın biriyle mesajlaşmış Başkomserim." Uzattığı cep telefonunu aldım. "Sergey diye bir herif..."

Ama Ali'nin gösterdiği mesaj Sergey'den değil, Sayru Öğretmen'den geliyordu.

"Maktul, adamın kimliğini gizlemek için Sayru Öğretmen yazmış. İçeriğini okuyunca anlayacaksınız Başkomserim."

Merdivenlere doğru yürürken mesajlardan birini seçip okudum.

"Merhaba Seryoşa" diye yazıyordu. "Merhaba canım sevgilim, ne kadar tuhaf, seni tümüyle unuttuğumu sanıyordum ama yazdığın iki satır bile ne kadar yanıldığımı gösterdi. Nasıl büyük bir hata yaptığımı şimdi anlıyorum. Beni affet aşkım, sana sonuna kadar güvenmeliymişim."

Yardımcım haklıydı, Seryoşa, Sergey'in kısaltılmış haliydi. Kadın, kocası vaziyeti anlamasın diye Sayru Öğretmen diye kaydetmişti adamı. Sergey'in numarasına baktım, yabancı bir ülkenin kodu vardı.

"Rusya'dan atılmış mesaj Başkomserim, Petersburg'dan."

"Türkçe yazılmış ama... Ne dersin, yoksa adam Türk mü? Sergey ismi de mi sahte?"

Pek kafasına yatmadı.

"Türk olduğundan emin değilim ama çok iyi Türkçe biliyor. Belki de bizzat Leyla öğretmiştir ona."

Mantıklıydı, yeniden telefona döndüm. Nerdeyse her gün yazışmışlardı. Ardı ardına uzanan mesajların sonuncusunu okudum. Bugün 15:12'de yazmıştı Sergey, Leyla'ya sevgilim diye hitap ederek. "Hazırlıklarını tamamladın mı?" diye soruyordu. Leyla da ona, "Hazırlıklarım tamam aşkım. Mazlum da Sakarya'daki fabrikaya gitti, bu akşam gelmeyecek ama sabah çıkarken bir tuhaftı, bilemiyorum belki şüpheleniyor. Ama artık hiçbir önemi yok. Ondan sonsuza kadar kurtuluyorum" diye karşılık veriyordu. Sergey, "Lütfen dikkatli ol" diye uyarıyor, "Kavuşmamıza az kaldı, birkaç saat sonra seni ve kızımızı alacağım. Eve yaklaşınca ararım" diye sonlandırıyordu mesajını. Evet, kızımızı diyordu Sergey. Bir an fotoğraftaki babanın yüzü geldi gözlerimin önüne, esmer tenli, siyah saçlı, koyu kahverengi gözlüydü. Leyla da esmerdi, oysa Samara'nın buğday başağı gibi sarı saçları vardı ve deniz mavisi gözleri. Samara, Sergey'in kızı mıydı? Niye olmasın? Peki, Samara'nın babam dediği Mazlum bunu biliyor muydu? Leyla'nın bir başka adamdan olan çocuğunu kendi kızı olarak mı kabul etmişti? Ya bavullar, ya Leyla'nın kızını da alıp Mazlum'dan habersiz bir yolculuğa çıkaracak olması? İlk ipuçları bunun bir aşk cinayeti olduğunu gösteriyordu. Kıskançlık nöbeti sırasında işlenmiş bir tutku cinayeti. Eğer öyleyse katil de muhtemelen Mazlum adındaki kocaydı. İyi ama niye ortalıkta görünmüyordu? Ya Sergey adındaki şu adam, o neredeydi? Ali'nin cızırdamaya başlayan telsizi böldü düşüncelerimi. Yapılan anons, Beykoz sahilinde siyah BMW'de gerçekleşen bir intihar vakasından söz ediyordu. Az önce Samara'nın defterinden düşen fotoğraftaki BMW geldi gözlerimin önüne.

"Sorsana şunlara" dedim yardımcıma. "İntihar eden şahsın kimliği neymiş?"

Ali ne alaka dercesine şöyle bir baktı ama sözlerimi yerine getirmekten geri durmadı. Evet, yanılmamıştım, olay yerine giden ekipteki memurun bildirdiğine göre, kendini öldüren şahıs Leyla'nın kocası Mazlum Baturgil'di. Yan koltuğa tek satırlık bir intihar notu da bırakmıştı. Memur notu telefonda okudu: "Dünyada en çok sevdiğiniz kişi tarafından aldatılmaktan daha korkunç bir şey yoktur."

Tahmin ettiğim gibi bu bir kıskançlık cinayetiydi...

"Adam, karısının kaçacağını öğrenmiş olmalı Başkomserim" diye homurdandı Ali. "İyi ki cinnet geçirip kızı da öldürmemiş. Peki, şu Seryoşa denen herif nerede? Bütün bunlar onun yüzünden olmuş."

Sorulması gerekeni sormuştu.

"Mesajda buluşacakları yazıyordu. Muhtemelen Sergey, kadını almak için eve gelecekti."

Düşünceli düşünceli başını kaşıdı Ali.

"Mazlum, onu da öldürmüş olmasın?"

Mümkündü ama öyleyse cesedi neredeydi? Yoksa kıskanç koca, karısını öldürdükten sonra büyük bir soğukkanlılıkla Rus'u kaçırmış, bir yerlerde işkence mi etmişti? Bunun için vakit yoktu. Mazlum daha fazla dayanamayarak kendini vurmuştu. Karısını evin ortasında öldürecek kadar gözü dönmüş bir adam, ondan daha çok nefret ettiği âşığını anında delik deşik ederdi. Ama her ne olursa olsun, Sergey'i bulmamız gerekiyordu. Elimdeki telefona baktım, Sayru Öğretmen'in üzerine bastım. Dördüncü çalışında açıldı.

"Alo" dedim. "Alo... Sergey'le mi konuşuyorum? Alo..." Karşıdaki kişinin nefes alış verişini duydum ama cevap vermedi, birkaç saniye sonra da kapadı telefonu. Yeniden aradım, uzun uzun çaldırdım, bu defa açmadı, bir kez daha aradım, hayır konuşmak istemiyordu.

"Derhal telefonun bulunduğu konumu öğrenelim" talimatı verdim Ali'ye. "Bu işte bir iş var."

Delil torbasına koyması için yardımcıma uzatırken çalmaya başladı Leyla'nın telefonu, Sergey mi diye heyecanlandım. Ama farklı bir numaraydı. Yardımcım da duysun diye telefonun hoparlörünü açarak konuştum.

"Alo buyurun?"

"Leyla Hanım" dedi çekingen bir kadın sesi. Hayal kırıklığına uğramış gibiydi. "Yanlış mı aradım yoksa, Leyla Hanım'la konuşmak istiyordum."

"Doğru aradınız buyurun, Leyla Hanım'ın telefonu... Siz kimsiniz?"

Ses iyice ürkekleşti.

"Leyla Hanım yok mu?"

Otoriter bir tonda sordum.

"Ben Başkomser Nevzat, kim olduğunuzu söyler misiniz lütfen?"

Kısa bir sessizliğin ardından aynı kararsız tavırla açıkladı.

"Ben, ben çevirmenim, Rusça çevirmeni, adım Sibel..."

"Niçin aramıştınız Leyla Hanım'ı?"

"Aslında Leyla Hanım'a birini soracaktım..." Sesi normale dönmeye başlamıştı. "Sergey'i, Sergey Nikolayeviç Jerkovski'yi. Benim telefonumdan, Leyla Hanım'la konuşmuştu. Bugün buluşacaklardı. Belki onun yanındadır diye..."

Vaziyete açıklık getirmek istedim.

"En son ne zaman gördünüz Jerkovski'yi?"

"Bu sabah kahvaltıda birlikteydik. Saatlerdir haber alamıyorum ondan. Şu sıralar otele gelmiş olmalıydı. Belki Leyla Hanım biliyor diye..."

"Burada yok Sibel Hanım, siz neredesiniz?.. Nerede? Bomonti Hilton'da mı? Lütfen oradan ayrılmayın, hemen geliyorum."

Telaşla sordu.

"Yoksa kötü bir şey mi oldu Nevzat Bey?"

Hiç tanımadığım birine malumat vermenin yararı yoktu.

"Gelince anlatırım, siz oradan ayrılmayın yeter. En kısa sürede otelde olacağım."

Zeynep küçük kızı hastaneye götürürken Ali'yle ben de, Mazlum'un cesedinin bulunduğu adrese doğru yola çıktık. Eve gelirken geçtiğimiz viyadüğe yaklaşırken yardımcım birden uyardı.

"Aman Başkomserim dikkat!" Dönüp ters ters baktığımı

fark edince hemen geri adım attı. "Yanlış anlamayın şoförlüğünüze laf etmiyorum, yol sorunlu."

Onun nasıl araba kullandığını da biliyordum ama erkeklerin sürücülük konusundaki o saçma sapan tartışmalarından birine girmek istemiyordum.

"Ne oldu şu sizin nikâh işi?" diye konuyu değiştirdim.

Oturduğu koltukta toparlandı. Bu meselenin onu sıktığı belliydi.

"Ev bakıyoruz Başkomserim, bir yandan da mobilya, yatak odası, mutfak falan..." Derinden iç geçirdi. "Her şey de acayip pahalı. Biraz para biriktirmiştim, yetmiyor tabii..."

"Zeynep'in ailesi yardım etmiyor mu?"

Yine sıkıntıyla kıpırdandı.

"Ediyor etmesine de onların durumu da belli. Dar gelirli insanlar. Zeynep de çırpınıyor ama..." Sustu, oflayarak gülümsedi. "Evlenmek ne zor işmiş be Başkomserim."

Vites değiştirirken dönüp sordum.

"Ne kadar eksiğin var?"

Kararlılıkla başını salladı.

"Yok, yok Başkomserim, bir eksiğim yok. Ben hallederim teşekkürler..."

İşte böyle bir çocuktu Ali. Nesli çoktan tükenmiş, onurlu genç adamlardan biri.

"Ali" diye çıkıştım. "Biz bir aileyiz evladım. İhtiyacın olduğunda benden değil de kimden isteyeceksin... Evgenia'ya vermiştim, işini gördü, iade etti. Para bankada öylece duruyor. Al, kullan, eline geçince ödersin."

Elbette kabul etmedi.

"Ben bir bakayım da halledemezsem söz sizden isterim."

Kesinlikle istemeyecekti, belki bu konuyu Zeynep'le konuşmam lazımdı ama onun da kabul edeceğinden emin değildim.

Sahilde siyah BMW'yi bulmak hiç de zor olmadı. Her zaman olduğu gibi meraklı insanların yarattığı kalabalık metrelerce öteden görülüyordu. Benim emektarı güvenlik şeridinin dışına park ettikten sonra, görevli memura kendimizi tanıtarak olay yerini kontrol etmeye başladık. Önce vakanın gerçekleştiği arabanın etrafını inceledik. Ali'yle birlikte define arayan hazine avcıları gibi başımız önde milim milim zemini taradık. Aracın dışında dikkat çeken, kuşku uyandıran, anormal bir bulguya rastlamadık. Araca yaklaştık, dışından incelemeye başladık. Ama ne bir çizik, ne bir kan lekesi vardı. Yardımcıma bagajı açmasını söyledim. Belki diyordum Jerkovski'yi öldürdüyse oraya koymuştur. Derhal emrimi yerine getirdi Ali. Ama bagaj da boştu. Artık arabanın içine geçebilirdik.

Araçta Mazlum'dan başka kimse yoktu. Zavallı adam, sürücü koltuğunda oturuyordu. Başı sol tarafa yatmıştı, yüzünün sağ tarafı olduğu gibi kan içindeydi, sol kol pencereye dayanmış sağ kol karnına doğru düşmüştü. Bacaklarının arasındaki 9 mm'lik nikel kaplı Beretta, bu iş benim eserim dercesine cesurca parıldıyordu. Memurun telefonda bahsettiği veda notu, yan taraftaki koltuğun üzerindeydi. A4 kâğıdın üzerine bir dolmakalemle, "Dünyada en çok sevdiğiniz kişi tarafından aldatılmaktan daha korkunç bir şey yoktur" yazıyordu.

Evet, durum son derece açıktı, Mazlum aldatıldığını anlamış, karısını öldürmüş, sonra da kendi canına kıymıştı. Ne yazık ki ülkemizde erkeklerin sıkça başvurduğu acımasız ve aptalca cinayetlerden biriydi. Ama yine de bir sonuca varmak için acele etmemek gerekirdi. Cesede swap testi yaptıktan sonra, yani tabancayı tuttuğunu varsaydığımız elinde olası barut izlerini tespit ettikten sonra daha kesin konuşabilirdim.

"Şu Rus'u da bulursak bu mesele kapanır Başkomserim." Ali benden daha emindi. Mazlum'un bacaklarının arasındaki Beretta'yı alırken hükmünü vermişti bile. O, silahı koklarken sordum.

"Peki, ne diyorsun Alicim? Nerede bu adam?"

Hazırlıksız yakalanmış gibi silahı burnundan çekti, bakışları bir an denize kaydı.

"Kim bilir, belki de öldürüp denize atmıştır."

Aklına gelen ilk ihtimali söylemişti, yine de ciddiye aldım.

"İntihar edecek adam, işlediği ikinci cinayeti gizlemek için cesedi ortadan kaldırmaya çalışmaz Ali. Aksine, 'Bakın hem beni aldatan karımı hem de âşığını öldürdüm' demek için cesetleri ortalıkta bırakır."

Bir yandan tabancanın şarjöründe kalan mermileri sayarken bir yandan bana laf yetiştirmeye çalıştı.

"Öyle de Başkomserim, insanlar cinnet anında saçma sapan işler yapabilirler."

Bence cinnet anında yapılan eylemlerin bile bir mantığı vardı ama üstelemedim.

"Kaç tane kalmış?" diye konuyu değiştirdim. Şarjör on dört mermi alıyordu, karısının vücudunda altı kurşun yarası olduğunu söylemişti Şefik, Mazlum kendi kafasına da bir kurşun sıktığına göre... Ben hesabı yaparken yardımcım hevesle açıkladı.

"İki tane kalmış Başkomserim, adam on iki mermi yakmış."

Yerde kanlar içinde yatan Leyla'yı getirdim gözümün önüne, altı kurşun ona, bir tane kendisine sıktığına göre geride yedi kurşun kalmış olmalıydı, oysa iki tane vardı. Demek ki Mazlum başkasına da ateş etmişti. Hem de beş el. Yeniden cesede döndüm, kaçırdığım bir ayrıntı dikkatimi çekti. Cesedin alt dudağında kurumuş kan lekeleri vardı. Yakından inceledim. Hayır ağzından kan gelmemişti, dudağı patlamıştı. Kurşun şakağından girmişti, öldürücü bir yaraydı ama alt dudağının kanamasıyla hiçbir alakası yoktu. Bakışlarım cesedin ellerine kaydı; tırnaklarında kırmızı lekecikler vardı. Deri parçacıkları, kan izleri. Ben fark etmemiştim ama belki Ali'den kaçmamıştır diye sordum.

"Hatırlıyor musun Leyla'nın yüzünde darp izi var mıydı? Ellerinde çizikler falan?"

Pürüzsüz alnı kırıştı.

"Vallahi hatırlamıyorum Başkomserim."

Suskun kalınca, o da gözlerini Mazlum'un tırnaklarına dikti.

"Biriyle kavga etmiş... Rus'la mı dersiniz?"

Olabilirdi ama gerçeği anlamak için Sergey Nikolayeviç Jerkovski'yi bulmamız gerekiyordu. Bu bilgiye ulaşabilmenin tek yolu çevirmen Sibel'le konuşmaktı.

Otelin lobisinde bulduk Sibel'i. Endişeli görünüyordu, üstelik bunu saklamaya da gerek duymuyordu. Çevirmenlik yaptığı bir adam için bu kadar kaygılanması pek de normal görünmedi bana. Karşısındaki koltuğa oturur oturmaz sordu.

"Ne oldu Nevzat Bey, Dr. Jerkovski'den bir haber aldınız mı?"

Soğuk bir bakışla süzdüm kadını.

"Önce siz, olup biteni anlatın. Kim bu Jerkovski? Türkiye'de ne işi var? Leyla Hanım'la ilişkisi ne?"

Şaşırmış gibiydi.

"Dr. Jerkovski'yi tanımıyor musunuz?"

O kadar doğal bir tavırla sormuştu ki, kendimi dünyadan habersiz, cahil biri gibi hissettim.

"Tanımak zorunda mıyız?" Aslanım Ali yine bodoslama dalmıştı muhabbete. "Bırakın bizi sınava sokmayı da anlatın kimmiş bu Jerkovski?"

Hemen terbiyesini takındı Sibel.

"Yok, yanlış anladınız... Öyle demek istemedim. Yani son dört gündür Dr. Jerkovski o kadar çok televizyona çıktı, o kadar çok röportaj yaptı ki duymuşsunuzdur diye düşündüm."

Çevirmenin sözleri yardımcımı etkilemeye yetmedi.

"Duymadık, ne yapmış bu adam? Şarkıcı mı, oyuncu mu?"

Kendiliğinden bir gülümseme yayıldı yüzüne.

"Oyuncu mu? Yok, önemli bir doktor. Kansere çare bulan adam olduğunu söyleyebilirsiniz. Yani henüz açıklanmadı ama muhtemelen kanser hastalığını yenen bilim insanı olacak. Dr. Jerkovski çok önemli bir şahsiyettir. Duymamış olmanız gerçekten de garip. Her neyse, uluslararası tıp kongresi için İstanbul'a gelmişti. Telefonda da söylediğim gibi ben çevirmeniyim. Aslında çok da güzel Türkçe konuşuyor. Büyükannesi Nadide Hanım, Türkmüş. Hatta 1926 yılında Nâzım Hikmet'le birlikte Doğu Halkları Üniversitesi'nde okumuş. Sonra orada kalmış, bir Rus'la evlenmiş. Dr. Jerkovski'nin dedesi öyle dünyaya gelmiş. Doktorun Türkçe merakı da oradan. Türkçeyi de Leyla Hanım'dan öğrenmiş." Gözlerinden bir parıltı geçti. "Sanırım aralarında duygusal bir bağ da vardı. Leyla Hanım'la diyorum..."

"Jerkovski mi söyledi bunu?"

Gizemli bir ifadeyle başını salladı.

"Evet, Nevzat Bey, doktor söyledi. Leyla Hanım'la konuşurken yüzünü görmeliydiniz. Uçaktan indiği andan itibaren de sık sık kadınla konuştu. Sanki biraz endişeli gibiydi. Bu sabah onunla buluşacağını söylemişti bana. 'Her şey çok güzel olacak Sibel Hanım' diyordu. 'Yıllar önce kaçırdığım fırsatı yeniden yakalayacağım.' Çok istememe rağmen, neymiş o fırsat diye soramadım. Ama meselenin Leyla Hanım'la alakalı olduğu açıktı." Sustu, merakla bize baktı. "Buluşmuşlar mı Leyla Hanım'la?"

Söylediklerimi duyduktan sonra ne tepki vereceğini kaçırmamak için dikkatle yüzüne baktım.

"Leyla Hanım öldü. Bugün öğleden sonra evinde kurşunlanarak öldürüldü."

Sibel'in gözleri korkuyla açıldı, alt çenesi aşağıya düştü.

"Öldürüldü mü?" Şoku atlatması çok sürmedi. "Peki, kim, kim yapmış?"

Bakışlarımı yüzünden ayırmadan açıkladım.

"Muhtemelen kocası."

İlkinden daha büyük bir hayret dalgası kapladı yüzünü.

"Kadın evli miymiş?"

"Bir de çocuğu var. Adam da intihar etti. Hem de hayal kırıklığıyla dolu bir not bırakarak. Muhtemelen karısının onu aldattığını düşünüyordu. Görünüşe göre haksız da sayılmaz."

Yüzü endişeyle gerildi.

"Ya doktor? Yoksa onu da mı?"

"Bilmiyoruz." Samimiyetle baktım. "Ama bildiklerinizi anlatırsanız, doktorun akıbetini daha kolay öğrenebiliriz."

Çaresizdi.

"Ne, ne anlatabilirim ki?"

Kadının tavrından sıkılmıştı Ali.

"Adamın başka düşmanları var mıydı, tehdit falan alıyor muydu? Dört gündür birliktesiniz, dikkatinizi çeken bir olay ya da biri oldu mu?"

Sibel'in bakışları bir noktada toplandı.

"Evet, evet, biri var. Mafyöz bir tip. Hatta dün sabah tatsızlık çıkarmıştı."

"Burada mı?"

Hiç tereddüt etmedi çevirmen.

"Evet, dün sabah Dr. Jerkovski ile otelde kahvaltı yapıyorduk. Adam masamıza geldi..."

Galiba bir yerlere varıyorduk.

"Adı ne bu adamın?"

"Osman Uzunkürek..."

Alaycı bir tebessüm yayıldı Ali'nin yüzüne.

"Uzunkürek mi?"

Hiç gülümsemedi Sibel.

"Fırıncı küreği... Evet, dededen beri dört kuşak fırıncıymış bunlar. Cumhuriyet'ten sonra kanun çıkınca da Uzunkürek soyadını almışlar. Neyse işte bu adamın beş yaşında bir kızı varmış. Kız lösemiye yakalanmış. Doktordan kızını kurtarmasını istiyordu. Doktor daha Petersburg'dayken telefon etmiş, mektup yazmış. Paralar teklif etmiş, 'Antalya'da villa alayım, ne istersen yaparım, yeter ki kızımı sağlığına kavuştur' demiş. Doktor öyle bir adam değil ki, gerçek bir idealist. Bu işlerin böyle yürümediğini lisanımünasiple anlatmaya çalışmış. Ama adam laf anlamıyor, doktor İstanbul'a indiği andan itibaren peşini bırakmadı, her gün aradı, önüne çıktı. En son dün sabah geldi. Önce kibarca konuştu, doktor olmaz deyince, öfkelendi. Masayı dağıttı. Evet, benim yanımda doktoru tehdit etti. 'Eğer kızımı tedavi etmeyi kabul etmezsen, İstanbul'dan çıkamazsın' dedi. Son derece ciddiydi. 'Seni uyarıyorum' diye bağırdı. 'Yoksa Petersburg'a cesedin gider' dedi."

Anlattıkları önemliydi, soruşturmanın bütün gidişatını değiştirebilirdi.

"Mafya olduğunu nereden biliyorsunuz Osman'ın?"

"Doktora bulaşınca şöyle bir araştırdım. Sabıkası kabarık. Adam yaralamadan mekân basmaya kadar yapmadığı kanunsuzluk yok. Google'da bile yazıyor. Lakabı da Aksak Osman. Gençken kurşun yemiş. Sağ ayağını sürüyerek yürüyor." Güvensiz bir ifade belirdi yüzünde. "Aslında sizin de bilmeniz gerekir, polissiniz."

"Cinayet yoksa bilmeyiz" diye tersledi Ali. "Bu herifi, Osman'ı diyorum nerede buluruz? Doktora yaklaşmak için sizinle de konuşmuş olabilir."

Ardı ardına yutkundu Sibel.

"Evet, konuştu, kartını da verdi ama attım. Az önce söylediğim gibi asıl mesleği fırıncılıkmış, önce birini kürekle dövmüş, adam sakat kalınca bunu hapse atmışlar, içeriden kanunsuz bir adam olarak çıkmış. Evet, aynen böyle açıkça da anlattı. Belki de doktoru korkutmak için bilhassa anlattı bu kanlı olayları. Ama fırıncılığı hiç bırakmamış, Ortaköy'de Uzunkürek adında fırını varmış. Sosyete bayılıyor diye övünüyordu. Her türlü ekmeği pişiriyormuş. 'Avrupa'da olmayan ekmek bizde var, pastanın envai türlüsü, dünyanın parasını kazanıyoruz Doktor Bey. Yeter ki siz kızımı kurtarın' diyordu. O kadar cüretkâr ki Jerkovski'yi fırına bile davet etti. Hadsiz herif." Yine sustu, sonra sağ elinin işaretparmağını havada sallayarak kararlılıkla söylendi. "Düşünüyorum da, evet, evet bence bu Osman zarar vermiştir doktora. Belki de kaçırdı adamı. Korkunç biri, bence her türlü kötülüğü yapabilir."

Konuşmamız sürerken yanımıza iki kişinin yaklaştığını fark ettim. Öndeki adam, pahalı giysiler içindeydi, ince uzundu, tek kusuru yüzünün taşlı bir tarla gibi çopur olmasıydı. Hemen arkasında onu izleyen çam yarması ise koruması olmalıydı. Lacivert spor bir ceket ile kot bir pantolon giymişti. Patron olduğunu düşündüğüm adam, bizimle hiç ilgilenmeden, nezaketi falan da boş verip doğrudan çevirmene yöneldi.

"Ne oldu Sibel Hanım, bir haber var mı?"

Çevirmenin yüzü kızardı, adamın gelmesinden rahatsız olmuştu.

"Hayır" dedi bastırmaya çalıştığı bir telaşla "Doktor Jerkovski'den hâlâ haber alamadık." Adamlarla işi bitmiş gibi bana döndü. "Yani Başkomserim." Nedense sesini yükseltmişti. "Yani Başkomserim, bu Osman denen adamı gözaltına almalısınız bence. Evini, fırınını falan aramalısınız. Belki de doktoru oralarda bir yerlerde tutuyordur."

Ortalığı laf kalabalığına boğan Sibel'e cevap vermek yerine, şık giysili adama döndüm.

"Siz kimsiniz? Neden merak ediyorsunuz Doktor Jerkovski'yi?"

Çopur suratlı adamın mavi gözlerindeki endişe belli belirsiz bir paniğe dönüştü. Çevirmenin vermek istediği mesajı aldığı belli oluyordu.

"Ben Turhan" dedi saygılı bir tavırla. "Ben Turhan Kantaroncu..." Sözünü tamamlamak yerine elini cebine attı, bir kart çıkardı. Uzatırken sürdürdü sözlerini. "Aphote Şirketi'nde çalışıyorum. Sağlık işindeyiz. Büyük bir firma bizimkisi, yabancı ortaklarımız var. Dr. Jerkovski'yle de iş konuşuyorduk. Doktora ulaşamayınca, endişelendik tabii."

Kartı aldım ama bakmadan cebime attım.

"Ne tür bir iş konuşuyordunuz?"

Sorumu yadırgamış gibiydi.

"Doktor Jerkovski'yle ne konuşulur ki? Tabii ki kanser... Kanser hastalığına karşı nasıl bir işbirliği yapabiliriz, bunun fırsatları ne olabilir, böyle meseleleri tartışıyorduk."

"Ne dikiliyorsun öyle tepemde!" Bizim Ali'ydi hariçten gazel okuyan. Koltuğunun başında duran spor kıyafetliye çıkışıyordu. "Git ileride dur."

Adam istifini bozmadı, şöyle bir süzdü bizimkini.

"Turhan Bey'le birlikteyim" dedi sakince. "Görevimi yapıyorum."

"Git Turhan Bey'in tepesinde dur o zaman."

Manasız bir tartışmaya girmenin ne yeri ne de sırasıydı. Yardımcıma bir uyarı bakışı attıktan sonra Turhan'a döndüm.

"Buyurun sizler de oturun, biraz konuşalım."

Turhan gülümsedi, gösterdiğim koltuğa yöneldi ama koruması olduğunu düşündüğümüz izbandut, "Ben böyle iyiyim" dedi, üstelik bana değil Ali'ye bakarak. Bizim dövüş horozu, heriften kıl kaptı ya, koltuğunu iterek kalkmaya hazırlanıyordu ki Turhan müdahale etti.

"Ne deniyorsa onu yap Piyale, hadi uzatma. Oturmayacaksan da git dışarıda bekle. Burada bana yönelik bir tehdit yok."

Piyale lafını duyunca Ali abartılı bir şekilde gülmeye başladı.

"Piyale ha, bir şu kalıba bak, bir de isme! Piyale, makarna markası değil miydi lan o? Nasıl isim vermiş baban sana."

Genç irisinin yarı çekik gözlerinden öfke yalımları geçti ama iyi terbiye edilmiş olduğundan, bizim hergelenin kışkırtmalarına kapılmadı, hiç sesini çıkarmadan ağır adımlarla kapıya yöneldi. Böylece asıl konumuza dönme fırsatı buldum.

"Evet, Turhan Bey, en son ne zaman görmüştünüz Doktor'u?"

"Aslında bugün gördük, saat 13:00 gibi fabrikaya ziyarete geldi. O yüzden şaşkınız ya. Nereye gitmiş olabilir bu adam?"

"Niye gelmişti fabrikaya?"

Hemen yanıtlamadı, biraz düşündü.

"Laboratuvarlarımızı görmek için. Kullandığımız teknolojiyi merak ediyordu. Nasıl çalıştığımızı öğrenmek istiyordu."

Benim gibi Ali'yi de hiç tatmin etmedi bu sözler.

"Onu siz davet etmiş olmayasınız?" diye girdi bizimki.

Dönüp yardımcıma baktı Turhan. Ali dik dik konuşmayı sürdürdü.

"Öyle değil mi? Muhtemelen iş teklif ettiniz adama. Ben de olsam öyle yapardım. Eğer bu Rus kanseri yenecek ilacı gerçekten bulduysa, onu başka bir firmaya kaptırmak istemezdiniz."

Çırılçıplak ortada kalmış gibi kızardı Turhan.

"Ali haklı" dedim sakin bir sesle. "Böyle bir fırsatı kim kaçırmak ister ki? Peki, kabul etti mi Jerkovski?"

Anlamamış gibi davrandı.

"Neyi kabul etti mi?"

"Ya burada Rusça mı konuşuyoruz?" diye kükredi Ali. "Neyi olacak, teklifinizi. Jerkovski'yi istiyorsanız sağlam para koymuşsunuzdur ortaya." Eğildi adamın gözlerine bakarak tekrarladı. "Öyle değil mi Kantaroncu?"

Turhan'ın çopur suratı sarı kravatının rengini aldı.

"Yok" diye inkâr etti. "Teklif falan vermedik ama birlikte çalışabilir miyiz diye konuştuk. O da tamamlanmamış deneyleri olduğunu söyledi. 'İletişimde kalalım' dedi. Evet, tam olarak böyle dedi."

Deminden beri sessizce konuşmaları dinleyen Sibel'e baktım.

"O görüşmelerde siz de var mıydınız?"

Genç kadının dudaklarının titrediğini gördüm.

"Yok, ben yoktum Nevzat Bey... Niye olayım ki?"

Şaşırmış gibi gözlerimi iri iri açtım.

"Çevirmeni değil misiniz?"

Fena yakalanmıştı, yardımına Turhan yetişti.

"Dr. Jerkovski gayet güzel Türkçe konuşuyordu, Sibel Hanım'a ihtiyaç duymadık."

Yalan söylüyorlardı, bu da onlar hakkında bir fikir veriyordu. Şimdilik bu kadarı da yeterdi bize.

"Peki, sonra ne oldu? Yani fabrikanızdan ne zaman ayrıldı Jerkovski?"

"Laboratuvardaki çalışmalarımızı izledikten hemen sonra ayrıldı. Sanki biraz acelesi var gibiydi. Evet, evet heyecanlı görünüyordu."

Sinir bozucu bir gülümseme belirdi Ali'nin yüzünde.

"Sizin son dönem ultra teknolojinizi görüp heyecanlanmış olmasın?"

Turhan aldırmadı yardımcımın imalarına.

"Yok, özel bir meselesi olabilir. Aceleyle ayrıldı fabrikadan. Hatta istediği yere gitmesi için ona bir araç tahsis ettik."

Arkasını getirmedi, öyle boş boş yüzümüze bakmaya başladı.

"Eee, nereye gitmiş peki?"

Yine inkâr edecekti, izin vermedim.

"Doktor kaybolunca, daha doğrusu Sibel Hanım Jerkovski'den haber alamıyorum diye sizi arayınca, onu götüren aracın şoförüne sordunuz herhalde."

Pişkin gülümsedi.

"Ben de onu söyleyecektim. Sordum tabii, doktoru Ortaköy'e götürmüş. Bir fırına bırakmış."

Anında atıldı Sibel.

"Osman denen o adamın dükkânı. Demiştim size, doktor o adamın elinde diye..."

Sibel ile Turhan'ı orada bırakıp otel yönetimiyle görüşmek için lobiye giderken biri seslendi arkamdan.

"Başkomserim, Nevzat Başkomserim."

Başımı çevirince Teferruat Tevfik'le karşılaştım. Asayişte komiserdi Tevfik, ne zaman ağzını açsa hep ayrıntıların etrafında dolaşıp bir türlü konuya giremediği için teferruat lakabını takmışlardı.

"Ooo merhaba Tevfik" diye yaklaştım meslektaşıma. "Ne yapıyorsun burada?"

Sıkıntılı bir ifadeyle otele baktı.

"Güvenlik şefiyim buranın."

Afalladığımı görünce açıkladı.

"Haberin yok mu bir yıl önce emekli oldum. Sapığın biri reşit olmayan kızı evine atmış, içki falan derken şiddet uygulamaya başlamış. Komşuların şikâyeti üzerine daireye gittik. Herif kapıyı açmak istemedi. Neyse zorla girdik. Zavallı kız yatakta kanlar içinde, herif de hâlâ dikleniyor. Yaradan'a sığınıp okkalı birkaç tokat attım. Meğerse bilmem ne bakanının akrabasıymış adam. Derhal hakkımızda soruşturma açıldı. Sonra İsmet Amirim beni çağırdı. 'Seni şu soruşturmadan ceza almadan kurtarırım ama bir şartla' dedi. Ben de safım ya, bizimkiler arkamda duracak zannediyorum. 'Tabii müdürüm, neymiş o şart?' dedim. Darp edilen kız, o it hakkında dava açmış. Olay yerine ilk intikal eden de benim ya, raporu değiştirmeliymişim, o zaman soruşturmayı düşüreceklermiş. Kabul etmedim elbette. İşlerim de rast gitti, darp olayı sosyal medyada gündem oldu mu! Bunun üzerine korktular, bana bulaşamadılar, herif de beş yıl ceza aldı. Ama ben soğudum Başkomserim, emekliliğim de gelmişti, verdim dilekçeyi ayrıldım."

Üzüldüm böyle namuslu insanları kaybediyoruz diye, bir kez daha sıktım elini.

"Aldırma Tevfik. Doğru olanı yapmışsın, siyasilerin çıkarı için mesleğimizi rezil edenler düşünsün."

Acı çeker gibi mırıldandı.

"Onlar düşünmez Başkomserim, onlar çıkarlarına bakarlar. Lafa geldi mi de vatan millet, bayrak Kur'an, mangalda kül bırakmazlar ama asıl dertleri midelerinin dolu, sırtlarının pek, geleceklerinin garanti altında olmasıdır. Neyse, siz benden daha iyi biliyorsunuz bu pislikleri."

Bakışları yanımda duran Ali'ye takıldı.

"Tanıştırayım, Komiser Ali."

Dostça sıktı yardımcımın elini.

"Merhaba Ali kardeş." Yeniden bana döndü. "Sahi ne arıyorsunuz burada?"

"Rus bir doktoru araştırıyoruz. Saatlerdir haber alınamıyor adamdan."

Heyecanlıydı.

"Sergey Nikolayeviç Jerkovski mi? Kayıp mı olmuş?" Şaşkınlığı çok sürmedi. "Aslında aklıma gelmedi de değil."

Şaşırma sırası bana gelmişti.

"Tanıyor musun?"

"Tanımaz mıyım? Adam bütün kanser hastalarının umudu. Bizim teyze kızı Gupse'nin kocası Naim de akciğer kanseri. Beynimin etini yedi Gupse, bizi şu Rus doktorla tanıştır diye. Kocasının tek umudu bu adammış. Nereden öğrendiyse doktorun bizim otelde kalacağını. Zor attım kadını başımdan. Bir de inatçı, gerçi ne yapsın o da haklı, çaresiz kalmış. Adam çok sigara içiyordu. Üstelik hâlâ içiyor, keçi gibi inatçıdır Naim Enişte. Biliyorsun, sigara akciğer kanserinin bir numaralı sebebi."

Yine teferruata boğmaya başlamıştı mevzuyu, sadede geldim.

"Peki, ne diyorsun adamın kaybolmasına? Senin dikkatini çeken bir olay oldu mu?"

Ciddileşti, biraz düşündü.

"Bence birileri kaçırmıştır." Başıyla hâlâ lobide Sibel'le oturan Turhan'ı işaret etti. "İlaç şirketleri peşindeydi adamın. Az önce konuştuğunuz şu herif var ya, nefes aldırmıyordu adamcağıza. Odasına hediyeler yolluyordu. Özel arabasını gönderiyor, doktoru istediği yerlere götürüyordu. Yanındaki çevirmen kadın da onların şirketi için çalışıyor. Atmaca gibiler Başkomserim, güya sağlık işindeler ama para gözlerini döndürmüş. Asansörde korumasıyla mavra yaparken duydum. 'Hasta en iyi yatakta becerilir' deyip gülüyorlardı. Bu kadar da şerefsizler. Eğer söylendiği gibi Rus kansere çare bulduysa, bırakın kaçırmayı, sırrını öğrenmek için o adamın derisini bile yüzerler." Sustu, aklından farklı ihtimaller geçtiği belliydi. "Gerçi şöyle bir olay da var. Belki de Rus kendi kaçmıştır."

Kaçırılma kısmı tamamdı ama kaçma kısmını anlayamadım.

"Niye kaçsın ki?"

"Jerkovski'nin otelimizde kalacağı kesinleşince Rus Konsolosluğu'ndan iki kişi geldi. Güvenlikçiler yani. 'Doktor bizim için çok önemli, onu korumak için işbirliği yapalım' dediler. Ben de bizimkilerle konuştum, bir sakınca olmadığını söylediler, adamlarla irtibata geçecektim. Fakat hayrettir, Jerkovski istemedi. 'Benim düşmanım yok, bana kimse zarar veremez' dedi. Karşı çıkması saçmaydı. Valla adamın günahını almayayım ama Başkomserim, bu doktorun karanlık bir işi var bence. O sebepten etrafında ne Türk ne de Rus güvenlikçi istiyordu."

Koruma istememesinin nedeni Leyla'yla kaçacak olmasıydı, bunu biliyorduk ama bilmediğimiz Rus güvenlikçilerin niyetiydi.

"Ruslar bıraktılar mı yakasını?" diye sordum.

Sinsi sinsi güldü.

"Bırakırlar mı? Umursamadılar bile doktorun sözlerini. Üç gün adım adım takip ettiler ama doktor dördüncü gün kıyameti kopardı. Dahası konsolosluğu aradı, galiba Rusya'dan birileriyle de görüştü. Dün itibariyle birdenbire çekildi Rus güvenlikçiler."

"Keşke çekilmeselermiş" diye homurdandım. "Yazık olmuş. Keşke bir gün daha sıksalarmış dişlerini."

"Böyle olacağını bilselerdi, bırakırlar mıydı?" Sustu. Muzip bir ifade belirdi yüzünde. "Herhalde Rus'un odasına bakmak istersiniz."

En başından beri farkındaydı niyetimizin.

"Niye konuştuğumuzu zannediyorsun seninle" dedim iyice pişkinliğe vurarak. "Şaka bir yana çok iyi olur Tevfik. Belki işe yarar bir ipucu buluruz."

Tevfik resepsiyondan anahtarı aldıktan sonra çıktık Jerkovski'nin odasına. En büyük süitlerden biriydi, doktoru davet eden şirket hiçbir fedakârlıktan kaçınmamıştı anlaşılan. Manzara müthişti. Adalara kadar bütün İstanbul ayağınızın altındaydı. İçeri girince ilk gözümüze çarpan odanın toplanmış olmasıydı.

"Ne kadar tertipli adammış" dedi Tevfik gıpta ederek. "Bakın valizlerini de hazırlamış."

"Giysiler de öyle, hepsi kılıflarına konulup asılmış."

Banyoya göz attım. Ne tıraş makinesi, ne diş fırçası. Evet, Jerkovski otele gelir gelmez eşyalarını alıp ayrılmayı planlıyormuş.

"Maalesef valizlerin içine bakamayacağız." Tevfik'ti kötü haberi veren. "İkisi de şifreli. Savcılık emri gerekecek."

Çöp kutusunu karıştıran Ali de umutsuzca kaldırdı başını. "Bomboş, ne var ne yoksa temizlikçi hepsini atmış."

Ne yazık ki Jerkovski'nin odasında hiçbir ipucu elde edememiştik. Yeniden lobiye indiğimizde takım elbiseli üç kişinin resepsiyondaki kızla sertçe tartıştığını gördük. Anında tanıdı adamları Tevfik.

"Ruslar gelmiş, nereden duydular ki Jerkovski'nin kaybolduğunu? Ne dersin Nevzat Başkomserim, konuşmak ister misin onlarla?"

Rusların beni tanıması hiç akıllıca olmazdı, eğer doktorun başına bir iş geldiyse diplomatik engeller konulmadan öğrenebileceğim ne varsa öğrenmeliydim.

"Yok, sen konuş, bizim başka bir zanlıyla görüşmemiz gerek. Ama Rusların ne istediğini söylersen çok işime yarar. Telefonum var mı sende?"

Sıkıntılı bir ifadeyle başını salladı.

"Eski numaran değil mi?"

İlk aldığım günden beri kullandığım numaraydı, ne telefonum değişmişti ne de adresim.

"Evet, adamlarla konuştuktan sonra ararsan sevinirim."

Tevfik'i resepsiyona yollayıp arabama yürüdük. Otelin kapısına çıkınca siyah bir Volvo'nun önünde dikilen Piyale'yi gördük. Pis pis sırıttı bizim hergele. Yetmedi yine bulaştı adama.

"Vay Piyale Paşa, hâlâ dikiliyor musun burada?"

Git belanı başkasından bul tadında iç geçirdi iriyarı koruma. Benim de ters ters baktığımı fark eden Ali uzatmadı zaten. Arabama binince, biraz da ona kızgın olup olmadığımı anlamak için sordu yardımcım.

"Ne diyorsunuz Başkomserim, sizce ne oldu Rus doktora?"

Kontak anahtarını çevirmeye hazırlanırken yanıtladım.

"Otele gelmeden önce bu sorunun yanıtını biliyordum Ali. Yani aşağı yukarı biliyordum. Ama şu duyduklarımızdan sonra kafam karıştı. Artık emin değilim. Zeynep'i bir arasana, hastaneden cinayet mahalline dönmüş mü?"

Ali cep telefonunu çıkartırken, ben de kontak anahtarını çevirdim. Bir iki öksürdükten sonra tıkır tıkır çalışmaya başladı çilekeş arabam. O sırada yardımcım, Zeynep ile konuşmaya başlamıştı bile. Küçük kızı hastanede anneannesiyle dedesine teslim etmiş, villaya dönmüştü. Telefonu istedim Ali'den.

"Merhaba Zeynepcim, Leyla'nın tırnaklarının arasında deri parçacıkları var mıydı, bileklerinde çizik gördün mü?"

Hiç duraksamadı kriminoloğumuz.

"Hayır Başkomserim, ne tırnaklarının arasında deri parçacıkları ne kan ne de bileklerinde darp izi gördüm. Elbisenin altındaki bölgeleri inceleyemediğim için kesin konuşamam ama vücudunun görünen yerlerinde böyle bir bulgu yoktu."

Demek ki Mazlum'un kavga ettiği kişi karısı değildi ama çözmemiz gereken bir başka problem daha vardı.

"Anladım Zeynepcim, senden bir ricam olacak. Olay yerinde, başka boş kovan var mı, bir bakar mısın? Elbette duvarlara, mobilyalara gömülmüş ya da pencereyi kırıp dışarıya çıkmış mermileri de araştırmak gerek. Bir ihtimal üzerinde duruyorum da. Çok önemli. Bunları öğrenebilirsen çok işime yarayacak."

"Tabii Başkomserim, Şefikler de hâlâ buradalar zaten, onlardan da yardım isterim. Sonuç alır almaz sizi ararım."

"Teşekkür ederim, haber bekliyorum senden."

Telefonu yardımcıma uzatıp direksiyona sarıldım, gaz pedalına basarken bu kez aynı soruyu ben sordum.

"Sen ne düşünüyorsun Ali, sence ne oldu Jerkovski'ye?"

Sıkıntıyla başını kaşıdı.

"Valla benim durumum da sizden farklı değil Başkomserim. Leyla Baturgil cinayetindeki ilk bilgilere bakarsak analiz yapmak çok kolaydı. Aldatılmış koca, karısını ve âşığını öldürdü der işin içinden çıkardık. Gerçi Rus'un cesedini de bulamadık ama en güçlü ihtimal buydu. Oysa öğreniyoruz ki bütün dünya doktorun peşindeymiş, ister istemez kararsızlığa düşüyor insan. Belki de Jerkovski, sevgilisini almaya bile gidemedi. Oraya gidemeden birileri onu kaçırdı. Mesela şimdi yanına gittiğimiz şu Osman denen herif. Belki de zorla alıkoydu doktoru. Ya kızımı iyileştirirsin ya da buradan gidemezsin diye. Zaten açıkça da söylemiş." Durdu, bana döndü. "Beretta'daki mermiler diyoruz da Başkomserim, ya tabancaya on dört mermi koymadıysa adam? Ya elinde dokuz mermi varsa, Mazlum da şarjöre sadece onları koyduysa? Olamaz mı? Şarjörde on dört mermi olması bizim tahminimiz."

Son derece mantıklı konuşuyordu, elimizdeki bu verilerle sağlıklı bir sonuca ulaşmak mümkün değildi, daha fazla bilgiye ihtiyacımız vardı.

"Aslında benim başka bir teorim var."

Arkasını getirmeyince dönüp baktım.

"Gülmeyeceksiniz ama..."

"Anlat hadi Alicim, niye güleyim."

"Rusların, doktoru izlemekten vazgeçmeleri bana hiç mantıklı gelmiyor" diye mırıldandı tuhaf bir sesle. "Adam istemeyecek onlar da tamam diyecekler. Bu kadar mühim bir bilim adamını öylece başıboş bırakacaklar?"

Nereye varmak istediğini anlamamıştım.

"Yani?"

"Yanisi Başkomserim, ben diyorum ki, belki de doktoru Ruslar kaçırmıştır. Eğer az önce konuştuğumuz Turhan denen adamın şirketi gibi başkaları da varsa. Hele Amerikalıların ya da Almanların dev ilaç şirketlerinden biri Rus doktorla çalışmayı kafaya koyduysa. Putin Rusyası'nda bunun nasıl karşılanacağını tahmin etmek zor değil. Ellerindeki bu kıymetli adamı kaybetmek isterler mi? Bu girişimlerini görünce kendi adamlarını kendileri paketlemiş olamazlar mı?"

Olabilirdi ama fazla komplo kokuyordu bu teori.

"İyi de Alicim, Leyla Baturgil'i bu ihtimalin neresine koyacağız?"

"Ben de tam ondan söz ediyorum Başkomserim. Rus istihbaratı yasak aşkı öğrendiyse, Jerkovski'yi geriye çekip Leyla'yı biz kaçıralım demiş olamaz mı? Belki de Jerkovski böyle kurtuldu Mazlum'un elinden. Leyla vurulunca Rus korumalar Jerkovski'yi alıp kaçtılar. Villada ne olup bittiğini bilmiyoruz ki?"

Haklıydı, bilmiyorduk ama o zaman Mazlum'u da etkisiz hale getirirlerdi. Sanki aklımdan geçeni okumuş gibi sürdürdü.

"Belki de Jerkovski'yi elinden kaçırınca intihar etti Mazlum. Adama sıkamadığı kurşunu, o hayal kırıklığıyla kendi kafasına sıktı." İnanmayan gözlerle baktığımı fark edince tereddüt etti. "Elbette emin değildim bundan. Olamaz mı diye sesli düşünüyorum."

Ne diyeceğimi bilemedim, işte o anda çalmaya başladı telefonum. Bizim sabık polisti arayan.

"Alo Tevfik, evet, ne diyor Ruslar?"

"Adamın kaybolduğundan haberleri yok. Başkonsolos, doktoru aramış ulaşamamış, onlar da merak etmişler. Otelden çıkış yaptı mı diye soruyorlar. Ben de renk vermedim, çıkış yapmadı dedim. Kuşkulanıyorlar, ikisi lobide kaldı, öteki konsolosluğa döndü. Ama çok sürmez öğrenirler hakikati."

Telefonu kapatırken ben de arabanın direksiyonunu belki de hakikati öğreneceğimiz tek şahıs olan Osman Uzunkürek'in fırınına gitmek üzere Ortaköy'e çevirdim. Yine yan yana arka arkaya istif olmuş araçlar, yine insanı canından bezdiren İstanbul trafiği. Uzunkürek fırınına ulaştığımızda hava artık kararmıştı. Semtin en işlek yerindeydi dükkân. Büyükçe bir apartmanın giriş katını olduğu gibi fırın yapmıştı Osman. Dükkânının yarısı kafeydi ve tıklım tıklım doluydu. Bıkkın bir kadın garson çıktı önümüze. Ruju fazla kaçmış dudaklarını büzdü.

"Ne yazık ki bu akşam yerimiz yok."

"Oturmaya gelmedik" dedi gergin bir sesle Ali. "Patron burada mı, onunla görüşeceğiz."

Bir siz eksiktiniz dercesine yardımcımı şöyle bir süzdü garson.

"Kimsiniz, ne için görüşmek istiyorsunuz?"

Cevap yerine kimliğini uzattı bizimki. Garson kadın önce anlamadı.

"Polis, hanımefendi, polis! Ne bakıyorsunuz öyle! Hadi, nerede patronunuz, hadi oyalanmayın, bizi ona götürün."

Garson anında toparlandı. Dünyanın her yerinde böyle midir bilmiyorum ama bizim millette acayip bir polis korkusu var, devlet meselesi oldu mu akan sular durur. Pek hazzettiğim bir davranış olmasa da bu durumun cinayet soruşturmasında çok işimize yaradığını da inkâr edecek değilim. Garson önde biz arkada, kafenin içerilerine yürüdük. Garson kadın ilerideki kapıyı gösterdi. Kapının önündeki masada gençten iki adam, ellerindeki cep telefonlarıyla oynuyorlardı. Geldiğimizi fark edince, telefonlarını bırakmadan şöyle bir süzdüler bizi, sonra garsona çevirdiler soru dolu gözlerini.

"Beyler polis Rıdvan Abi."

İkisi de cep telefonunu bıraktı, ikisi de ayağa kalktı.

"Hayrola memur bey" dedi adının Rıdvan olduğunu öğrendiğimiz yamuk burunlu. "Konu neydi?"

Ali sağ elinin işaretparmağıyla yamuk burunluyu itti.

"Memur değil, komiser. Komiser Ali, konu da seni alakadar etmez. Sahibinle görüşeceğiz, nerede Osman, yolu göster."

Yamuk burunlu kem küm edecek oldu.

"Hadi lan, ne dikiliyorsun daha karşımda, hadi düş önümüze."

Genç irilerinin ikisinin de beti benzi atmıştı. Bir adım geride olan kıvırcık saçlısı daha cesur çıktı.

"Polis olduğunuzu nereden bilelim."

Ali burnunun dibine kadar soktu kimliğini.

"Gördün mü? Ne bakıyorsun oğlum, okuman yazman da mı yok? Bak ne yazıyor burada. Polis. Görmüyor musun at nalı gibi kimliği?"

"Var, var, okumam yazmam. Tamam, tamam şimdi alacağım sizi içeri."

Döndü önünde oturdukları kapıyı açtı. İçeriye seslendi.

"Polisler geldi Osman Abi" dedi ürkek bir sesle. "Sizinle görüşmek..."

Lafını bitirmesine izin vermeden daldık içeri. Saçları ve bıyıkları siyaha boyanmış, kehribar rengi, yuvarlak gözleri, güzel bir burnu olan zayıf bir adamdı Osman. Tanıyor muydum ben bu adamı? İlk anda şaşkınlığa boğulan suratı, beni görünce saygıyla ışıldadı. Apar topar ayağa fırladı.

"Oooo Başkomserim, hangi rüzgâr attı sizi buraya?"

Nerede karşılaştığımızı hâlâ çıkaramamıştım ama uzattığı eli sıkmamak kabalık olurdu. Anladı hatırlayamadığımı.

"Tanımadınız değil mi? Osman ben, Vakfıkebirli Aksak Osman. Cemal Abi tanıştırmıştı bizi. Yakın arkadaşınız Janti Cemal... İki sene önce Hazzo Pulo Pasajı'nda. Tavla oynamıştık, iki mars, bir düz yenmiştiniz beni."

Demek Janti'nin tayfasındandı. Hayal meyal çıkarır gibi oldum.

"Yağmur yağıyordu değil mi?"

Sigaradan sararmış dişleri ortaya çıkıncaya kadar sırıttı.

"Hem de nasıl, bardaktan boşanırcasına..." Ali'ye baktı, sıcacık gülümsedi. "Arkadaş da mı teşkilattan?"

Pek yüz vermedi bizimki, elini bile uzatmaya tenezzül etmedi.

"Ali" demekle yetindi. "Komiser Ali."

Aldırmadı Osman, eliyle koltukları gösterdi.

"Buyurun, buyurun şöyle oturun."

Gösterdiği yerlere çöktük.

"Çay, kahve... Dur ya, belki de karnınız açtır. Pide de yapıyoruz burada, taş fırınımız var. Sosyetik müşterilere değil, kendimize. Attırayım mı şöyle bizim Trabzon tereyağıyla yapılmış karışık bir pide..."

Kesin bir ifadeyle başımı salladım.

"Yok, yok, çok teşekkür ederiz Osman, karnımız tok. Ama acı bir kahveni içerim."

Ali'ye baktı samimiyetle.

"Ben istemem, böyle iyiyim."

Yardımcımın arıza olduğunu anlamıştı deneyimli fırıncı, hiç üstelemedi, kapının aralığında hâlâ dikilmekte olan kıvırcık saçlı adamına döndü.

"Bir kahve de bana söyle Dursun, sade olsun, bir de tuzlu kurabiyelerden küçük bir tabak yapsınlar ortaya. Akşamüzeri çıkanlardan. Su falan da getirin, eksik kalmasın işte." Israrla bana baktı. "Akşam simidimiz de var, şöyle arasına kaşar koyup..."

"Tokuz dedim ya Osman, sağ olasın..."

Baş işaretiyle Dursun'a tamam dedi. Adamı suratında manasız bir gülümsemeyle kapıdan çıkınca Osman ciddileşti.

"Buyurun Başkomserim, sizin için ne yapabilirim, emrinizi söyleyin."

Arkama yaslandım, konuşmadan önce fırıncıyı süzdüm.

"Jerkovski buraya gelmiş..."

Bilinçli olarak sözümü yarıda bıraktım. Kehribar gözleri endişeyle kısıldı, bir bana bir yardımcıma baktı.

"Evet, geldi, ne oldu ki?" Suskunluk uzayınca telaşlanmaya başladı. "Bir şey mi oldu doktora?"

Sorusuna soruyla karşılık verdi bizim delibozuk.

"Niye öyle diyorsun? Tehlike içinde miydi Jerkovski?"

Bakışlarını kaçırdı Osman.

"Yok, yani zannetmem ama herkesin gözü adamın üzerinde." Açık konuşmuyordu, konuyu geçiştirmek için toparladı lakırdıyı. "Biliyorsunuz, kötü niyetli insanlar var..."

Dik dik baktım.

"Bilmiyoruz Osman, kimmiş o kötü niyetli insanlar?"

Fena tongaya düşmüştü, nasıl toparlayacak diye merak ederken, "Şu ilaç şirketi" diye homurdandı. "Apota mı ne naneyse? Adını da söyleyemedim. İşte onlar. Jeroski'nin peşinde olan şirket." Jerkovski bile diyemiyordu. "İşte o şirketin başında Turhan diye bir lavuk var. Bu herif, doktoru kafalamak istiyor. Bizim doktor kanserin çaresini bulmuş ya, bu fırsatçı da para pul vaat edip ilacın patentini alacak."

"Nereden sizin doktor oluyormuş elin Rus'u?" diye zarf attı yardımcım.

Osman gözlerini iri iri açtı.

"Tabii bizim doktor Ali Komiserim, adam, ilim adamı kanserin çaresini bulmuş diyorum ya. İlim adamının Rus'u Türk'ü mü olur?" Sinirlenmişti. "Yok, nice Müslüman'dan daha iyi adam, cennetlik, cennetlik valla."

Mesele iyice karışmıştı.

"Dur, dur Osman" dedim sağ elimi kaldırarak. "Senin Jerkovski'yle ne işin var?"

Yüzüne bir keder çöktü. Masanın üzerinde duran gümüş çerçeveli fotoğrafı bana çevirdi. Sarı kıvırcık saçlı, mavi gözlü, şirin mi şirin, yanakları çilli bir kız gülümseyerek bana bakıyordu. Cinayet mahallinde karşılaştığımız Samara'yı hatırladım. Aslında benzemiyorlardı ama aynı masumiyet, aynı güzellik vardı ikisinin de yüzünde.

"Kızım Semra" dedi Osman boğuk bir sesle. "Ellerinden öper Başkomserim, fakat hasta, çok hasta... Allah kimsenin başına vermesin, evladının hasta olması kötü, çok kötü... Ben hasta olsam, valla yine şükür ederim Allahım'a ama kızım daha beş yaşında..." Kehribar gözleri nemlendi, kahverengiye döndü. Masadaki sigara paketine uzandı. "İşte bu sebepten Jeroski'yi buldum. Ta Rusya'da buldum, telefon ettim, araya adam koydum, bir sonuç alamadım. Allah seni inandırsın Putin'e bile mektup yazdım. Sonra bir gün gazetede Jeroski'nin İstanbul'a geleceğini okudum. Daha doğrusu bizim kayınbirader Enis okumuş. Bana söyledi. Doktoru getiren şirket bilgi vermeye yanaşmadı. Orada çalışan birilerini buldum, rüşvet, hediye falan verip uçağının geliş saatini öğrendim. Çocuğunun hayatı söz konusu olduğu zaman insan her şeyi yapar Başkomserim. Havaalanında karşıladım Jeroski'yi. Konuşmak için de bizim Çeçen Hamzat'ı yanımda götürdüm. Rusça bilmiyoruz ya. Ama baktık ki adam şakır şakır Türkçe konuşuyor. Aynı senin benim gibi. Ayaküzeri anlattım derdimi. Önce yadırgadı, uzak durdu. Semra'nın fotoğrafını gösterdim. Şöyle bir durdu, fotoğrafı aldı, dikkatlice baktı. 'Benim de aynı yaşta bir kızım var, adı da Samara. O da seninki gibi sarı saçlı, mavi gözlü. Üstelik isimleri de benziyor' dedi. Baktım doktor yumuşuyor hemen sarıldım ellerine. 'Peki, yarın otele gel ama tahlil, rapor ne varsa hepsini al gel' dedi. Ertesi gün götürdüm, hepsine baktı. 'Tamam, kızını da getir onu da göreyim' dedi. Ama çok meşgulmüş iki gün sonra getirmemi söyledi. Ben de dün götürdüm işte, kızımı görünce çok sevdi, onunla konuştu, dinledi, muayene etti. 'Rusya'ya dönünce bu konuyla yakından alakadar olacağım' dedi. Tam o sırada bu yavşaklar geldi. Turhan denen şerefsizle Piyale adındaki o çakalı. Bir de yılan bakışlı o karı. Tercüman mı ne? Zaten o karı hep uzak tutuyordu beni doktordan. Daha bizim konuşma bitmeden araya girdiler, karı, 'Yeter artık, doktor çok meşgul, gitseniz iyi olacak' dedi açıktan bana. Hoş olmadı ama tartıştık doktorun yanında. Piyale denilen şerefsiz, kızımın yanında beni itecek oldu, yedi tabii Osmanlı tokadını suratının ortasına. Jeroski araya girdi. 'Lütfen Osman Bey' dedi. 'Lütfen, siz gidin, söz yarın ben dükkânınıza geleceğim.' Sözünün eri adammış, bu öğleden sonra da geldi yanıma. Pide yaptırdım ona, peyniri, tereyağı özel... Sohbet ettik, sonra da bir taksi çağırdık bindi gitti."

Kesinlikle dürüst değildi, kesinlikle önemli bir ayrıntıyı saklıyordu.

"Önüne çuvalla para dökmeyi göze aldığın doktoru, kendi arabanla bırakmak yerine taksi mi çağırdın?"

Deminden beri elinde tuttuğu sigarayı dudaklarının arasına yerleştirip yaktı, derin bir nefes çekti.

"Sizden korkulur Başkomserim" dedi güya takdir eden bir sesle. "Adam sarrafısınız valla. Gideceği yere bırakmayı teklif ettim tabii. Hatta ben bırakmak istedim arabamla. Kabul etmedi. Israr etmeye kalktım, sinirlenir gibi oldu. Biraz tuhaftı, sanki gideceği yeri görmemi istemiyor gibiydi. Belki özel bir meselesi vardır diye vazgeçtim." Yeniden endişe bulutları kapladı kehribar gözlerini. "Niye soruyorsunuz bütün bunları, yoksa bir iş mi geldi başına doktorun?"

"Asıl sen niye soruyorsun?" diye gürledi Ali. "Bildiğin bir şey mi var? Doktorun başı belada mı?"

Oturduğu yerde toparlandı.

"Yok, yok, bana öyle bir konudan bahsetmedi, 'İhtiyacım olursa, bana yardım eder misiniz?' dedi sadece. Ben de yanlış anladım, para meselesi zannettim. 'Siz miktarı söyleyin yeter' dedim. Utandı adamcağız. 'Paraya ihtiyacım yok, belki sizden daha önemli bir isteğim olabilir. Ama biraz riskli' dedi. 'Ne isterseniz, ben ve adamların emrinizdeyim' dedim. Dostça omzuma dokundu. 'Teşekkür ederim, umarım gerek kalmaz ama ihtiyacım olursa size haber vereceğim' dedi. Ne yalan söyleyeyim ben de ilaç şirketiyle başı belada diye düşündüm." Sigarasından bir nefes daha çekti. Ağzından çıkan duman odayı kaplarken endişeyle yineledi. "Sahi Başkomserim, ne oldu doktora? Bakın, kızımın hayatı onun ellerinde, başına bir iş geldiyse bilmeliyim."

Her zamanki nobranlığıyla açıkladı Ali.

"Doktor kayboldu."

Panik içinde bağırdı Osman.

"Nasıl kayıp?"

"Basbayağı, senin yanından ayrıldıktan sonra bir daha haber alınamamış doktordan..."

Başına felaketlerin en büyüğü gelmiş gibi omuzları çöktü, biraz düşündü, toparlanır gibi oldu. Cebinden telefonunu çıkardı.

"Yok, niye kaybolsun. Bende telefonu var..."

"Ulaşamazsın" dedim hareketlerini izlerken. "Ben aradım, açılmıyor."

Umutla gülümsemeye çalıştı.

"Belki numaranızı bilmediği için açmıyordur. Bir de ben arayayım..." Bastı tuşa, kulağı telefonda gözleri üzerimizde beklemeye başladı. Sanki konuşacakmış gibi saygılı bir ifade yerleştirdi suratına ama az sonra büyük bir hayal kırıklığıyla mırıldandı. "Kapalı, telefonu kapatmış... Niye kapansın ki telefon? Şarjı mı bitti? Ama siz aradığınızda da açmamış. Kötü, kötü bir iş gelmiş başına doktorun." Telefonu masanın üzerine attı. Sağ eliyle başına vurdu. "Ah salak kafa, ah. Niye bıraktım ki ben onu öyle. Belli ki adamın bir derdi vardı. Belli ki başında bir bela vardı. Niye deşmedim meseleyi, niye bıraktım öyle..."

Gerçekten yıkılmış gibiydi. Birden durdu, bakışlarını yüzüme dikti.

"Turhan denen o şerefsiz kaçırmıştır..." Ayağa kalktı.

"Evet, Başkomserim başka kim olacak? Baktı ki doktor Rusya'ya dönüyor, baktı ki adamı ikna edemedi. Kaçırdı doktoru işte..."

Ali otoriter bir sesle emretti.

"Sakin ol Osman, otur yerine."

Fırıncı korkusuzca baktı yardımcıma, adeta meydan okuyan gözlerle.

"Nasıl sakin olayım ya! Kızımın hayatı söz konusu. Doktoru bulmam lazım. Onu bulamazsam..." Gözleri doldu, elini boşlukta savurdu. "Sikerim böyle kaderi ben ya. Ne hastalıkmış arkadaş, tam hallettik diyorum bir engel çıkıyor."

Anlayışlı ama aynı zamanda kararlı bir sesle Ali'nin sözlerini tekrarladım.

"Otur yerine Osman. Böyle yardım edemezsin bize."

Anlamamış gibi baktı ama dediğimi yapmaktan da geri durmadı.

"Emredersiniz Başkomserim, emredersiniz. Siz söyleyin, ben yapayım o zaman. Ne isterseniz yaparım. Lakin kanun sizin elinizi bağlıyor. İzin verin ben halledeyim. Alayım şu Turhan denen puştu. Bizim Cin Deresi'ndeki depoya çekip öttüreyim pezevengi bülbül gibi. Yirmi dört saat verin yeter. Öğrenirim size doktorun yerini."

Adamın çaresizliği zerre etkilememişti Ali'yi.

"Küfür etme Osman. Senin işin değil insanları konuşturmak. Hem doktoru senin kaçırmadığın ne malum?"

Suratına tokat yemiş gibi sarsıldı fırıncı.

"Ne, ne diyorsun sen ya? Manyak mıyım ben, kızımı iyileştirecek doktoru kaçırıp niye kendime düşman edeyim?"

"Sibel öyle demiyor ama. Doktor, kızına yardım etmeyi kabul etmemiş. Sen tehdit etmişsin adamı?"

Öfkeden kıpkırmızı oldu suratı.

"Yalan, yalan söylüyor orospu. İftira atıyor üzerime, çünkü doktoru onlar kaçırdı. İşte bakın, onlar kaçırmasa neden yalan söylesinler?"

O sırada elinde büyükçe bir tepsiyle Dursun girdi içeriye. Seslerimiz dışarıdan duymuş olmalıydı. Gözleri yerde yaklaştı. Dursun'u görünce biraz sakinledi Osman. Derin derin soludu.

"Gel, getir evladım. Ver Başkomserimin kahvesini..."

Dursun önüme koydu fincanla bir bardak suyu, sonra Osmanınkiler'i verdi. Tek kelime etmeden gerisin geri çıkıyordu ki patronu seslendi.

"Dur, bir dakika. Beklesene evladım, sana diyorum Dursun. Doktora taksiyi kim çağırdı?"

Dursun el pençe divan durdu.

"Ne doktoru abi?"

"Bunadın mı lan, öğleden sonra Rus doktor gelmedi mi buraya? Şu sarışın, uzun boylu adam."

Aptal bir sırıtma yayıldı Dursun'un nursuz yüzüne.

"Haa, şu adam. Ben çağırdım Osman Abi. Taksiye binene kadar da yanındaydım."

"Duraktan mı çağırdın, yoldan mı çevirdin?"

Sırıtması kayboldu, yine fırçayı yiyeceğiz endişesiyle açıkladı.

"Durağı aradım, araç yokmuş, caddeden ilk geçen boş taksiyi çevirdim... Ne oldu abi, yoksa onu da mı soymuşlar?"

Ali merakla araya girdi.

"Kimi soydular ki başka?"

Görüşüne başvuruluyor olması hoşuna gitmişti Dursun'un, hevesle anlatmaya başladı.

"İki Arap, bir de Japon turisti soymuşlar. Bunlar bizim bildiğimiz. Daha çok adamın canını yakmışlar. Turist hırsızları diye adları çıktı. Taksi çalıyorlar, o araçlara binen turistleri de soyup soğana çeviriyorlarmış. Üç turisti de Ortaköy'den almışlar. Geçen sizin gibi polis abiler geldi. Sordular, soruşturdular ama bir sonuç çıkmadı. Bence Suriyeli Abdo'nun işidir."

Ali'yle birbirimize baktık, Jerkovski'nin başına böyle bir talihsizlik gelmiş olabilir miydi? Telefonunu ilk aradığımda biri açmıştı, nefes alıp verişini duymuştum. Hırsızlardan biri miydi yoksa telefonu açan? İyi de eğer öyle olsaydı, Jerkovski şimdiye kadar çıkar gelirdi bir yerlerden. Ama ya parasını ya da telefonunu vermemek için direndiyse... Ki telefonunu vermek istemeyebilir, çünkü sevgilisiyle başka iletişim kurma imkânı yok. O zaman hırsızlar şiddet uygulamış, belki de canına kıymış olabilirlerdi.

"Gasp ettikleri turistlere zarar vermişler mi?" diye sordum. "Yaralanma falan var mı?"

Sanki kendi başına gelmiş gibi acıyla yüzünü buruşturdu Dursun.

"Evet, üç turisti de evire çevire dövmüşler. Adamlar hırsız değil aynı zamanda psikopat. Parasını aldın bir de niye dövüyorsun adamı, ne istiyorsun Allah'ın gariban turistinden? Dedim ya amirim, bence bu işi Suriyeli Abdo'nun adamları yapmıştır."

Deminden beri anlatılanları dinleyen Osman daha fazla dayanamadı.

"Eğer öyleyse anasını sikerim O Abdo fellahının. Doktora zarar verdilerse çaldıkları taksiye doldurur, hepsini yakarım puştların. İbneye bak ya, bizim memleketimizde bize çakallık yapıyor. Pezevenk oğlu pezevenk." Kınayan bakışlarımla karşılaşınca başını salladı. "Ne yapayım Başkomserim ya, bu alçaklar yüzünden şu başımıza gelene bak..."

"Küfürle, sopayla bu işi çözemezsin Osman, bildiğin ne varsa bize anlatacaksın. Biz de bulacağız doktoru." Dursun'a döndüm. "Kim bu Abdo dediğin şahıs?"

Başıyla bir yerleri işaret etti.

"Aşağıda onların da fırınları var. Ama fırın paravan, asıl niyetleri başka. Suriye'de savaşan eski askerleri toplamış, kafa koparmaya çalışıyor mahallede."

Osman yine başladı saydırmaya.

"Yavşağın teki Başkomserim. İzin verin alalım ifadesini..."

Benim yerime yardımcım söyledi gerekeni.

"O zaman biz de senin ifadeni alırız. Kimseye bulaşmayacaksın dedik. O kadar..."

Ali'yi başımla onayladıktan sonra, "Kameranız var mı?" diye sordum. "Hırsızlığa karşı falan taktırmışsınızdır herhalde."

Osman da, adamı da bakışlarını kaçırdı. Elbette kamera taktırmamışlardı, çünkü kanunsuz işleri bilinsin istemiyorlardı.

"Yok, Başkomserim" dedi sonunda Osman. "Elmas, zümrüt satmıyoruz ki biz, milletin karnını doyuruyoruz şurada, niye kameramız olsun?"

Yemedik diyen bir bakış fırlattı Ali.

"Önemli değil, sizin yoksa bizim mobeselerimiz var, buluruz taksiyi... Anlarız kimmiş turist hırsızı, kimmiş yalancı... Eğer..."

Telefonu çalmaya başlayınca, konuşmayı kesti.

"Alo, alo... Evet, Sezgin Komiserim... Buldunuz mu? O telefon olduğundan emin misiniz? Adam Rus mu? Değil, oradan biri. Kimseyi görmemiş mi? Ne? Kan lekeleri mi var? Adamı sakın bırakmayın, hemen geliyoruz."

Neşesi yerine gelmişti.

"Doktorun telefonu bulunmuş Başkomserim, Bahri Sarmaşık adlı bir şahsın üzerindeymiş. Ama doktordan haber yok. Telefonun üzerinde kan lekeleri varmış. Şahıs telefonu parkta buldum diyormuş. Şu anda Beykoz Karakolu'ndalar..."

Bu iyiydi işte. Telefonun bulunması gideceğimiz yolu gösterebilirdi. Bir an önce, üzerinden telefon çıkan şahsı sorgulamalıydık. Osman'ın telefon numarasını alıp İstanbul'dan ayrılmamasını söyledikten sonra çıktık Uzunkürek Fırını'ndan.

Beykoz'a ulaşmamız bir saatten çok sürdü. Karakola yaklaşırken aradı kriminoloğumuz.

"Alo Zeynepcim, evet ne sonuç çıktı, buldunuz mu mermileri?"

"Yok, Başkomserim evin içinde her yere baktım. Ne başka boş kovanlar var ne de duvarlara, ahşaba saplanmış mermiler. Sahi neyi araştırıyordunuz siz?"

"Anlatırım sonra, zaten biz de Beykoz'daki karakola geldik. İşin bittiyse sen de gel, birlikte döneriz."

"Olur" dedi gizleyemediği bir neşeyle. Eee şaka mı, Alisi'ni görecekti. "Derhal geliyorum Başkomserim."

Zeynep'in adını duyduğundan beri pürdikkat konuştuklarımızı dinleyen yardımcıma döndüm.

"Akşam Tatavla'ya gidelim, birlikte yemek yeriz. Evgenia da ne zamandır sizi görmek istiyordu."

Memnun oldu, gülümsedi.

"Olur, Başkomserim, çok iyi olur."

Beykoz'daki karakolun nezarethanesinde yüzünü duvara dönmüş oturuyordu zanlı. Odada ağır bir koku vardı. Çok geçmeden anladım, adamdan geliyordu.

"Mahallenin şarapçısı" diye açıkladı nezarethanenin kapısını açan Komiser Sezgin. "Bahri... Bahtsız Bahri... İşe yarar bir bilgi vermiyor. Zaten aklı da pek yerinde değil. Buyrun bir de siz konuşun isterseniz."

Adama yaklaşınca koku dayanılmaz bir hal aldı.

"Merhaba Bahri Kardeş" dedim kalender bir sesle. "Karnın aç mı?"

Döndü, saç sakal bir karış, yüzü kir içinde. İnansam mı inanmasam mı dercesine baktı siyah mı kahverengi mi olduğunu kestiremediğim gözleriyle.

"Ne istersin? Tost mu yoksa güzel bir kuru fasulye mi? Hı, yanında pilavıyla..."

Gözlerindeki endişe bulutları kayboldu, yarısı dökülmüş dişlerini göstererek güldü.

"Kuru fasulye ama turşu da olsun."

Sezgin'e baktım.

"Derhal Başkomserim, derhal aldırıyorum lokantadan."

Bahtsız Bahri'nin karşısındaki iskemleye çöktüm.

Saygı, hayranlık karışımı duygularla beni süzüyordu. Kirli elini bana uzattı.

"Bir sigara var mı amirim?"

Yine Sezgin'e döndüm. Anladı genç komiser, cebinden bir paket çıkardı.

"Buyurun Başkomserim."

"Çakmak..."

Zippo'sunu da uzattı. Çakmağı da aldım, paketi Bahri'ye uzattım. Neşeyle bir tane çekecek oldu.

"Al, paket sende kalsın."

Ürkek gözleri Sezgin'e kaydı. Genç komiser başıyla alabilirsin diye onayladı. Çocuk gibi sevinen Bahri bir sigarayı dudaklarının arasına yerleştirirken paketi de kirden artık rengini seçemediğimiz ceketinin cebine attı. Zippo'yla uzanıp sigarasını yaktım. Odayı yanık tütün kokusu sardı. Dumanı derin derin içine çekti, dışarı salarken, "Oh" diye bir ses çıktı çatlak dudaklarından. "Oh, işte bu..."

Sigarasından ikinci kez çekerken sordum.

"Bu telefon sende ne arıyor Bahri Kardeş?"

Hiç paniklemedi, hiç heyecanlanmadı, duruşunu bile bozmadı. Keyifle sigara dumanını dışarı savurdu.

"Parkta buldum, yattığım cevizin altında." Kuşkuyla baktığımı fark edince rahatı kaçtı, sigarasını elinden alacakmışız gibi sağ avcunun içine gizledi. "Valla oradaydı amirim. Yattığım şiltenin hemen dibinde..."

"Sahibi kim?"

Aceleyle bir fırt daha çekti sigarasından.

"Bilmiyorum" dedi ağzından burnundan dumanlar çıkarken. "Telefonun yanında kimse yoktu. Allah, Kur'an çarpsın ki kimse yoktu. Hediye gibi orada duruyordu. Belki de biri benim için bırakmıştı. Yoksa alır mıyım Başkomserim? Kabul, bahtsızız, tamam kader vurmuş sillesini, sokaklarda yatıyoruz, paramız pulumuz yok ama bizim de kendimize göre bir şerefimiz var." Sigarayı sakladığı eliyle Sezgin'i gösterdi. "İnanmıyorsanız amirime sorun, var mı hırsızlığımız, uğursuzluğumuz, yamukluğumuz?"

Son derece inandırıcıydı.

"Telefonun üzerinde kan lekeleri var. Belli ki sahibi yaralanmış."

Suçlu suçlu güldü.

"Yok, yok amirim, o benim kanım." Sol elini uzattı, avcunun içinde derin bir yarık vardı. Dün akşam Çirkef Memo'yla birlikteydik. Mürefte'den beş şişe şarap getirmiş, onları içtik. İçerken de yine çirkeflik yaptı şerefsiz. Dördünü bitirdik, sonuncuya gelince, sana vermem dedi, ben de sinirlenip şişeyi kırdım. İşte o zaman elimi kestim, sabaha kadar kanamış. Telefonu elime alınca da kanım bulaştı." Yaralı avcuna baktı. "İyileşiyor ama bak kanama durmuş."

Hikâyesi tutarlıydı ama Bahri'nin üzerindeki kuşku bulutlarını tümüyle ortadan kaldırmıyordu.

"Bak Bahri Kardeş" dedim gözlerinin içine bakarak. "Sana inanıyorum, fakat telefonun üzerindeki kan sana mı yoksa başkasına mı ait, hemen anlarız. Yani doğruyu söylemiyorsan diyorum..."

İlk kez panikledi.

"Araştırın Başkomserim, yalan söylüyorsam anam avradım olsun. Valla telefonu yerde buldum. Valla diyorum ya..."

Haksızlığa uğramış birinin alınganlığı içindeydi.

"Peki" dedim ayağa kalkarak. "Tam olarak tarif et bakalım şu yeri, telefonu nerede buldun?"

İstanbul'da artık pek karşılaşamayacağımız o görkemli ağaçlarla kaplı kocaman bir alana yayılmıştı Bahri'nin telefonu bulduğu park. Tek sorunu üzerinden geçen viyadüğün ayaklarıydı. O canım ceviz, manolya, kestane ağaçlarının arasında bu beton bloklar birer hilkat garibesi gibi yükseliyordu. Bahri'nin yatak odasına çevirdiği ceviz ağacının altını bulmak da hiç zor olmadı. Belki de parkın en büyük, en gümrah ağacıydı. El fenerleriyle hem şilteyi, hem etrafını karış karış inceledik. Ama işimize yarayacak hiçbir bulguya, bizi Rus doktora götürecek herhangi bir kanıta ulaşamadık. Gündüz gözüyle bir kez daha incelemeye karar vererek, mahalleliyle konuşmak için parktan çıktık. Çarşının girişinde yakaladı Zeynep bizi. Üzgün görünüyordu. Küçük kızın hali onu etkilemişti.

"Aslında olan bitenin farkında Başkomserim. Ama kabul etmemeyi seçiyor. Ne zaman laf anne ya da babasına gelse gözleri doluyor. Neyse ki Funda Hanım'la Cavit Bey geldiler, anneannesiyle dedesi. Onları çok seviyormuş. Funda Hanım olgun bir kadın, kızının acısını içine gömdü, torununu bağrına bastı. Ama Samaracık anneannesinin göğsüne başını yaslayıp tek söz etmeden dakikalarca ağladı. Çok fenaydı Başkomserim. Daha önce de yakınlarını kaybeden insanlarla karşılaştım ama hem annesini hem babasını kaybeden bir çocuk insanın içini dağlıyor."

"Belki babası ölmemiştir." Ali'ydi sevgilisini teselli etmeye çalışan. "Jerkovski'den bahsediyorum, dur bakalım belki buluruz adamı."

Nişanlısına tatlı bir bakış attı kriminoloğumuz.

"Umarım buluruz Alicim ama Samara'nın babası Mazlum'du. Biyolojik babası olmasa bile, onun gerçek babası oydu. Leyla boş yere kızını saklamaya çalıştı. Mazlum, Samara'ya asla zarar vermezdi."

Yardımcımın alnı kırıştı.

"Belli olmaz Zeynepcim, adam cinnet geçiriyordu, o anda kendini kaybetmiş. Aklını öfkeye teslim etmiş. Çocuk falan dinlemeyebilirdi... Kaç kişi gördük böyle çoluğunu çocuğunu katleden."

Yardımcımın koluna girdi Zeynep.

"Öyle olsa Samara çoktan ölmüştü Ali. Mazlum bilmiyor mu kızın nerede saklanacağını?"

Bizimkiler son derece nazik olan bu konuyu samimiyetle tartışırken, az ileride bir velvele koptu. Üçümüz de seslerin geldiği yöne döndük. Manav tezgâhının önünde, kısa boylu, peruklu, tombul bir adamla, uzun boylu, bembeyaz saçlı, iri yarı bir kadın tartışıyorlardı. Yaklaşınca neler söylediklerini daha net duymaya başladık.

"Dereotu yok diyorum Şahende Hanım, niye ısrar ediyorsun?"

Kadın adamın üzerine dövecekmiş gibi yürüdü.

"Yine yalan söylüyorsunuz Şaban Efendi, niye beni Ragıp Bey'e mahcup etmek istiyorsunuz? Neden anlamıyorsunuz, Ragıp Bey'in en sevdiği yemek, dereotlu omlettir. Eğer dereotu bulamazsam, o yemeği yemez."

Bizi fark edince ikisi de bir an sustu ama çok sürmedi kadın yeniden bağırmaya başladı.

"Geçenlerde de enginar vermedin. Ragıp Bey enginar

dolmasına bayılır dedim, anlamadın. Ne yapmak istiyorsun sen?"

Dükkânın sahibi olduğunu anladığımız adam, yardım istercesine bize döndü.

"Allah rızası için siz söyleyin şu kadına, dereotu kalmadı dükkânda. Olsa niye vermeyeyim. Zaten kapatıp gideceğim. Ne olur alın şu kadını başımdan. Bir kaza bela çıkacak elimden akşam akşam."

Önce bize gergin bir bakış attı kadın, fakat bir tehdit görmeyince Şaban'a döndü.

"Kadın diyemezsin, benim adım Şahende. Şahende Hanım diyeceksin. Ragıp Bey gitmeden öyle derdin, şimdi döndü yine öyle diyeceksin. Bana saygı göstermeyi öğreneceksin. Dereotunu, enginarı içeriye saklamayacaksın..."

Zeynep gülümseyerek kadına yaklaştı.

"Boş verin Şahende Hanım. Başka manav mı yok? Onlardan alın dereotunuzu?"

Kriminoloğumuzun nezaketi işe yaramıştı. Zeynep'ten en az yirmi santim daha uzun olan kadın anlayışla baktı.

"Öyle yapacağım zaten kızım. Aslında gelmiyordum bu nobran adamın dükkânına. Ama Ragıp Bey döndü, ona dereotlu omlet yapmam lazım. Çok sever. Bu saatte başka manav bulamayacağım için geldim." Şaban'a doğru elini salladı. "Yarın Ragıp Bey uğrar, ağzının payını verir senin." Bize baktı, kibarca başını öne eğdi. "İyi akşamlar efendim, sakın bu adamdan bir şey almayın. Hem taze değil hem de çok pahalı."

Şahende Hanım bir kadın için gerçekten de iri olan gövdesini güçlü bacakları üzerinde vakarla taşıyarak karanlığa karışıp gitti.

"Manyak kadın ya" diye homurdandı Manav Şaban. "Bütün mahalleyi rahatsız ediyor. Kocası Ragıp Bey çok iyi bir insandı. Pilottu. Bir uçak kazasında öldü. Ama kadın bunu hiçbir zaman kabul etmedi. Sanki ölmemiş gibi kocasına her akşam yemek hazırlıyor. Aklına esince de gelip sebzeler, meyveler istiyor. Yoktan anlamıyor..."

Üzücüydü ama her mahallede vardı böyle insanlar.

"Biz polisiz" dedim kimlik kartımı göstererek. "Bir adam arıyoruz. Bir Rus, sarışın, uzun boylu kırk yaşlarında. Telefonu ilerideki parkta bulunmuş. Belki tanırsınız Bahtsız Bahri bulmuş."

Bıkkın bir gülümseme belirdi Şaban'ın ince dudaklarında.

"Tanımamam mı? O da ayrı bir baş belası. Ama Şahende Hanım'dan daha iyi. Hiç değilse laftan anlar, git deyince gider." Sırtını bir portakal sandığına dayayarak sordu. "O mu bulmuş telefonu?"

"Evet, saldırgan biri midir?"

Gülecek oldu.

"Bahri mi? Yok canım, bir bebek kadar zararsızdır. Ne kimseye saldırdığı görülmüştür ne de kimsenin malını çaldığı. İzin istemeden bir tek salatalık bile almaz."

Ali deminden beri durduğu karanlıktan çıkarak yukarıdan sarkan lambanın altına geldi.

"Peki, siz, yabancı birini gördünüz mü buralarda? Başkomserimin sorduğu şu Rus'a benzer birini?"

Şaban omuz silkti.

"Hayır, buraya turist gelmez. Merkeze gelirler, iskelenin oraya. Balıkçı restoranları var ya. Orada yemek yerler. Boğaz vapurları da oraya yanaşır zaten. Ama buraya gelmezler. Ne Ruslar, ne İngilizler; Araplar bile uğramaz buraya. Sakin bir yerdir semtimiz. Biraz ücra kalır. Semtin yerlisinden başka kimseyi bulamazsınız." Az önce Şahende Hanım'ın gittiği yöne baktı. "Bir de şu deli karı gibi manyaklar işte."

Manavdan sonra uğradığımız genç bakkal, bıçkın kahveci, dişlek balıkçı ve son olarak kel berber de Jerkovski'ye benzer kimseyi görmediklerini söylediler. Berber dükkânından çıkarken çaldı telefonum. Arayan bizim İsmet Müdür'dü. Önemli olmalıydı yoksa böyle akşamın bir vakti çaldırmazdı telefonumu.

"Alo Nevzat, vaziyet fena" diye panik içinde konuştu. "Müdür aradı. Ateş püskürdü. Şu Rus doktoru soruyor. Bu olaydan neden benim haberim yok?"

İşin buraya varacağını tahmin etmeliydim, la havle çekmek yerine derinden bir iç geçirdim.

"Sana da iyi akşamlar İsmet" dedim sitem dolu bir sesle. "Öğleden sonradan beri bu vakayla uğraşıyoruz. Daha ne olduğunu anlamadık ki sana bilgi verelim. Adam kaybolalı yirmi dört saat bile olmadı."

Kısa bir sessizlik oldu.

"Ya ne bileyim Nevzat, müdür arayınca panikledim. Rusya bu, şakaya gelmez. Zaten aramız limoni. Diplomatik bir kriz falan çıkar, sorumlusu da biz oluruz. Ama olaya hâkimiz diyorsun, adamı bulacaksınız yani?"

Evet, işte baklayı ağzından çıkarmıştı, ödlek müdürümüz korkuyordu. Onu biraz daha endişelendirmenin hiçbir zararı olmazdı.

"Bulacağız demedim İsmet, araştırıyoruz dedim. Vaziyet kuşkulu, Sergey Jerkovski'nin kaybolması bir cinayetle bağlantılı olabilir."

"Nasıl, nasıl yani" diye kekeledi. "Rus birini mi öldürmüş?"

Korku tarafından ele geçirilen akıl böyle saçmalardı işte.

"Hiç zannetmiyorum ama birileri onu öldürmüş olabilir."

"Ne, ne diyorsun Nevzat? Öldürülmüş mü?"

Karşımda olmamasına rağmen yüzünün aldığı yeşil tonu açıkça görebiliyordum.

"Olabilir, işin sevindirici yanı henüz Jerkovski'nin cesedine ulaşamadık. Belki de bir yerlerde saklanıyordur..."

Bir süre hiç sesini çıkarmadı.

"Nevzat bu iş bizi aşar" dedi sonunda. Biraz sakinleşmiş gibiydi. "Anlattıklarını genel müdüre bildireceğim. Belki bu vakayı istihbaratçılara devretmeliyiz."

Bence istihbarat teşkilatını alakadar eden bir vaziyet yoktu ama onu durduramayacağımı da biliyordum. Sorumluluktan kaçmak için her türlü yolu denerdi.

"Sen bilirsin ama biz soruşturmayı sürdürüyoruz. İyi de gidiyor."

"Yok, derhal merkeze gelin, muhtemelen MİT'ten birilerini yollayacaklardır. Elimizdeki bilgileri onlara verip bu işten çekilelim..."

Daha fazla üstelemenin manası yoktu.

"Emredersin İsmet, Beykoz'dayım hemen yola çıkıyorum."

Konuşulanları duyan Zeynep'le Ali'nin canları sıkılmıştı.

"Bırakıyor muyuz Başkomserim?" Gerginleşmişti Ali. "İstihbarat mı alıyor dosyayı?"

Sağ gözümü kırparak gülümsedim.

"Elbette bırakıyoruz Alicim, amirlerimize karşı gelecek halimiz yok. Ama onlara fazla bilgi vermek için biraz daha çalışmamızın da kimseye zararı yok. Zeynep'le birlikte şu Ortaköy'deki Arap Abdo'nun fırınına uğrayın. Gerçekten de kanunsuz bir şeyler dönüyor mu, bir anlayın bakalım. Ben merkeze gideceğim, sonrasında telefonlaşırız."

Yollar açılmıştı, kırk beş dakika sonra merkezdeydim. Ama istihbarat teşkilatının adamları çoktan damlamışlardı. O zaman ilk kez hak verdim İsmet'e. Jerkovski'nin kaybolması gerçekten de Rusya ile aramızda diplomatik kriz çıkartacak kadar önemli olabilirdi. Odasına girdiğimde İsmet'in arkası bana dönük ufak tefek bir adamla konuştuğunu gördüm. Adam ayakta dikiliyordu, İsmet ise masasından ona laf yetiştiriyordu. İçeri girdiğimi görünce, bakışlarını bana çevirdi.

"Evet, Nevzat da geldi işte."

İsmet'in sözleriyle birlikte ufak tefek adam da bana döndü. O zaman tanıdım, istihbarat teşkilatının İstanbul Bölge Başkanı Ziver'di. Meslek hayatım boyunca yolumuz birkaç kez kesişmişti. O da İsmet gibi gözlerimi kaparım vazifemi yaparım diyen yöneticilerdendi ama daha zekiydi, üstelik çok da titiz çalışırdı. Elini attığı davayı sonuçlandırmadan bıraktığı görülmüş iş değildi. Beni görünce gülümser gibi oldu ama sonra o hissiz, anlamsız yüz ifadesini takınarak elini uzattı. Ziver duygularını o kadar iyi gizleyen bir adamdı ki, sevindi mi, üzüldü mü, kızdı mı, memnun mu oldu anlamak mümkün değildi.

"Merhaba Nevzat Bey, nedir Allah aşkına bu doktorun kaybolma işi?"

Uzattığı eli sıkarken, ben de yüzüme en az onunki kadar belirsiz bir ifade yerleştirdim.

"Oldukça karışık bir vaka. Rus doktor, Leyla Baturgil adında evli bir kadınla aşk yaşıyormuş. Hatta o kadından bir de kızı var. Bugün öğleden sonra kadınla kaçacaklarmış ama kocası Mazlum Baturgil durumu öğrenmiş, kadını öldürmüş, sonra da kendi kafasına bir kurşun sıkmış. Ayrıca Aphote ilaç şirketinden Turhan Kantaroncu da doktorun peşinde, bir de kızı lösemi olan kıytırık bir mafya babası Osman var. En son bu Osman'ın fırınında görülmüş Jerkovski. Bir de turistleri kaçıran bir Arap çeteden söz ediliyor. Hepsinin isim ve iletişim bilgilerini size verebilirim..."

Anlamak istercesine bakıyordu.

"Sizin kanaatiniz nedir? Sergey Nikolayeviç Jerkovski'ye ne oldu?"

Ellerimi çaresizce yana açtım.

"Bilmiyorum, adamın telefonu Bahri adında bir evsizin üzerinden çıktı. Uyuduğu parkta bulduğunu söylüyor. İfadesi samimi geldi. Onu da sorgulayabilirsiniz. Bahri hâlâ Beykoz Karakolu'nda."

"Peki, şu karısını öldüren adam ne iş yapıyormuş?"

"Müteahhit, siteler falan yapmış. Yurtdışında da çalışmış. Rusya'da bulunmuş."

Yeşil gözleri sabitlendi.

"Rusya'da çalıştığından emin miyiz?"

"Evet, Leyla'yla da orada tanışmışlar..."

İlk kez bir sonuca ulaşmış gibi başını salladı.

"Bu bilgi önemli işte... Ayrıca şu Arap suç şebekesi meselesi de var..."

Nereye varmak istediğini anlamamıştım.

"Bunlar neden önemli ki?"

Gözlerini kıstı, sorduğum sorunun arkasında yatanı öğrenmek istercesine kuşkuyla süzdü.

"Olacakları görmüyor musunuz Nevzat Bey? Bakın bu ülkede Rusya'nın büyükelçisi öldürüldü. Şimdi de Rusların en değerli bilim adamlarından biri İstanbul'da kayboluyor. Bunlar sıradan olaylar değil, işin arkasında büyük güçlerin çıkar çatışması var. Biz de arada kalıyoruz işte. Meşhur sözdür, filler tepişir çimenler ezilir."

Belki haklıydı ama benim gördüğüm kadarıyla bu vakadan öyle büyük bir casusluk komplosu çıkmazdı.

"Yani karısını öldüren Mazlum Baturgil'in Amerikan istihbaratınca angaje edilmiş bir casus olduğunu mu söylüyorsunuz?"

Neden anlamıyorsun dercesine iç geçirdi.

"Belki de İsrail tarafından yahut İranlılarca, belki de doğrudan Suriye istihbaratınca... Hiçbir zaman bu kadar çok düşmanla uğraşmak zorunda kalmamıştık."

Doğru söylüyordu ama bunun nedeni dış politikayı ağzına yüzüne bulaştıran siyasetçilerdi.

"Valla Ziver Bey, bu olaya müdahil olalı henüz yirmi dört saat bile olmadı. Ama elimdeki bulgulara bakarsam ben ortalıkta uluslararası bir suç şebekesi görmüyorum."

Ne kadar aptalsın diye düşündü ama bunu yüzüme söylemedi.

"Siz öyle zannedin Nevzat Bey" dedi onun yerine. "Şu anda Rusya'dan özel bir ekip uçakla İstanbul'a geliyor. Putin'in bizzat görevlendirdiği bir ekip. Yani sizin bu işte uluslararası bir komplo yok demenizin hiçbir kıymeti harbiyesi yok. Daha şimdiden uluslararasılaşmış bir meselenin içindeyiz."

Artık tadını kaçırmaya başlamıştı.

"Fikrimi sordunuz söyledim. Zaten soruşturma da artık sizin. Elimizdeki bütün bilgileri size aktarmaya hazırım. Sözlü ya da yazılı, nasıl istersiniz?"

Gülümsemeye çalıştı.

"Hayır, bu davayı sizden almayacağız, birlikte çalışacağız." Yaklaştı, güya samimi bir tavırla sağ koluma dokundu. "Sizin engin tecrübenizden niye yararlanmayalım?"

Engin tecrübem falan umurunda değildi, bir başarısızlık durumunda sorumluluğu üzerine yıkacak birilerini arıyordu. Deminden beri renkten renge girerek bizi izleyen İsmet'e döndüm.

"Soruşturmayı devredeceğimizi söylemiştiniz."

Korkak müdürüm, ne diyeceğini bilemeden kurnaz istihbaratçıya döndü.

"İki başlı bir soruşturma mantıklı değil Ziver Bey. Sizin de söylediğiniz gibi davanın uluslararası mahiyeti de göz önüne alındığında bu soruşturmayı sizin..."

"Devlet hepimizin İsmet Bey" diye kesti attı istihbarat şefi. "Hepimizin amacı aynı. Merak etmeyin, ben müsteşara durumu rapor ederim, o da konuyu en üst makama iletir." Acımasız bir ifade vardı gözlerinde. "Bu davada size ihtiyacımız var Nevzat Bey. Siz olmadan ilerleyemeyiz."

Benden çok İsmet tedirgin olmuştu. Çünkü başarısızlığın sorumluluğu bana yüklenirse, fatura doğal olarak ona kesilirdi.

"Koordinasyon nasıl olacak peki? Bence asıl sorumluluk sizde olmalı Ziver Bey. Biz uluslararası ilişkilerden hiç anlamayız. Nevzat nereden bilsin Ruslarla nasıl konuşulacağını?"

"Sorumluluk hepimizin İsmet Bey. Vatan bizden görev beklediğinde işin başında kimin olduğunun ne önemi var?"

Adam işi iyice hamasete dökecek kadar basitleşmişti, üstelik çok da kararlıydı. Öte yandan içimden bir his bu soruşturmadan ayrılmamamız gerektiğini söylüyordu. Çünkü bu kafayla gidilirse, gerçekten de uluslararası bir kriz doğabilirdi.

"Katılıyorum" dedim kararlı bir sesle. "Soruşturmayı birlikte yürütmeliyiz. Sorumluluk da ortak olmalı."

İsmet'in suratındaki dehşet görülmeye değerdi. Ne yaptın Nevzat diye bakıyordu, hem kendini hem beni yaktın. Ziver ise son derece mutluydu, derhal konuya girdi.

"Ben yetkililerle konuşacağım. Bir kriz masası oluşturalım. Muhtemelen Ruslardan da birini alırız. Ama bunun için adamların gelmesi gerek." Cebinden bir kart çıkardı.

"İletişim bilgilerim burada. Az önce anlattıklarınızı yazılı olarak e-mail adresime yollarsanız sevinirim. Ayrıca bu gece tetikte olun Nevzat Bey, her an sizi arayabilirim."

Uzattığı kartı aldım.

"Anlaştık Ziver Bey, ben ve ekibim sizden haber bekliyor olacağız." Oldubitti karşısında ne yapacağını bilemeden öylece kalan İsmet'e döndüm. "Sayın müdürüm başka mesele yoksa ben izin istiyorum. Bir an önce şu raporu yazayım. Ayrıca ekiptekilerle buluşup bir değerlendirme yapmam lazım."

Zoraki gülümsedi İsmet.

"Tabii, tabii Nevzat Allah kolaylık versin" dedi ama içinden "Allah belanı versin Nevzat" geçiyordu.

Ziver ise daha önce onda hiç görmediğim bir coşkuyla sıktı elimi.

"Kolay gelsin, sizinle çalışmak benim için bir şereftir."

Daha fazla uzatmanın âlemi yoktu, gülümseyerek ayrıldım yanlarından. Odama geçerken Ali'yi aradım.

"Alo Başkomserim" diye açtı telefonu. "Arap Abdo'yla konuştuk. Bunlar on iki kardeşmiş. Büyük bir fırın açmışlar. Aksak Osmanınki'ne rakip. Onlardan daha iyi iş yapıyorlarmış. O yüzden aralarında husumet çıkmış. Adam kaçırma iddialarını kesinlikle reddediyor. 'Bugüne kadar tek bir suç işlemedik. Emniyetteki dosyalara bakın görürsünüz. Bir de Aksak Osman'ın adamlarının yaptıklarına bakın. Biz göçmeniz diye iftira atıyorlar' diyor."

"Samimi miydi?"

"Öyle görünüyordu, Zeynep de araştırdı, gerçekten hiçbir sabıkası yok adamların. Yandaki komşularla da konuştuk. Herkes memnun Araplardan... Bilirsiniz, genelde pek hoşgörüyle bakmazlar bu insanlara."

"Anladım Alicim, siz hâlâ Ortaköy'de misiniz?"

"Evet Başkomserim, merkeze mi gelelim?"

"Hayır, Tatavla'ya gelin, gözlerden uzak duralım biraz. Ben de oraya gidiyorum."

Telefonu kapatırken odama gelmiştim bile, hemen oturup raporumu yazdım. Ziver'in e-mail adresine yolladım.

İsmet'in kafamı ütülemesini istemediğim için de aceleyle çıktım merkezden.

Vakit nerdeyse gece yarısına geliyordu, on dakikada vardım sevgilimin meyhanesine. Emektarı kuytu bir yere çektikten sonra girdim içeri. Tatavla'nın dar koridorundan adımımı atar atmaz Münir Nurettin Selçuk'un sesi çalındı kulaklarıma. "Vücut ikliminin sultanısın sen. Efendim derdimin dermanısın sen..." Birden Evgenia'yı ne kadar özlediğimi fark ettim. Üç gündür görmemiştim. Ne buraya ne de eve uğramıştım. Azez de burnumda tütüyordu. Bahçeye girince gözlerim sevdiğim kadını aradı. Onun yerine, havuz başındaki masada oturan Zeynep ile Ali'yi ve iki farklı masada oturan son müşterileri gördüm. Bizimkilerin oturduğu masanın üzeri boştu, bir şişe sürahi, üç bardak, hepsi bu. Yoksa Evgenia gitmiş miydi? Bakıcı kadın gelmediyse, Azez'e bakmak zorunda kalmıştır. Kabahat bendeydi gelmeden aramalıydım. O kadar yoğun bir gündü ki, ha aradım, ha arayacağım derken unutmuştum işte. Çok kıymetli bir şeyimi kaybetmiş gibi oldum, içimde büyüyen burukluğu, yemeğimizi yer, ondan sonra eve gider görürüm Evgenia'yı diye bastırmaya çalıştım.

"Nevzat, Nevzatakimu?" Gecenin bu saatinde bu sesten başka hiçbir şey mutlu edemezdi beni. Döndüm, sevgilim karşımda duruyordu. İki elinde ikişer meze tabağı, bizim çocuklara yiyecek taşıyordu. "Hoş geldin Nevzat." Yeşil gözlerindeki ışıltı, sesindeki sevinç, bir anda bütün yorgunluğumu aldı götürdü. Eee ne diyordu şarkı, "Vücut ikliminin sultanısın sen. Efendim derdimin dermanısın sen." Sahiden de sevginin iyileştirici bir gücü vardı. Elbette yalansız olanın, çıkarsız olanın, hakiki sevginin. Eğer sizi samimiyetle seven bir kadın varsa, mutlu olmanız için yeterince sebebiniz var demekti. Bu sevgiyi ne kadar hak ettiğim çok su götürürdü ama o şanslı erkeklerden biriydim ben.

"Hoş bulduk Evgenia" diyerek elindeki tabaklara uzandım.

"Ben taşırım sen zahmet etme" diyecek oldu, aldırmadım ellerindeki tabaklardan birer tane kaptım. İtiraz etmedi ama yalandan sitemle baktı.

"Oldu mu bu şimdi? Niye haber vermiyorsun geleceğini? Ya yiyecek bir şey kalmasaydı, çocukları aç mı bırakacaktık?"

Uzanıp alnına bir öpücük kondurdum.

"Sen kimseyi aç bırakmazsın Evgeniacım, senin kapına gelip de aç dönen tek Allah'ın kulunu görmedim." Başımla Zeynep'le Ali'yi işaret ettim. "Hem bizim çocuklar kalenderdir, sen ne koyarsan önlerine büyük bir afiyetle yerler..."

Yardım etmek için hemen ayaklandı bizimkiler.

"Evet, evet, hiç zahmet etmeseydiniz, ne varsa yeriz."

"Siz oturun bakayım" diye güya azarladım. "Bu akşam bizim misafirimizsiniz. Nerede görülmüş misafirlerin hizmet ettiği."

Yüzlerinde mutlu bir gülümsemeyle çöktüler kalktıkları iskemlelere. Tabakları masaya yerleştirdik. Elimiz boşalır boşalmaz, Evgenia sarıldı bana. Saçları, o muhteşem vücudu mis gibi lavanta kokuyordu. Gözlerimi kapayıp hasretle içime çektim. Gözlerimi açınca karşımda oturan Ali'nin bize baktığını fark ettim. Sanki utanılacak bir davranışta bulunuyormuşuz gibi bakışlarını kaçırdı. Kötü düşündüğünden değil, saygısından. Aldırmadım elbette, ruhum, bedenim azıcık da olsa doyuncaya kadar kopmadım sevgilimden. Evgenia'nın da benden farkı yoktu; aslında bu konularda o benden çok daha cesurdu. Ama Tatavla'nın ortasında insanların gözü önündeydik, elbette çok uzun sürmeyecekti, elbette ayrıldık.

"Çok özlemişim be Nevzat! Söyle bakalım üç gündür neredesin sen?"

Ellerini avcumun içine alıp dudaklarıma götürdüm.

"Buradaydım, şu akasya ağacının arkasında. Bütün gün seni izliyordum. Ama senin bundan haberin yoktu. Hiçbir yere gitmedim Evgenia, hissetmedin mi yanındaydım."

İçten bir kahkaha attı.

"Yalan da olsa hoşuma gidiyor" dedi Zeynep'e dönerek. "Bu sizin Başkomserinizin içinde bir şair var. O yüzden hemen bağışlıyorum onu. Çünkü şairler aşklarına asla ihanet etmezler."

Zeynep'in gözlerinden muzip bir ifade geçti.

"Ama Evgenia Hanım. Şairler çok sık âşık olur derler."

Gülümsemesini bozmadı sevgilim.

"Doğrudur Zeynepcim, sık âşık olabilirler ama bir kadına âşık olduklarında kendilerini sadece ona ait hissederler. Aksi takdirde o şahane şiirler çıkmaz. Şair gibi görünerek kadın avlamaya çalışan müptezel erkeklerden bahsetmiyorum tabii. Gerçek şairlerden bahsediyorum. Gerçek erkeklerden." Bakışları hülyalanmıştı. "Nevzat'ın içinde gerçek bir şair var."

Gurur duymam gerekirdi ama şair deyince aklıma Yekta ile Demir geldi. Yekta'nın sesi çınladı kulaklarımda. "Şehre bakıyorduk denizden; Nevzat, Demir bir de ben. Sisler içindeydi İstanbul... Sisler içinde deniz, sisler içinde teknemiz...' Sahi kaç yıl olmuştu arkadaşlarımı toprağa vereli?

"Ne oldu Nevzat kederlendin birden?"

Anında anlamıştı halimi Evgenia. Elbette açıklamayacaktım hislerimi, herkes mutluluk içindeyken kaçırmayacaktım gecenin tadını.

"Yok be Evgeniacım" dedim sesime neşeli bir hava vererek. "Ne kederlenmesi, acıktım sadece, hem de kurt gibi acıktım. Hadi mutfağa gidelim, ne varsa getirelim..."

"Hiç zahmet etmeyin, geldi Nevzat Bey, geldi" diyen bir ses böldü sözlerimi... Geriye döndüm. Tatavla'nın başgarsonu İhsan elinde tepsi, içinde üç tabak köfte ve kocaman bir çoban salatayla yaklaşıyordu. "Hadi köfteleri soğutmadan oturun masaya."

"Ooo İhsan, hızır gibi yetiştin valla" diyerek ona da yardım etmeye kalktım, Evgenia ellerimden tuttuğu gibi oturttu beni masaya.

"Sen karışma artık."

Karışmadım, önüme konan köfteleri iştahla atıştırmaya başladım. Zeynep'le Ali'nin de benden farkı yoktu.

"Rakı" dedi Evgenia telaş içinde. "Rakıyı unuttuk. Hemen getiriyorum."

Bu defa ben tuttum elinden.

"Bu akşam rakı yok. Gecenin nasıl biteceğini bilmiyoruz. Önemli bir soruşturma var."

Canı sıkıldı.

"Cinayet mi?"

"Öyle" dedim sakin bir sesle. "Adamın biri karısını öldürdü, belki başka cinayetler de var, anlayacağın mesele iyice karışık..."

Bir kadının kocası tarafından öldürüldüğünü duymak etkilemişti Evgenia'yı.

"Bir insan bir insanı nasıl öldürür?" diye söylendi. "Üstelik eşin, karın. Sevmiyorsan boşansaydın be adam. Ne istiyorsun kadından..."

Zeynep tereddütle baktı.

"Aslında adam karısını seviyormuş." Sevgilim ilgiyle bakınca açıklamaya başladı. "Ama kadın da başka bir adamı seviyormuş. Büyük aşk Evgenia Hanım." Bana baktı. "Telefondaki mesajların hepsini okudum Başkomserim. Çok enteresan... Cinayeti çözmek için pek ipucu olmasa da yazdıkları çarpıcı şeyler..."

Duyduklarından hiçbir anlam çıkaramayan Evgenia da soru dolu bakışlarını bana dikmişti.

"Dediğim gibi acı bir olay. Bir de küçük kızları var. Çok tatlı bir şey. Bizim Azez'in sarışını. Leyla adındaki kadın, eski sevgilisiyle kaçmaya hazırlanıyormuş. Rusya'da tanıştığı Jerkovski adında bir doktorla. Gerçi Zeynep daha iyi biliyor konuyu."

Zaten anlatmak için yanıp tutuşan kriminoloğumuz, "Bir aşk romanı gibi Evgenia Hanım" dedi. Sesi belli belirsiz titriyordu. "Tutkulu bir aşk romanı gibi ama tümüyle gerçek. Ne yazık ki trajediyle biten bir gerçek. Sekiz yıl önce tanışmışlar Petersburg'da. Leyla, Rusya'da inşaatlar yapan bir Türk şirketinin baş asistanıymış. Türkiye Konsolosluğu'ndaki davette karşılaşmışlar. İlk görüşte etkilenmişler birbirlerinden. Mesajlarda öyle yazıyor. Teklif Jerkovski'den gelmiş. 'Ben de Türk kökenli sayılırım, fakat Türkçeyi çok iyi bilmiyorum, bana yardım eder misiniz' demiş. Leyla da

Türkçe öğretmeye başlamış ona. Elbette ikisinin de gerçek niyeti bu değilmiş. Zaten çok geçmeden sevgili olmuşlar. Ancak bir yıl kadar sonra Jerkovski kanser araştırmaları için iki yıllığına Küba'ya gitmek zorunda kalmış. Leyla bu ayrılığa karşı çıkmış. Ama Jerkovski için bu iki yıllık pratik çok önemliymiş. Leyla'ya şöyle yazmış. 'Bunu sadece benim kariyer meselem olarak değerlendirme. Bu aynı zamanda kansere karşı insanlığın verdiği bir mücadele. Yani bu zorunlu ayrılık benim daha iyi bir kariyer yapmamdan çok kanser hastası insanlara şifa sağlamak için gerekli. Yıllardır bu hastalık üzerine çalışıyorum, çok büyük ilerlemeler kaydettim. Küba'da geçireceğim günler bu çabalarımın sonuç vermesini sağlayacak. Lütfen beni anla. Seni çok seviyorum ama belki de benim tedavimle iyileşecek milyonlarca insana karşı da sorumluluğum var...' Fakat sevgilisinin artık ondan bıktığını düşünen Leyla ikna olmamış. Epeyce de öfkelenmiş, işte o öfke anında sonradan kocası olacak Mazlum'la karşılaşmış. Çok da beklemeden onunla ilişkiye girmiş. Ama ne kendisinin ne Jerkovski'nin ne de Mazlum'un bildiği bir hakikat varmış; Leyla hamileymiş. Belirtiler başlayınca test yapmış ve gerçeğin farkına varmış. Ancak çocuğun Mazlum'dan olduğunu sanmış..."

"İşte bunu anlamıyorum" diye itiraz etti Ali. "Nasıl bilmez çocuğun kimden olduğunu?"

İzah etmeye çalıştı nişanlısı.

"O konuda Jerkovski'den özür diliyor Leyla, 'Sana çok kızmıştım o yüzden yaptım bu korkunç hatayı. Çok da düşünmeden, belki de sırf seni unutmak için derhal yeni bir ilişkiye başladım' diyor. Belli ki çok pişman olmuş."

Sinirli sinirli güldü yardımcım.

"Pişman olsa ne yazar, insan ayrıldığı sevgilisini unutmadan, nasıl başka biriyle beraber olabilir?"

Hayata dümdüz baktığın zaman Ali gibi şaşırmak hatta öfkelenmemek mümkün değildi. Ama aşk gibi son derece karmaşık bir duygu, insanı saçma sapan davranmaya itebilirdi.

"Onların neler yaşadığını tam olarak bilmiyoruz Alicim" dedi Evgenia tatlı bir sesle. "Bence yargılamak yerine anlamaya çalışmak daha iyi."

Yardımcım itiraz etmeye hazırlanıyordu, tartışmayı kesmek için Zeynep'e sordum.

"Peki, Leyla ne zaman anlamış çocuğun Jerkovski'den olduğunu?"

Zoraki güldü kriminoloğumuz.

"Ne zaman olacak Başkomserim, Samara doğduğunda. Kızı gördünüz, zavallı Mazlum'la uzaktan yakından alakası yok. Şu şansızlığa bakın ki, anneye de benzemiyor. Kız, hık demiş Jerkovski'nin burnundan düşmüş."

Ali kafayı taktı ya, yine girdi araya.

"Ya Allah günah yazmasın ama rahmetli koca da malın önde gideniymiş. İnsan anlamaz mı yahu? O altın saçlı kız, senin gibi bir adamdan nasıl olur?"

Bizimki nedense olan biteni üstüne alıp kıskançlık krizine girmeye başlamıştı. Zeynep şöyle bir süzdü Ali'yi.

"Seven insan, en imkânsız ihtimalleri bile kabul etmeye hazırdır. Bence Mazlum, senin dediğin gibi mal falan değil, Leyla'yı deli gibi seven bir adamdı. Belki de olan bitenin farkında olmasına rağmen kadını kaybetmemek için razı olmuştu başkasının çocuğunu büyütmeye."

Hayır, bizimki inadından vazgeçmedi.

"Peki, sonra ne oldu da delik deşik etti kadını? Hatta Jerkovski'yi bile öldürmüş olabilir herif. Oysa baştan uyansaydı işe? Yahut itiraz etseydi, bu cinayet işlenmezdi."

Kriminoloğumuz karşılık vermeye hazırlanıyordu, yine araya girdim.

"Aşk be Ali, aşktan söz ediyoruz ya. Aklın bittiği, duyguların başladığı yerden. Aşk çok güçlü bir duygu evladım. Bizi bizden alıyor. Ne yazık ki her zaman da olumlu sonuçlar doğurmuyor. Hanımlar bana kızacak ama aslına bakarsan çoğunlukla acıyla bitiyor. Aşk, gerçekten de çok yıkıcı bir duygu..."

Kesin bir ifadeyle başını salladı Evgenia.

"Katılmıyorum Nevzat, cinayetin nedeni aşk değil, insan. Evet belli ki Mazlum, Leyla'yı sevmiş ama yeterince sevmemiş. Yeterince seven insan, âşık olduğu kişiyi öldürmez. Âşık fedakâr olmak zorundadır. Her âşık da öyle söyler zaten. Senin için ölürüm der, dünyayı kırmızı bir halı gibi ayaklarına sererim der, senin için yapamayacağım şey yoktur der. Der de der işte. Ama âşık olduğumuz insanı öldürdüğümüzde onun için değil, kendi öfkemizi yatıştırmak için elimizi kana bularız. Kendi duygularımızı tatmin etmek için. Bunun adı bencilliktir. Korkunç bir bencillik. Vahşetin daniskası. Hayır, Nevzatcım, aşk öldürmez, eğitimsiz, bencil, ruhsal olarak gelişmemiş insan öldürür. Sorun aşkta değil, sorun nasıl seveceğini bilmeyen insanda. Bu vahşeti daha çok erkekler gerçekleştirdiği için, sorun nasıl seveceğini bilmeyen erkeklerde."

Yerden göğe kadar haklıydı ama elbette Ali katılmıyordu.

"İyi, güzel de Evgenia Hanım, Mazlum'un suçu ne? Adamcağız bir kadına âşık oluyor. Hatta başkasından olan çocuğunu bile kabul ederek onunla evleniyor. Ama yetmiyor, eski sevgili parmağını şaklatınca kadın, bu fedakâr adamı bırakarak ona koşuyor. Üstelik Mazlum'un kızım diye bağrına bastığı çocuğu da yanına alarak."

Hüzünle baktı sevgilim.

"Haklısın Alicim. Buna itiraz edemem. Sadece aşk derim. Ama bunu olumlu bir neden olarak da gösteremem. Aşk işte, Nevzat'ın söylediği gibi insanın hissedebileceği en yıkıcı duygu. Hepimiz bunu biliriz aslında, bilmesek de hissederiz. Gel gör ki bu duygudan da vazgeçemeyiz. Kapımızı çaldığında biraz tereddüt etsek de çok fazla bekletmez, büyük bir heyecanla buyur ederiz içeriye. Bedelini de öderiz tabii sonunda..."

"Niye böyle olsun ki..." dedi Ali ama lafı ağzında kaldı, telefonu ısrarla çalmaya başlamıştı. Ekranda yazan ismi okuduğunda şaşırmıştı.

"Gasp Bürosu'ndan Nuri arıyor? Ne oldu acaba?" Açtı telefonu. "Alo, evet Nuri... İyiyim kardeş, sen nasılsın? Ne?

Kimi kaçırmış? Osman mı? Emin misin? Şu Ortaköy'de fırını olan Osman mı? Evet... Aksak Osman... Tabii, davayla biz ilgileniyoruz. Doğru yaptın kardeş. Mevkii neresi? Cin Deresi'nde mi, tamam hemen geliyoruz, çok yakınız zaten. Evet, bizi bekleyin..."

Telefonu kapatıp heyecanla bana döndü.

"Aksak Osman, ilaç şirketindeki herifi kaçırmış..."

Aslında anlamıştım neler olduğunu, emin olmak için sordum.

"Turhan Kantaroncu'yu mu?"

"Evet, bugün konuştuğumuz şahsı... Cin Deresi'nde bir depodalarmış. Gasp Bürosu'ndakiler sıkıştırmışlar ama Osman teslim olmak istemiyormuş. Gerçi Müzakere Amirliği'nden birileri de oradaymış. Ama bilemedim..." Bakışları Evgenia'ya kaydı. "Gitmezsek, kan akabilir Başkomserim... Osman'ın size büyük saygısı var, belki sizi dinler."

Güzel sevgilimin dudaklarında yine o yenilmiş gülümseme belirdi.

"Gidin o zaman Nevzatcım, ne duruyorsunuz. Belki bir insanın hayatını kurtarırsınız."

Uzanıp parmaklarının ucundan öptüm.

"Kusura bakma Evgenia, dediğin gibi belki bir, hatta iki insanın hayatını kurtarırız."

Yeşil gözlerindeki burukluk dağılmasa da sevgiyle baktı, o da uzanıp ellerimi öptü.

"İşin bitince eve gel, Azez'i de görürsün diyeceğim ama sanırım sizin için uzun bir gece olacak."

Hiçbir şey söylemedim, sessizce kalktım ama gönlünü kırmıştım, döndüm bir kez daha sarıldım sevgilime. Öylece kaldık bir süre.

Meyhaneden çıkınca Janti Cemal'i aradım. İlk çalışında açtı.

"Sana ihtiyacım var" dedim ciddi bir sesle. "İki elin kanda olsa gelmen lazım."

Hiç telaşlanmadı eski kabadayı, sakince sordu sadece.

"Nereye geleyim?"

"Cin Deresi'ne şu senin Aksak Osman'ın yeri varmış orada..."

"Evet, deposu var... Ne yapmış bizim deli?"

"Birini kaçırmış. Muhtemelen adama işkence ediyordur. Aklınca bize yardımcı olacak. Gecikirsek adam ölebilir. Gasp Bürosu'ndan arkadaşlar deponun etrafını sarmış... Vaziyet ciddi. Yetişirsek, belki kan dökülmeden çözeriz meseleyi."

"Anlaşıldı Nevzat, on dakikaya oradayım."

Telefonu bırakmadan, cebimden emektarın anahtarını çıkartıp Ali'ye uzattım.

"Sen kullan, birkaç yeri daha aramam lazım."

Ali anahtarı alıp arabanın sürücü koltuğuna geçerken Zeynep yanına oturdu, ben de arka koltuğa kuruldum. Önce müdürü aradım.

"Alo İsmet, duydun mu bilmem, Jerkovski vakasındaki zanlılardan biri ötekini kaçırmış."

Elbette duymamıştı.

"Ne? Nasıl yani?"

"Anons geçmişlerdir ama bağlantı kurmamışsındır. Aksak Osman adındaki mafya babası, ilaç şirketinin sorumlusu Turhan Kantaroncu'yu kaçırmış. Cin Deresi'ndeki depoda tutuyormuş. Oraya gidiyorum."

"Jerkovski de mi oradaymış?"

Başına bir iş gelmeden olay hemen çözülsün istiyordu ama hayat o kadar kolay değildi.

"Zannetmiyorum, öyle olsa Turhan'ı niye kaçırsın? Jerkovski'nin ilaç şirketinin elinde olduğunu düşünüyor olmalı. Neyse, Ziver'e sen haber verirsin diye arıyorum..."

Bir an düşündü.

"Anladım Nevzat." Sesi minnet doluydu. Onu atlamamam gururunu okşamıştı. "İyi oldu bu, onların haberi olmadan biz harekete geçiyoruz. Ama gözünü seveyim Nevzat, azami dikkat istiyorum, azami itina. Şu olayı çözelim gözünü seveyim. Yoksa Ziver bütün başarısızlığı bize yıkar."

"Merak etme İsmet, elimden geleni yapacağım. Belki de bir şerden bir hayır doğar. Bakalım, göreceğiz."

"Tamam, iş sende, ben de derhal arıyorum Ziver'i. Sonra da Cin Deresi'ne intikal ediyorum hemen."

Pabucun pahalı olduğunu anlamıştı İsmet, mademki bu işe bulaştık bari kontrolü kaybetmeyelim diye düşünüyordu. Telefonu kapatınca arka koltuktan öne doğru eğildim.

"Biraz hızlı Alicim. Kimse gelmeden orada olmamız lazım."

Cin Deresi'nin girişindeydi depo, Gasp Büro'daki arkadaşlar caddeyi araç trafiğine kapatmış, iki kanatlı demir kapının sağında solunda tam teçhizatlı ekipler tertibat almışlardı. Gecenin o vaktine aldırmadan, çoluk çocuk, kadın erkek, yaşlı genç bütün mahalle toplanmış merakla bizimkileri izliyorlardı. Arabadan inerken yetişti Komiser Nuri. Bir doksan boyunda, bizim Ali gibi gözünü budaktan esirgemeyen bir polisti ama şimdi oldukça gergin görünüyordu.

"İçeride kaç kişi var bilmiyoruz Başkomserim. Komşular dört kişinin içeri girdiğini görmüş, sonra ikisi gitti diyorlar ama onlara ne kadar güvenebiliriz?" Başıyla depoyu işaret etti. "Kale kapısı gibi, zorla girmemiz gerekecek içeri."

Kapıya yürürken sakinleştirmeye çalıştım.

"Dur bakalım Nuri belki gerek kalmaz. Nasıl haber aldınız gasp olayını?"

"Piyale diye biri aramış. Turhan'ın korumasıymış, o bilgi verdi. Silahla gasp etmişler bunları, hem Turhan'ı hem de bu Piyale'yi feci dövmüşler. Turhan'ı arka koltukta aralarına almışlar, Piyale'yi arabanın bagajına kilitlemişler ama kırmızı ışıkta durunca, bir punduna getirip arabadan atmış kendini. Osman ve adamları arkasından koşturmuşlar ama yetişememişler. Osman'ın adını duyunca kolayca bulduk yerini."

"İçeridekilerle bağlantı kurdunuz mu?" diye sordum. "Rehine sağ mı?"

Endişeli bir sesle açıkladı.

"Anons yaptık Başkomserim ama yanıt alamadık. Rehinenin sağlık durumunu bilmiyoruz. Vakaya sizin baktığınızı duyunca da gelmenizi bekledik." Endişeli bakışlarını yüzüme dikti. "Siz mi konuşacaksınız Başkomserim?"

"Bakacağız Nuri, belki daha iyi bir çözüm buluruz."

Etrafta toplanan kalabalığı gösterdim.

"Ama önce şu insanları evlerine gönderin. Gecenin nasıl sonuçlanacağı belli değil."

Üniformalı iki memuru yanına çağırdı Nuri.

"Şu kalabalığı derhal uzaklaştırın buradan" diye talimat verdi.

Polisler çıkan homurtulara aldırmadan insanları uzaklaştırırken biz de demir kapının yanına geldik. Aksak Osman sanki bugünleri düşünmüş gibi adeta zırhlı bir kapı yaptırmıştı deposunun girişine. Kapının yanına gidince zile bastım. Elbette ne kapı açıldı, ne içeriden bir ses geldi. Ardı ardına bir daha bastım, elbette kapı duvardı. Böyle olmayacaktı, telefonumu çıkardım, aradım. Ardı ardına beş kez çaldı, açmayacak sandım ama düğmeye bastı.

"Merhaba Osman" dedim sitemkâr ama samimi bir sesle. "Böyle mi konuştuk biz seninle? Hani benden haber bekleyecektin? Saçma sapan bir iş yapmayacaktın hani? Önemli gelişmeler var. Jerkovski'yi bulacağız. Kapıyı aç da anlatayım sana gelişmeleri." Cevap yerine telefonu yüzüme kapattı. Demek ki kararlıydı. Yeniden aradım, sekiz kere çaldırdım, açmadı. Nuri'nin de sabrı tükenmeye başlamıştı.

"Müdahale ekibi hazır Başkomserim, rehinenin hayatı tehlikede olabilir, isterseniz daha fazla zaman kaybetmeyelim."

Haklıydı, belki de bekleyerek Turhan Kantaroncu'yu riske atıyorduk. O anda bir arabanın ışıkları bulunduğumuz yeri yaladı. Yanılmıyordum, bu bizim Janti Cemal'in 80 Model Mercedes'iydi.

"Kaybetmeyeceğiz Nuri, bir arkadaşı devreye sokacağım, eğer o da sonuç vermezse gireriz içeri." Elimle yaklaşmakta olan Mercedes'i gösterdim. "Çocuklara söyle şu arabaya izin versinler."

Nuri adamlarını uyardı. Janti kapının yanına kadar yaklaştı. Nesli çoktan tükenmiş eski kabadayı arabadan iner inmez hoşbeşi bırakıp konuya girdim.

"Vaktimiz kalmadı Cemal, Laz oğlunu ikna ettin, ettin, yoksa çaresiz zorla gireceğiz içeri."

Hiç heyecanlanmadı Janti.

"Anladım Nevzat" dedi telefonunu çıkararak. "Merak etme hallederiz şimdi."

Nuri de, Ali de inanmayan gözlerle süzdüler, modası biraz geçmiş olsa da şık giysileriyle gecenin içinde dimdik ayakta duran tuhaf arkadaşımı. Telefonun tuşuna bastı Janti. Ardı ardına çalan zilin sesini duydum. Daha ikinci çalışında açıldı telefon.

"Selamünaleyküm Osman" dedi Janti sanki kahvehaneye girmiş de arkadaşının masasına oturacakmış gibi doğal bir sesle. "Hayrola kardeşim, nedir mesele?"

Aslında cevap vereceğinden ben de çok emin değildim ama "Aleykümselam Cemal Abi" dedi mahcup bir sesle. "Kusura bakma, seni de kapıda bıraktık böyle. Nevzat Amirim'e de söyle, bir saygısızlığımız olduysa affetsin. Mecbur kaldık abi..."

Sinirlenmişti Janti.

"Neye mecbur kaldın Osman?"

"Kızım ölüyor abi, tek çocuğum, Semram ölüyor. Umudum Rus doktordu. Onu da bu ibneler kaçırdı." Telefondan cılız bir ses duyuldu. Biri "Ben yapmadım" gibilerden bir şeyler söyledi ama sert bir tokat sesi adamın lafını ağzında koydu. Ardından Osman'ın sıtma görmemiş sesi duyuldu. "Sus lan orospu çocuğu. Bak hâlâ yalan söylüyor." Bir tokat sesi daha. "Hiç heveslenme, doktorun yerini söylemeden sana buradan çıkış yok... Ne sana ne bana. İkimiz de buraya gömüleceğiz oğlum..."

"Osman" diye seslendi Janti. "Osman, yanlış yapıyorsun. Boş yere hayatını tehlikeye atıyorsun."

"Ne tehlikesi abi, kızım öldükten sonra ben yaşasam ne fark eder. Şu âlemde delikanlıyız diye dolaşıyoruz, kendi çocuğumuzu kurtaramadıktan sonra yaşamanın ne manası var?"

Janti'nin elinden telefonu aldım.

"Beni iyi dinle Osman. Kızını kurtaracağız. Semra'yı kurtaracağız. Güven bana, Jerkovski'yi bulacağım. Bak, saatlerdir Turhan'a işkence yapıyorsun, bilseydi çoktan söylerdi yerini. Canından kıymetli mi? Düşünsene biraz. Bu adamlar için paradan daha mühimi kendi hayatlarıdır. Boş yere başını belaya sokuyorsun. Teslim ol, sana söz, kızının tedavisiyle bizzat ben alakadar olacağım. Jerkovski kabul etmezse, onu bizzat ben ikna edeceğim." Yanıt gelmedi telefonun öteki ucundan. Janti yeniden aldı telefonunu.

"Ben de söz veriyorum Osman, yeğenimin iyileşmesi için elimden geleni yapacağım. Bilirsin, söz verdim mi tutarım. Nevzat da öyle. Ona da kefilim."

Yine sessiz kaldı telefon. Janti daha kararlı bir tonla ısrar etti.

"Hadi, aç evladım şu kapıyı. İçeride kaç kişisiniz bilmiyorum. Silah falan varsa bırakın yere. Bizzat Nevzat'la ben gireceğiz içeri, başka kimse yok."

Nuri Komiser bozulur gibi oldu, müdahale etmemesi için işaret ettim ama içeriden yanıt gelmiyordu. Belli ki düşünüyordu Laz oğlu.

"Osman" dedi bir kez daha Janti. "Osman evladım, sen akıllı çocuksun. Böyle yaparsan, kızının da hayatını tehlikeye atarsın. Teslim olman lazım, başka yolu yok. Nevzat adamı bulacağım diyorsa bulur."

Yeniden telefonu aldım.

"Sana yalan söylemeyeceğim Osman, şu ana kadar Jerkovski'den kötü bir haber almadık. Bu da hâlâ umut var anlamına gelir. Ama böyle yaparak kızının bütün umutlarını öldürüyorsun."

Yine çıt çıkmadı telefonun öteki ucundan. Nuri Komiser artık sabrının sonuna gelmişti. Ali'nin de ondan farkı yoktu, sadece Zeynep aynı sabırla, aynı metanetle bekliyordu. O anda sesler kesilmiş, ne bizim operasyon ekibinden ne birkaç yüz metre ötede bekleşen kalabalıktan çıt çıkıyordu. İşte İsmet'le Ziver'in arabalarının gürültüsü o sessizliği bozdu. Peş peşe geldiler operasyon mahalline. Korumaları arabadan atlayıp kapılarını açarken, Osman'ın gür sesi duyuldu Janti'nin telefonundan.

"Tamam Cemal Abi, tamam Başkomserim, teslim oluyorum. Ama sadece ikiniz gireceksiniz içeri. Başka kimseyi istemiyorum."

"Anlaştık Osman" dedi Janti. "Aç kapıyı geliyoruz."

Komiser Nuri, arabasından inen İsmet'le Ziver'e yaklaştı, hızla vaziyeti anlattı. Muhtemelen operasyon için izin istiyordu. İsmet bana baktı, elini kaldırdı devam et gibilerden işaret etti, sonra Ziver'le birlikte bir kuytuya çekilerek olacakları izlemeye başladı. Aynı anda deponun demir kapısı gıcırtıyla açıldı. Öne geçecek oldum, Janti durdurdu. Göz göze geldik, izin ver gibilerden başını usulca yana yatırdı. Tartışmanın manası yoktu. Cemal önde ben arkada girdik kapıdan içeri. Karanlığa adımımızı atar atmaz, bir el arkadan kapadı kapıyı. Ve ortalık aydınlandı. Bir iskemlenin üzerinde oturan Turhan'ı gördüm önce. Üzerinde sadece bir külot vardı, yüzü gözü kan içindeydi. Osman'ın davudi sesi dağıttı düşüncelerimi.

"Hoş geldiniz."

Sesin geldiği yöne döndüm, Osman sağ elinde kabzası kana bulanmış bir tabanca, dudaklarında yarısına kadar içilmiş bir sigara, kararmış yüzünde mahzun bir gülümsemeyle bize bakıyordu.

"Hoş geldin Başkomserim. Kusura bakmayın sözünüzü dinlemedim. Ama beni buna mecbur ettiler." Tabancayla Turhan'ı gösterdi. "Önce insan gibi aradım bu lavuğu. Gel konuşalım, doktor neredeyse bana söyle dedim. 'Sen kimsin?' deyip telefonu suratıma kapattı. Geçen sabahtan doluyum zaten. El mi yaman, bey mi yaman diye aldım bu puştu elime." Başını salladı, iç geçirdi. "Yapmasaydık iyiydi, oldu bir kere." Tabancasını namlusundan tutup bana uzattı. "Alın Başkomserim. Bana ne olacağı hiç umurumda değil ama söz verdiniz. Bu silahla birlikte kızımın canını da size teslim ediyorum. Jeroski'yi bulmalısınız. Semram'ın tek umudu o."

Cebimden çıkardığım mendille tuttum tabancayı.

"Doğru olanı yaptın Osman" dedim takdir eden bir sesle. "Sana söz, kızın için her şeyi yapacağım."

Tabancayı alınca, Turhan oturduğu iskemlede ağlamaya başladı.

"Kurtarın beni Başkomserim... Lütfen kurtarın beni bu manyağın elinden. Jerkovski'yi benim yanımda zannediyor. Neler yaptı bana, neler..."

Janti döndü Turhan'a baktı, sağ elinin işaretparmağını dudaklarına götürdü.

"Şşşt, patırtı yapma, kurtuldun işte."

Turhan burnunu çekerek yardım dileyen gözlerini bana çevirdi.

"Geçti Turhan Bey" dedim yerde duran giysilerini almak için eğilmeden önce. "Artık kimse zarar vermeyecek size."

Turhan'ı ambulansa, Osman'ı Gasp Bürosu'na teslim ettikten sonra konuşmak için sabırsızlıkla beni bekleyen İsmet'le Ziver'e yöneldim. Önce İsmet'in uzattığı eli sıktım.

"Geçmiş olsun Nevzat, güzel iş çıkardın."

"Sağ olun müdürüm, bütün ekibin sayesinde oldu."

Ziver'in suratı asıktı, elimi sıkmadı bile.

"Tebrik ederim Nevzat Bey fakat bu netice bizim için hiç hayırlı olmadı."

İsmet anlamamıştı, gergin bir bakış attı istihbarat müdürüne.

"Haklısınız" dedim Ziver'i süzerken. "İki zanlıyı ve iki ihtimali kaybettik."

Sağ ayağının ucuyla yere vurdu.

"Bu da gösteriyor ki, benim senaryo gerçeğe daha yakın."

Ne demek istediğini ben de anlamamıştım.

"Mazlum Baturgil'in üçüncü bir istihbarat örgütü tarafından angaje edilmesinden bahsediyorum. Belki Jerkovski'yi o öldürmemiş olabilir. Ama Rus doktoru, istihbaratçılara teslim eden oydu. Elbette Jerkovski'yi aldıktan sonra Mazlum'u öldürdüler, olaya da intihar süsü verdiler..."

Adam uçuyordu.

"Mazlum'un cesedini gördüm, olay yerini inceledim, kuşku uyandıracak bir iz yoktu..." diyecek oldum.

Gizlemeye gerek görmediği bir küçümsemeyle baktı.

"Bazı ayrıntıları atlamış olmalısınız. Ama merak etmeyin, bizden kaçmaz. İnceleyeceğiz ve neyi atladığınızı da size göstereceğiz."

İsmet artık sinirlerine hâkim olmakta zorluk çekiyordu.

"O zaman bu davayı olduğu gibi size devredelim" diye sitem etti. "Madem biz ayrıntıları atlıyoruz, siz bildiğiniz gibi çalışın."

Şeytani bir gülümseme belirdi Ziver'in ince uzun yüzünde.

"Bu işten kaçamazsınız İsmet Bey" dedi adeta neşeli bir sesle. "Siz başladınız, biz sonradan müdahil olduk. Teşkilatınızın eksiklerini niye biz üstlenelim." Güya dostça omzuna dokundu. "Emir büyük yerden. İsterseniz İçişleri Bakanı'ndan da talimat getiririm." Yeniden bana döndü. "Lütfen devam edin Nevzat Bey. Biz de kendi usulümüzle çalışmayı sürdüreceğiz. Aslında sevinmeniz gerekir, Rusları size bulaştırmayacağız." Sustu. Sanki sözlerini anlamamışız gibi. "Tamam mı, hemfikiriz değil mi?" diye sordu.

Ne desin bizim idareyi maslahatçı müdür, çaresizce başını salladı.

"Tamam Ziver Bey, öyle olsun."

Yüzüne yine o manasız, hissiz ifadeyi yerleştiren istihbaratçı, "İyi geceler o zaman size" dedi elini uzatarak. "Bir bulguya ulaşırsanız hemen arayın lütfen."

İsmet de ben de zoraki sıktık uzatılan eli. Ziver arabasına binince, "Aldık belayı başımıza Nevzat" diye homurdandı. "Ne yapacağız şimdi?"

Sakince baktım uzaklaşan arabaya.

"Gerekeni yapacağız İsmet. Merak etme, öyle ya da böyle çözeceğiz bu işi."

Başını geri attı.

"Nasıl bu kadar rahat olabiliyorsun Nevzat, anlamıyorum. Jerkovski çok önemli bir doktor. Bütün dünya adamın peşinde. Baksana Putin özel ekip yollamış. Sen hâlâ hallederiz deyip duruyorsun."

Ben ise kendimden emindim.

"Halledeceğiz, güven bana İsmet, özel ekiplik bir mesele yok ortalıkta."

Zıvanadan çıkmak üzeriydi.

"Nasıl bir mesele var peki?"

Biraz da onu sinir etmek için alabildiğine rahat bir gülümseme yerleştirdim dudaklarıma.

"O kadarını bilmiyorum ama çok sürmez öğreniriz."

İsmet'e böyle söylememe rağmen aslında Jerkovski'nin başına gelenleri nasıl öğreneceğimiz konusunda hiçbir fikrim yoktu. Ziver haklıydı, en önemli iki zanlı listeden çıkmıştı. Yeniden Arap Abdo'nun çetesini mi sorgulayacaktık? Yoksa bu işi Rusların yaptığını varsayıp onların peşinden mi koşacaktık? Ki bu ortalığı iyice karıştırırdı. Belki de şu evsiz Bahri'yi yeniden sorgulamalıydık. Saldırgan değil demişlerdi ama aklı yerinde değildi ki adamın. Jerkovski'yi parkta görmüş, para istemiş, vermeyince de başına taşla vurup öldürmüş, cesedi de bir yere atmış olabilirdi. İyi de Jerkovski'nin o parkta ne işi vardı? Yok canım, bütün bu ihtimaller çok saçmaydı. Genç olmalarına rağmen artık yorgunluktan düşmüş omuzlarıyla yanıma yaklaşan Ali'yle Zeynep'in de bir çözüm önerisi olduğunu sanmıyordum.

"Bugünlük bu kadar yeter çocuklar" dedim kötümserliğimi gizlemeye çalışarak. "Gidip güzelce dinlenin. Yarın bana zinde lazımsınız."

Görev bağımlısı Ali bile itiraz etmedi.

"Emredersiniz Başkomserim. Sabah merkezde buluşuruz o zaman."

Zeynep şefkatle bakıyordu.

"Siz de dinlenin Başkomserim, çok yorgun görünüyorsunuz."

"Dinleneceğim Zeynepcim, buradan Evgenia'ya gideceğim zaten. Azez'i görürsem yorgunluğum falan kalmaz."

Sözlerimi bitirmiştim ki bir gürültü duyuldu. Başımızı çevirince bir ekip otosunun, park halindeki gri bir Doblo'ya çarptığını gördük. Darbeyi alan Doblo, eğimli yolda yana savruldu, kayarak usulca üç katlı binanın duvarına çarptı. Millet pencerelerden başlarını dışarı uzatırken, öğleden sonra Beykoz'daki villaya giderken viyadüğün üzerinde arabamın kaydığını hatırladım. Benim gibi şaşkınlıkla kazayı izleyen yardımcıma döndüm.

"Alicim şu viyadük vardı ya? Hani villaya giderken az kalsın kaza yapacaktık."

"Evet Başkomserim, berbat bir yol."

"Bahtsız Bahri'nin telefonu bulduğu park onun altında değil mi?"

Zihnini yokladı yardımcım.

"Sanırım öyle... Evet öyle olmalı. Viyadüğün beton ayaklarını gördük ya parkın içinde."

Düşüncelerim ardı ardına dizilmeye başladı ama emin olmak için bazı bilgilere ihtiyacım vardı.

"Zeynepcim, villanın dışında kovan araması yapıldı mı?"

Neden bahsettiğimi anlamayan kriminoloğumuz,

"Villanın dışında derken bahçeden mi söz ediyorsunuz?" diye sordu.

"Hem bahçeden hem de duvarın dışındaki kapının önünden..."

Eksik iş yapmış gibi mahcup başını salladı.

"Hayır, yapmadık, cinayet içeride işlendiği için..."

Galiba sonunda bu gizemli kayboluşu çözecek bir yol açılıyordu önümüzde.

"Sadece katiller değil, olayı soruşturan polisler de eninde sonunda cinayet mahalline döner." İkisi de şaşkınlıkla yüzüme bakarken heyecanla söylendim "Uykuyu unutun çocuklar, hadi Beykoz'a gidiyoruz."

Benim emektara doluştuk. Yol iyice tenhalaşmıştı, yirmi dakika sonra villanın elli metre kadar gerisindeki viyadüğün üzerindeydik. Fren yaptığım yere gelince, emektarı sağa çekip dörtlüleri yaktım. İndik, viyadükten aşağıya baktık.

Karanlıktı tam seçemiyorduk ama parkın altımızda olduğu kesindi. Yeniden arabaya bindik villanın önüne geldik. El fenerlerimizi alıp beyaz Volkswagen Golf'ün etrafını taramaya başladık. Beş dakika geçmeden ilk müjdeyi verdi Zeynep.

"Evet, burada, Başkomserim birini buldum." Yanına gitmeye kalmadan. "İkincisi de burada, üçüncüsünü de buldum. Buradan ateş etmiş demek ki..."

Mazlum'un on dört mermi alan tabancasında iki kurşun kalmıştı, altısını Leyla'ya sıkmış, birini de kendine ayırmıştı. Kayıp beş kovandan üçünü Zeynep bulmuştu, iki tane daha gerekiyordu.

"Burada da var bir tane" diyen Ali elindeki kalemle on üçüncü kovanı yerden almaya çalışıyordu

Sevinmiştim bu işe. "Güzeeel, dikkatli bakın, bir tane daha olmalı."

"O da burada Başkomserim."

Sonuncuyu da Zeynep bulmuştu, kovanları delil torbasına koyduktan sonra ikisi de soru dolu gözlerini yüzüme diktiler.

"Senaryom şu, Mazlum, karısının kendisini aldattığını anladı. Belki Leyla'nın mesajlarını okudu. Böylece Rus bilim adamıyla kaçacağını öğrendi. Hem Leyla'yı hem de âşığını öldürmek için eve döndü. Aslında Jerkovski'nin gelmesini beklemeliydi ama çok öfkeliydi, soğukkanlılığını kaybetti, karısını öldürdü. Tam o sırada Jerkovski, Osman'ın fırının önünden bindiği taksiyle eve geldi. Leyla'yla birlikte beyaz Volkswagen Golf'e binip kaçmayı planladığı için taksiyi yolladı. Ama onu villada kötü bir sürpriz bekliyordu. Aklını yitirmiş, nefret dolu bir koca. Yine de Jerkovski şanslıydı, kıskanç koca ona ateş edemeden birbirlerine girdiler. Mazlum'un patlamış dudağı, tırnaklarındaki kan ve deri bunu gösteriyor. Jerkovski güçlü bir adam olmalı, Mazlum'u alt edip villadan kaçmayı başardı. Kıskanç koca arkasından seğirtti, işte tam burada silahını çıkardı, Jerkovski'nin arkasından ateş etti. Vurulacağını düşünen Rus doktor kendini viyadükten aşağı attı..."

"Ya da vurulup aşağı düştü" diye bir başka ihtimalden bahsetti Ali. "Bahri'nin telefonu bulması böylece açıklığa kavuşuyor."

Ama hâlâ yanıtını bulamadığımız asıl soruyu Zeynep sordu:

"İyi ama Jerkovski nerede?"

Aşağısını gösterdim.

"Oralarda bir yerlerde olmalı, parkı aramalıyız."

Üçümüzün başa çıkabileceği bir iş değildi bu. Soruşturmanın ilerlediğini gören İsmet istediğim kadar memur gönderdi bana. Aklını komplo teorileriyle bozmuş olan Ziver zahmet edip gelmemişti bile yanımıza. Ama biz büyük bir gayretle başladık aramaya. Didik didik ettik bütün parkı. Bakılmadık tek bir kovuk, tek bir ağaç altı bırakmadık. El fenerlerimizin ışığı hamarat ateşböcekleri gibi uçuştu gece boyunca ağaçların altında. Bahtsız Bahri gibi bir evsizle karşılaştık, bankta yatan adamı görünce yeniden umutlandık, sonunda bulduk doktoru diye. Yüzünü görünce hayal kırıklığına uğradık, elbette yılmadık. Ama ne yazık ki gün doğarken umutlarımız kararmaya başladı. Hayır, kesinlikle Jerkovski bu parkta değildi. Oysa cesedini bulmak bile bir çözümdü. Yeniden aynı noktaya dönmüştük. Üstelik eskisinden çok daha çözümsüz ve çaresizdik. Uykusuzluk aklımızı karıştırıyordu.

"Acıkmadınız mı Başkomserim?" dedi Zeynep sonunda. "Şu ileride bir pastane var, bir şeyler yesek iyi olacak."

Haklıydı, daha sağlıklısı birkaç saat kestirmekti ama önce karnımızı doyurmakta fayda vardı. Üçümüz birlikte pastaneye yürüdük. Yaklaşınca mis gibi poğaça kokusu çarptı burnumuza. Bu koku bile canlanmamıza yetti. Dükkânının tabelasında "Şans Pastanesi" yazıyordu. Kapının önündeki güneşli masaya çöktük. Poğaça, çay söyledik. Daha sıcak poğaçadan bir ısırık almıştım ki aşina bir ses çınladı kulaklarımda.

"Zeytinlileri bitirmeyin, yemeyin onları, bırakın lütfen Ragıp Bey'e götüreceğim."

Başımızı çevirince dün akşam manavda karşılaştığımız Şahende Hanım'ı gördük. Sanki bahçesindeki elmaları çalmışız gibi öfkeyle üzerimize yürüyordu. Güneş arkasından vurduğu için iri cüssesi devleşiyor, gölgesi masamıza kadar uzuyordu.

"Niye yiyorsunuz Ragıp Bey'in poğaçalarını? Onlar bizim."

Şaka yapmıyordu, son derece ciddiydi. Birden palabıyıklı pastane sahibi çıktı dışarı.

"Şahende Hanım ayıp ediyorsunuz. Müşterilerimi rahatsız etmeyin lütfen. Çekilin dükkânımın önünden."

Kadın durdu, elini beline koydu.

"Bana bak Kümbetli Nusret" diye burnundan soludu. "Sen kimi, kimin dükkanından kovuyorsun. Burası benim malım. Kiralamak için Ragıp Bey'e yalvardığın günleri ne çabuk unuttun. Her sabah çırağınla sen yollardın poğaçaları, şimdi beni mi kovuyorsun dükkânından? Yazık, yazık, şu haline bak. Nerede kaldı Ragıp Bey'e duyduğun saygı?"

Kümbetli Nusret derinden iç geçirdi.

"Ragıp Bey öldü Şahende Hanım." Artık daha saygılı konuşuyordu. "Nur içinde yatsın çok iyi adamdı ama anlayın artık kocanız rahmetli oldu."

"Sen öyle san" diye patladı kadın. "Dün geldi Ragıp Bey, evet geldi. Ben parkta otururken... Evet, hep onunla birlikte oturduğumuz banktayken..." Zeynep'e döndü. "O bankta evlenme teklif etmişti bana. O zaman çok gençtik tabii. Evet, artık genç değiliz ama Ragıp Bey yine geldi. Yorgundu, hırpalanmıştı, yaralıydı ama yine bana geri döndü. Hemen sarıldım, bağrıma bastım, kokusunu içime çektim. Aldım eve götürdüm. Temizledim, uyuttum, yemekler yaptım. Şimdi daha iyi. Birkaç güne kalmaz kalkar ayağa." Pala bıyıklı pastaneciye döndü. "Üç gün sonra Ragıp Bey'le gelip bu dükkândan seni atarken görürsün sen kim ölmüş."

Kafamda bir şimşek çaktı. Ali'yle göz göze geldik. Ama Zeynep bizden önce davrandı.

"Tebrik ederim Şahende Hanım, sonunda kavuşmuşsunuz eşinize. Mutluluklar dilerim." Eliyle önünde duran poğaçayı işaret etti. "Ragıp Bey o kadar seviyorsa, bizimkileri verelim."

Zavallı kadın anlayamadı.

"Evet, Şahende Hanım" diyerek ben de katıldım konuşmaya. "Yeter mi bilmem ama bakın burada üç poğaça var. Onları da verelim size."

Şaşırmıştı, öfkesi anında yok oldu.

"Çok, çok teşekkür ederim. Çok kibarsınız. Ragıp Bey de çok severdi sizi."

"Aslında ben de Ragıp Bey'le tanışmayı çok isterim" dedim tatlı bir sesle. "Çok duydum methini, şahane bir insanmış. Mümkün mü, bizi kabul eder misiniz?"

Yüzüne sabah güneşi gibi sıcacık bir ifade yayıldı ama kararsızdı.

"Hem onun da canı sıkılmıştır belki, biraz sohbet ederdik."

Gözlerini Kümbetli Nusret'e dikti.

"Görüyor musun? Bak insanlar Ragıp Bey'le tanışmak için nerelerden geliyor, sen de kadir kıymet bilmiyorsun."

Pastaneci de şaşkındı. Şahende Hanım'la neden böyle konuştuğumuzu anlayamamıştı adamcağız.

"Buyurun gidelim" dedi başını gururla dikerek Şahende Hanım. "Sizin gibi vefakâr insanları evimizde ağırlamak bize şeref verir."

Hesabı ödeyip kalktık, giderken de ne kadar zeytinli poğaça varsa hepsini aldık. Beş yüz metre kadar yürüdükten sonra parkın sona erdiği yerde iki katlı, ahşap bir eve geldik. Kadının bu pejmürde halinin aksine son derece düzenli bir bahçesi vardı. Yarı aralık ahşap kapıdan içeri girdik. Evin içerisi de derli topluydu.

"Buyurun, şöyle buyurun, sizi Ragıp Bey'in yanına alayım. Belki uyuyordur ama eminim sizi görmekten çok mutlu olacaktır."

Dar bir koridordan geçip karanlık bir odaya girdik. Alacakaranlıkta kocaman bir yatak çıktı karşımıza.

"Işık, ışık yok mu?" diye kibarca sordu Zeynep. "Ragıp Bey'i göremiyoruz."

Çekingen bir sesle mırıldandı Şahende Hanım.

"Işığı yakmayalım. Gözleri çok hassastır Ragıp Bey'in, şu perdeyi çekelim kâfi."

Uzandı, sağ taraftaki pencereyi olduğu gibi kapatan kahverengi perdeyi çekti. İçeri süzülen gün ışığı dünden beri çözmeye çalıştığımız gizemi aydınlatıverdi. Tıp Kongresi bahanesiyle İstanbul'a gelip sevgilisini Petersburg'a götürmek isteyen Doktor Sergey Nikoloyeviç Jerkovski yarı baygın bir halde Şahende Hanım'ın yatağından bize bakıyordu.